삼켜진 자들을 위한 노래

브라이언 에븐슨 소설집

이유림 옮김

# 삼켜진 자들을

*Song for the Unraveling of the World*

# 위한 노래

**일러두기**

· 본문의 이탤릭체, 볼드, 밑줄 표시는 원서의 표기를 따른 것이다.
· 옮긴이 주는 각주와 방주로 처리하였다.

맥스에게

하지만 나중에 읽어 보기를

(신발을 신지 않아도 너의 레몬 나무와 키가 비슷해지면)


크리스틴에게

신발을 신었든, 벗었든, 맨발이든

그때도, 지금도, 앞으로도

# 목차

세상은 썰물처럼 밀려나며 틈을 넓혀 가고,

의식이 그 빈자리를 채운다….

-데이비드 윈터스David Winters(문학평론가)

# 어디로 봐도

어디로 봐도 그 소녀는 얼굴이 없었다. 앞쪽에도 뒤쪽에도 머리카락뿐이어서 어느 쪽이 앞모습인지 구별할 수 없었다. 짐 슬립에게 한쪽을 맡기고 내가 다른 한쪽을 살펴보는 동안 오두막에 있던 사람들은 조심히, 몇몇은 그렇지 않은 손길로 그 아이를 붙들었다. 하지만 어디를 봐도 얼굴은 없었다. 소녀의 엄마는 소리를 지르며 우리를 탓했지만, 어쩌겠는가? 우리가 할 수 있는 일은 아무것도 없었다.

베를 크램은 하늘을 향해 소리쳐 보자고, 그 불빛들이 희미해질 때 그들에게 소녀를 데려가라 말해 보자고 했다. *너희가 이 아이의 반쪽을 가져갔잖아*, 크램은 소리쳤다. *같은 쪽을 두 번이나 가져갔잖아. 양심이 있다면 빌어먹을 나머지도 가져가라고.*

몇몇이 크램을 거들었지만, 그중 돌아온 이는 아무도 없었다. 그들은 어디로 봐도 뒷모습밖에 없는 소녀만 우리에게 남기고 떠나 버렸다. 그 소녀는 먹지 못했다. 만약 무언가 먹었다고 해도 우리가 볼 수 없는 방식이었을 것이다. 소녀는 물건들을 넘어뜨리며 뒷걸음질로 같은 자리를 빙빙 돌았고, 손등만 있는 손으로 물건들을 잡으려 애썼다. 그 아이는 무언가가 잘못되는 바람에 같은 쪽만 두 개가 모여 한 명이 되어 버린 소녀였다.

잠시 후 우리는 그 소녀를 쳐다볼 수조차 없을 만큼 견디기 힘들어졌다. 결국, 소녀를 내버려 두는 것 말고는 방법이 없었다. 소녀의 엄마는 우리를 물고 할퀴며 저항했지만, 아이를 데리고 가려 하지는 않았다. 그저 아이를 버린다는 죄책감을 덜고 우리에게 화살을 돌리려 몸부림칠 뿐이었다.

우리는 널빤지에 못을 박아 문과 창문을 막았다. 크램이 부탁한 대로 그들이 소녀를 데리러 오기를 바라며 지붕에 구멍을 뚫어 두고 기다렸다. 그런 다음 한동안 문 앞에 보초를 세워 안쪽에서 소리가 들리는지 확인했으나, 소리가 더는 들리지 않자 이내 그만두었다.


늦은 밤, 나는 그 소녀가 나오는 꿈을 꾸었다. 우리가 봤던 반쪽이 아닌 나머지 반쪽으로만 된 얼굴을. 꿈속의 나는 저 위 허공, 공기가 희박해 도저히 숨을 쉴 수 없을 만큼 높은 곳에 떠 있는 그들의 함선, 그 안에 있는 소녀를 본다. 그곳에 있는 소녀는 어느 쪽으로 봐도 나와 눈을 맞춘다. 소녀는 이를 드러낸 채 적의를 담아 나를 응시하고, 또 응시한다.

# 태어난 사산아

하우프트의 상담사는 밤에도 그를 찾아오기 시작했다. 하우프트도 알고 있었다. 최소한 그 남자가 실재하지 않는다고, 한 손에 연필을 들고 자신의 침대 옆에 서 있는 게 아니라고, 자신의 말에 귀 기울이며 벽에 무언가를 써 내리는 것이 아니라고 의심은 했지만, 그래도 진짜처럼 보였다. 잠에서 깨면 벽에 글씨가 남아 있었다. 무슨 말인지 읽을 수는 없었지만, 휘갈기는 듯한 상담사의 글씨체가 눈에 익었던 하우프트는 그 글을 이해할 수 없다는 것이 마치 자신이 아무것도 증명해 낼 수 없다는 것처럼 느껴졌다. 밤에 하는 상담에서 하우프트는 자기 자신에게 솔직해졌고, 그 시간은 낮에 하는 상담만큼이나 현실적이었다. 사실 더 현실적일지도 모른다.

하우프트는 낮 상담에서 이 일을 이야기하지 않았다. 그 대신 상담사가 밤의 일을 언급하는지 지켜보았고, 그가 끝내 이야기하지 않자 이 모든 것이 어떤 시험일 것이라고 결론 내렸다. 그래, 지금까지 말하지 않았던 다른 모든 이야기처럼 상담사가 직접 물어보기 전까지는 이 이야기 역시 먼저 꺼내지 않을 것이다.

낮에 만나는 상담사는 무엇이든 직접 물어보는 법이 드물었다. "이번 주는 어떠셨어요?" 또는 "꿈은 꾸셨나요?" 같은 질문만 할 뿐이었다. 그보다 구체적인 질문은 절대로 하지 않았다. 하지만 밤이 되면 그는 침대 옆에 서서 살갗 아래로 파고드는 날카로운 질문을 던졌다. 하우프트가 거짓으로 대답하면 그는 이렇게 말했다. "제가 그렇게 만만해 보이십니까?" 하우프트가 적당히 감춰 가며 이야기하면 상담사는 연필을 벽에 두드리며 나머지를 전부 말할 때까지 기다렸다. 하우프트는 낮과 달리 천천히, 조금씩 더 많이 몸 밖으로 마음속에 있던 말을 밀어냈다. 마치 낮 상담사와 밤 상담사가 서로 다른 사람인 것 같았다. 아니면 어떤 이유로 서로 다른 상담사 두 명이 그에게 똑같이 생긴 사람처럼 보이는 듯했다.


"혹시 쌍둥이세요?" 어느 날 낮 상담에서 하우프트가 물었다.

낮 상담사는 평소 자기 자신과 관련해서는 말을 아끼는 편이었지만, 꽤나 허를 찔린 듯한 표정으로 "네,"라고 대답했다가 곧바로 "아니오." 하고 말을 바꿨다.

"그렇기도 하고 아니기도 하고?" 하우프트가 말했다. "어떻게 둘 다일 수 있습니까?"

"저에게는… 쌍둥이 형제가 있었습니다. 사산아로 태어났죠."

하우프트가 질문을 이어 가려던 그때, 상담사가 고개를 저었다.

"제가 아니라 당신 이야기를 하죠."

사산아로 태어났어요, 늦은 밤 하우프트는 생각했다. 기묘한 말이 아닌가. 그 형제는 사실 아예 태어나지 않은 것인데. 왜 그냥 사산아라고 말하지 않은 것일까? 그냥 사산아와 사산아로 태어났다는 말은 어떻게 다른 것일까? 상담사는 무슨 말을 하려던 것일까?

밤 상담사는 침대 곁 어둠 속에 서서 연필을 벽에 두드리며 무언가를 기다리고 있었다. 뭐였지? 방금 뭘 물어봤었지?

"죄송합니다," 하우프트가 말했다. "잠시 다른 생각을 했어요. 질문이 뭐였죠?"

연필 소리가 멈췄다. "다른 생각이라," 밤 상담사가 말했다. "어떤 생각인가요?"

"아무것도 아닙니다." 하우프트는 거짓으로 대답했다.

밤 상담사가 역겨운 소음을 냈다. "항상 다른 생각을 하는군요."

"무언가를 생각하고 있었습니다." 하우프트는 시인했다.

"그게 뭔가요?"

하우프트는 적당한 거짓말을 떠올리려고 머뭇거렸다. 하지만 벽에 부딪히는 연필 소리가 그의 머릿속에서 작은 폭발을 일으키며 그를 계속 방해했다.

"말하고 싶지 않습니다."

연필 소리가 그쳤다. 불현듯 하우프트의 머릿속이 다시 어두워졌다. "그래요," 밤 상담사가 말했다. "이제 좀 말이 통하는군요."

"꿈을 꾸시나요?" 낮 상담사가 물었다. 두 사람은 상담사의 사무실에 앉아 있었고, 의자는 눈싸움이라도 하라는 듯 마주 보는 형태로 놓여 있었다. 낮 상담사는 안경을 썼다. 하우프트는 이것이 자신에게 유리한 상황처럼 느껴졌다. 밤 상담사가 안경을 썼었나? 낮 상담사가 썼으니 분명 썼을 테지만, 확실하게 기억나지 않았다. 낮 상담사가 바로 앞에 앉아 있어서 밤 상담사를 떠올리기가 힘들었다.

"안 꿉니다." 하우프트는 그렇게 대답하고는 이내 "분명 무슨 꿈을 꿨어요." 하고 말을 바꿨다. 그러고는 "그걸 떠올리면 저주받을 겁니다"라고 덧붙였다.

*저주받을 겁니다*, 그는 이 말을 곱씹으며 속으로 움찔했다. *단어 선택이 흥미롭네.*

하지만 낮 상담사는 그저 두 손의 손가락 끝을 마주 댄 채 고개만 끄덕일 뿐이었다.


"사과와 바나나의 공통점이 뭐죠?" 며칠 뒤 밤 상담사가 이렇게 물었다. 침대 옆 벽은 이미 글씨로 가득했기 때문에 상담사는 창문 쪽으로 옮겨 섰다. 창문으로 들어오는 차가운 가로등 불빛 때문에 그 남자는 마치 얼음으로 조각한 듯 유난히 창백해 보였다.

"뭐라고요?" 하우프트가 말했다.

"들었잖아요. 못 들은 척하지 마세요."

"제가 들었는지 못 들었는지 어떻게 알죠?" 하우프트가 짜증스럽게 물었다.

하지만 밤 상담사는 대답하려는 시늉조차 하지 않았다.

"사과와 바나나의 공통점이 뭐냐고?" 하우프트는 혼잣말로 되뇌었다. 뒤이어 "둘 다 과일이죠." 하고 덧붙였다.

상담사는 창가에서 몸을 돌려 미소 지었다. "틀렸어요."

"틀렸다고요?"

"둘 다 껍질이 있다는 게 공통점이에요."

"왜 그게 둘 다 과일이라는 것보다 나은 답인 거죠?"

상담사는 아무 말도 하지 않은 채 벽에 무언가를 미친 듯 휘갈겨 썼다.

"뭘 쓰는 거예요?" 하우프트가 물었지만, 상담사는 대답하지 않았다.

"왜 당신 답이 더 낫다는 겁니까?" 거듭되는 질문에도 상담사는 그저 "답은 둘 다 껍질이 있다는 거예요"라고 말할 뿐이었다.


*상담사가 밤에 이곳에 올 리 없어.* 새벽이 가까운 시간, 하우프트는 이렇게 생각했다. *말이 안 되잖아. 게다가 집 열쇠를 준 적도 없는데?* 하지만 밤에 찾아오는 그 남자는 상담사와 똑같이 생겼다. 억양도 같았다. 그 남자가 자신의 상담사가 아니라면, 대체 누구란 말인가?

하우프트는 눈을 비볐다. *또 껍질이 있는 게 뭘까?* 그는 실없이 궁리했다. 그러고는 생각했다. *나도 껍질이 있지.*

그는 바나나와 비슷하기도 하고 사과와 비슷하기도 했다. 만약 원 하나를 그려 그 안에 바나나와 사과를 넣는다면, 하우프트 역시 그 안에 들어갈 수 있을 터였다. 누구도 그를 막지 못할 것이다. 그런데 그 바깥에서 과일과 사람들 주위에 원을 그리는 건 누구일까?

하우프트는 시체 주위에 분필로 그려지는 선을 떠올렸다. 그러니 완전히 원이 아니어도 상관없다. 그저 과일이나 사람, 또는 그 둘이 합쳐진 어떤 것을 포함할 수 있는 모양이기만 하면 된다.

대화가 잠시 잦아들었을 때, 하우프트는 낮 상담사에게 쌍둥이로 태어났는데도 형제를 볼 수 없다는 게 어떤 느낌인지 물었다.

"네?" 낮 상담사가 얼떨떨해하며 되물었다.

"대답하고 싶지 않다면 안 해도 됩니다." 하우프트가 말했다. 낮 상담사가 종종 하던 말이었다. 그는 이 말을 들을 때면 대개 그것은 진심이 아닐 거라고 생각했다.

"쌍둥이 형제가 있는 기분을 제가 어떻게 알겠습니까?" 낮 상담사가 물었다.

"그렇지만," 하우프트는 멈칫했다. "당신의… 당신의 쌍둥이 형제가… 사산아로 태어난 거 아닌가요?"

낮 상담사는 고개를 저었다. "쌍둥이 형제요? 저는 외동아들입니다만."

낮 상담사가 분명 자신에게 사산아로 태어난 쌍둥이 형제가 있다고 말하지 않았었나? 하우프트는 그 대화를 생생하게 기억했다. 상담사의 말을 잘못 들었을 리는 없다. 왜 낮 상담사는 이제 와서 그에게 거짓말을 하는 것일까?

하우프트는 사과 한 개를 샀다. 그러고는 천천히, 이로 껍질을 뚫어 가며 심지와 씨만 빼고 껍질과 과육을 함께 먹었다. 사과는 바나나와 달라, 그는 생각했다. 밤 상담사는 틀렸다. 둘 다 껍질이 있지만, 사과 껍질은 먹을 수 있고 바나나 껍질은 못 먹는다. 바나나는 손으로 쉽게 껍질을 벗길 수 있지만, 사과는 그럴 수 없다. 사과 껍질을 벗기려면 칼이 있어야 한다. 사람은 바나나보다 사과와 비슷하다. 사람은 손으로 껍질을 벗길 수 없다. 사람의 껍질을 벗기려면 칼이 있어야 한다. 사과처럼 사람의 껍질도 먹을 수 있다.

하우프트는 이것을 밤 상담사에게 말했지만, 그는 그저 미동 없이 창가에 서 있었고, 무언가를 쓰지도 않았다. 하우프트는 상담사가 자신의 말을 듣고 있는지 알 수 없었다. 그는 말을 마치고 기다렸지만, 밤 상담사는 창백한 얼굴로 창밖만 바라봤다.

"밖에 뭐가 있어요?" 하우프트가 물었다.

"밖에 뭐가 있냐고요?" 밤 상담사가 되물으며 그를 향해 불쑥 몸을 돌렸다. "온 세상이 있죠."

하우프트는 궁금했다. 온 세상이 뭐지? 그게 대체 무엇이란 말인가? 세상이 들어가는 원을 그린다면 그 안에는 또 무엇이 들어가는 것일까? 그리고 그 원은 대체 어디에 그려야 하는 것일까?

"방금 무슨 생각을 했죠?" 밤 상담사가 물었다. 그는 굶주린 듯한 눈으로 하우프트를 뚫어져라 응시했다. 하우프트는 그 눈빛 때문에 적절한 거짓말을 떠올릴 수 없었고, 대신 주제를 바꾸기로 했다.

주제를 바꾸려는 노력은 이제껏 한 번도 성공한 적이 없었다. 밤 상담사와 대화할 때도 마찬가지였다. 이번에는 성공할 것이라고 생각할 이유가 없었다. 결국 하우프트는 계획에 없던 질문을 던지고 말았다. 조금 더 생각할 시간이 있을 때 하려던 질문이었다. 그 것은 답을 찾지 못한 채로 그의 머릿속을 부유하던 질문이었다. "만 날 수 없는 쌍둥이 형제가 있다는 건 어떤 느낌인가요?"

상담사는 그대로 멈췄다. "제가," 그러고는 느릿하게 이어서 말 했다. "쌍둥이로 태어난 걸 어떻게 알죠?"

세상은 이상한 곳이야, 하우프트는 어둠 속에서 생각했다. 견딜 수 없을 정도로. 그래도 내가 있을 유일한 곳이지. 하지만 내가 그 세상에 있는지조차 확신할 수 없어.

왜 낮 상담사는 쌍둥이가 있다고 인정했다가 다시 아닌 척하는 것일까? 무슨 게임이라도 하려는 걸까?

불현듯 그는 밤 상담사가 옆에 있다는 사실을 깨달았다. 하우프 트는 담요를 목까지 끌어 올려 꼼꼼히 덮었다. 상담사는 창가에 서 서 연필로 무언가를 쓸 준비를 하고 있었다.

"지난번에 못 한 얘기부터 해 볼까요?" 밤 상담사가 물었다.

하우프트는 고개를 저었다. 자신의 고갯짓이 어둠 속에서 보이 지 않았을까 걱정하며 말했다. "싫습니다."

"싫다고요?"

"당신 대체 누굽니까?" 하우프트가 물었다.

"무슨 뜻이죠?" 상담사가 되물었다. 그는 하우프트를 향해 몸을 돌렸고, 하우프트는 충격적일 정도로 창백한 상담사의 얼굴에 놀 랐다.

"당신은 사산아로 태어났나요?" 하우프트가 물었다.

"사산아로 태어났냐고요?" 상담사가 느릿하게 되물었다. 그러고는 입꼬리를 양옆으로 길게 끌어 올리며 음울한 미소를 지었다. "재미있는 말이네요." 상담사가 약간의 호기심을 담아 말했다.

"당신의 껍질을 벗기려면 칼이 필요할까요?" 하우프트가 물었다.

상담사의 입꼬리가 더 길게 찢어졌다. "직접 알아보지 그래요?"

하우프트는 이불을 홱 제쳤다. 옷을 그대로 입은 채였다. 그는 저녁 내내 옷을 입고 있었다. 손가락 마디가 희게 불거지도록 칼을 움켜쥐고 상담사에게 다가갔지만, 그는 움직이지 않았다.

하우프트는 칼을 들고 돌진했다. 하지만 잠시 눈을 감은 모양이었다. 상담사는 하우프트가 생각했던 그곳에 없었고 상처 하나 없이 멀쩡했다. 그는 다시 돌진했고, 칼이 상담사의 가슴에 저항 없이, 마치 처음부터 그곳에 아무도 없었던 것처럼 들어가는 모습을 보았다. 그러나 상담사의 얼굴을 올려다보았을 때, 그의 입 안에는 피가 가득 고여 있었다.

상담사의 웃음소리와 함께 피가 그의 턱을 타고 흘러내렸다. 하우프트가 칼을 한 번 더 밀어 넣자 상담사의 입에서 피가 더 많이 쏟아졌다. 하지만 여전히 그 몸에는 아무 상처도 없었고 칼이 들어가는 저항감도 느껴지지 않았다.

"당신 대체 뭐야?" 하우프트가 두려움에 떨며 물었다.

"내가 뭐냐고요?" 상담사가 되물었다. "저보고 대답하라는 겁니까? 지금쯤이면 우리가 만나는 시간에는 당신 얘기를 해야 한다는 걸 알 때도 되지 않았어요? 하우프트, 당신은 대체 뭐예요?"

그렇게 시간이 흘렀다. 어느 순간, 하우프트는 칼을 떨어뜨리고 문으로 다가갔다. 하지만 어디를 돌아봐도 상담사는 없었다. 혼란 속에서 하우프트는 정신이 멍해지며 사고 회로가 멈춰 감을 느꼈다. 이게 대체 무슨 치료야? 남아 있는 이성이 질문을 던졌다. 상담사들 사이에서 금지된 치료 같은 건가? 하지만 이를 상담사에게 묻자, 그 남자는 그저 웃으며 가까이 다가올 뿐이었다. '세이프 워드' 같은 걸 알려 줬어야 하는 거 아닌가? 머릿속에서 또 다른 물음이 떠올랐다.

"세이프 워드요?" 상담사가 말했다. 하우프트는 이를 입 밖으로 낸 적이 없음에도. "제가 했던 모든 행동 중에 게임처럼 보였던 것이 하나라도 있었습니까? 성적인 의미는 말할 것도 없고요."

"당신, 살아 있는 사람이야?" 하우프트가 물었다.

"당신은요?"

"당신 뭐야?"

"제가 뭐냐고요? 당신이 생각하는 바로 그 존재죠."

하우프트가 다시 집중하며 자신이 상담사를 뭐라고 생각했을지 떠올리려 했던 그때, 상담사가 피 묻은 입술을 핥으며 불쑥 눈앞으로 다가왔다.

하우프트는 쓰라림을 느끼며 바닥에서 눈을 떴다. 손에 얕게 베인 상처가 있었고, 상처가 없는 입술에도 피가 검게 말라붙어 있었다. 그는 낮게 신음하며 칼을 집어 들었다. 그러고는 샤워를 했다.

낮 상담사에게 전부 얘기해야겠어, 하우프트는 속으로 되뇌었다. 그 남자에게 대항할 생각이었다. 왜 밤에 찾아오는지도 물어볼 작정이었다. 만약 그 남자가 밤에 오지 않았다면, 만약 그 모든 게 망상이었거나 그보다 더 안 좋은 상황이라고 해도, 그래도 어쨌든 사실을 알게 될 터였다.

하우프트는 사과 한 개를 먹고 그다음 바나나 한 개를 먹었다. 바나나 맛이 어딘가 이상했다. 원래 알던 바나나보다 씹기 힘들었고, 질기고, 쓴맛이 났다. 하지만 사과는 원래 알던 맛과 똑같았다. 그는 천천히 씹으며 두 가지 모두를 물로 씻어 내렸다.

"한 주 잘 보내셨어요?" 낮 상담사가 물었다.
"괜찮았습니다." 하우프트가 재킷 주머니에 양손을 넣고 몸을 웅크리며 대답했다.
"기억나는 꿈이 있나요?" 긴 침묵 끝에 낮 상담사가 물었다.
"아뇨, 한 개도 없어요."
하우프트는 계속 생각했다. *사산아로 태어난다. 사산아지만 태어났다. 얼마나 끔찍한 일인가. 만약 쌍둥이 중 한 명이 자궁 안에서 목숨을 잃었다면,* 그는 생각했다. *보통 다른 쪽이 영양분을 다 가져갔기 때문이야. 만약 그 아이가 사산아라면 괜찮아. 땅에 묻히고 잊힌 뒤 영원히 그 안에 있을 테니까. 하지만 사산아로 태어나면, 그러면 어떻게 되는 거지?*
낮 상담사가 그를 빤히 쳐다보고 있었다. 얼마나 오래 보고 있었던 것일까? 아마 꽤 오랜 시간이 지났을 터였다.

"왜 그러세요?" 하우프트가 물었다.

"방금 무슨 생각을 하셨죠?" 안경 너머로 상담사의 시선이 하우프트에게 날카롭게 꽂혀 있었다.

"그냥 이것저것이요."

낮 상담사는 가만히 그의 다음 말을 기다렸다. 밤 상담사와 비슷한 행동이었다. 하우프트는 그 둘을 따로 생각해야 할지 한 명으로 생각해야 할지 다시 한번 궁금해졌다.

낮 상담사는 여전히 그를 쳐다보고 있었다. 하우프트는 두 손으로 주머니 속을 더듬었다. 한 손에 칼 손잡이가 닿자 그것을 꽉 그러쥐었다.

"사과를 생각하고 있었어요."

"사과 말인가요?" 낮 상담사가 놀란 듯 물었다.

"바나나도요. 사과와 바나나의 공통점이 뭐라고 생각하세요?"

낮 상담사의 눈이 살짝 가늘게 늘어졌다. "수수께끼인가요?"

"물론이죠." 하우프트는 칼 손잡이를 잡은 손마디가 하얗게 불거지는 모습을 떠올렸다. 낮 상담사는 바나나보다 사과에 가까웠다. 껍질을 벗기기 쉽지 않을 것이다. 아마 전부 씹어 먹는 게 나을지도 모른다. "그래도 대답해 보세요," 하우프트가 말했다. "제게 어울려 주시죠."

# 새어 나오다

I.

그곳은 사람의 손길이 닿은 지 한참은 되어 보이는, 여기저기가 갈라진 판잣집이었지만, 어쨌든 대저택이었다. 그러니 당연히 밖보다는 따뜻할 거라고 라르스는 생각했다. 대문은 자물쇠로 잠겨 있었고 창문은 판자로 막혀 있었지만, 판자가 떨어져 나가고 유리가 깨진 창문틀을 금세 찾을 수 있었다. 최소한의 노력으로 몸을 밀어 넣을 수 있는 곳이었다.

물론 그렇다는 것은 누군가가 이미 이곳에 왔을 수도, 아직 안에 있을 수도 있다는 의미이기도 했다. 누군가가 안에 있다 해도 상관없었다. 큰 집이니 충분히 함께 쓸 수 있을 것이다. 하지만 안에 있는 *사람들도* 그렇게 생각할까?

"누구 있어요?" 라르스는 어두운 집 안을 향해 조심스럽게 외쳤다. 답이 들려오지 않자 라르스는 창문 틈 사이로 더플백을 밀어 넣은 뒤 안쪽으로 기어 들어갔다.

그는 눈이 어둠에 적응할 때까지 가만히 기다렸다. 몇 분이 지났지만, 눈에 보이는 것은 자신의 주위를 부유하는 기묘한 회색 줄무늬들뿐이었다. 이윽고 그는 판자 사이로 새어 들어오는 옅은 빛 때문에 그 줄무늬가 만들어졌다는 사실을 깨달았다.

그는 장갑 낀 한쪽 손으로 주위를 더듬어 보았다. 바닥에는 아무것도 없는 듯했다. 쓰레기도 없고 사람이 살았던 흔적도 없었다. 누군지는 몰라도 이곳에 있었던 사람은 여기에 오래 머물지 않았거나, 그처럼 막 도착했다는 의미였다.

"누구 있어요?" 라르스는 전보다 큰 소리로 다시 한번 외친 뒤 귀를 기울였다. 답은 없었다.

*나뿐인 것 같네*, 그는 혼자서 중얼거렸다. 이곳에 혼자 있다고 완전히 확신하지는 못 했지만. 그는 더플백의 윗부분을 더듬어 연뒤, 이로 장갑을 벗고 촉감에 의지해 안쪽에 무엇이 있는지 찾아보았다. 지저분한 옷 뭉치, 작은 원통 모양 건전지 몇 개, 가늘고 긴칼, 찌그러진 양철, 통조림 등이 있었다. 마침내 가방 깊숙한 곳에서 손잡이가 울퉁불퉁하고 딱딱한 원통형 물체가 잡혔다. 그는 그물체를 꺼내 이리저리 굴리며 스위치를 찾았다.

손전등에 불이 들어왔지만, 빛은 흐릿했다. 건전지가 다 되었거나 접촉면이 부식된 것 같았다. 손전등을 살짝 흔들자 어둠을 가를 수 있을 만큼은 밝아졌다. 라르스는 빛을 비추며 주위를 살폈다. 평범한 방처럼 보였다. 유일하게 이상한 점은 너무 깨끗하다는 것이었다. 쓰레기도, 먼지도 없었다. 소나무 바닥은 막 왁스 칠을 한 듯 반짝거렸다. 티 하나 없이 말끔했다. 버려진 집이라고 생각했는데, 그게 아니었던 걸까? 하지만 집의 외관은 매우 낡아 있었고 창문은 판자로 막혀 있지 않았었나.

이상하네, 그는 생각했다. 그 순간 손전등이 깜빡이더니 불이 꺼졌다.

라르스는 손전등을 흔들어 보기도, 몸체 뒤쪽을 손으로 쳐 보기도 했지만 불은 다시 들어오지 않았다. 그는 가방을 창문 옆에 두고 온 자기 자신에게 악담을 퍼부었다. 자신이 왔던 방향이 맞기를 바라며 그는 천천히 뒤로 물러섰다. 어둠 때문에 그 공간은 더 불확실하고 광활하게 느껴졌다. 어쨌든 그는 계속해서 뒷걸음쳤다.

그의 신발 뒤쪽에 무언가가 걸렸다. 뒤쪽을 더듬자 벽이 느껴졌다. 아까 자신이 들어온 창문 쪽일까? 라르스는 알 수 없었다. 그저 단단한 벽이 있을 뿐이었다.

그냥 집일 뿐이야, 라르스는 자기 자신에게 말했다. 걱정할 거 없어. 그냥 집일 뿐이야.

하지만 그는 한 번도 어둠을 견뎌 낸 적이 없었다. 어렸을 때도 어둠이 싫었고, 지금도 마찬가지였다. 라르스는 다시 한번 벽을 더듬어 보았다. 여전히 창문은 찾을 수 없었다. 숨이 가빠 왔다. 숨 쉬어, 그는 자기 자신을 다독였다. 진정해.

라르스는 그대로 기절했다.

정신이 들었을 때 그는 다른 사람이라도 된 것처럼 어쩐지 차분해졌다. 낯선 곳에서 일어났지만 전혀 혼란스럽지 않았다. 낯선 곳이 아닌 것 같은 느낌이었다. 마치 이곳에 오랜 시간, 어쩌면 영원히 머물렀던 것처럼.

줄무늬들, 이 생각을 떠올리자마자 창문에 드리워진 회색 줄들이 라르스의 눈에 들어왔다. 자신의 주위에는 없었다. 아까 손으로 더듬어 왔던 벽이 내벽인 듯했다. 그래서 다른 곳으로 돌아온 것이다. 어떻게 이렇게까지 돌아온 것일까?

라르스는 일어서서 줄무늬가 있는 쪽으로 다가갔다. 반쯤 갔을 때 그는 무언가에 걸려 엉덩이를 찧으며 넘어졌다. 처음에는 자신의 더플백이라고 생각하고 바닥을 더듬어 보았지만, 그곳에는 아무것도 없었다. 대체 무엇에 걸려 넘어진 것일까?

그는 발을 딛고 일어섰다. 창문이 있는 벽이 손에 닿자 발로 바닥을 쓸어 가방을 찾으려 했다. 그러나 여전히 찾을 수 없었다. 라르스는 창문을 막은 나무판자를 잡아당겨 보았다. 모두 단단히 고정되어 있었다.

*이 창문이 아니야*, 라르스는 생각했다. *이 벽이 아니라고.* 그는 공황 상태에 빠지지 않으려고 애썼다.

라르스는 몸을 돌려 다시 어둠 속으로 향했다. 알아보기 힘들었지만, 저 멀리 창문이 있음을 알려 주는 줄무늬들이 보였다. 그는 그쪽으로 발을 옮겼다.


이번에는 자신의 가방이 있었다. 라르스는 가방에 걸려 넘어졌고, 몸을 굽혀 살펴보자 다행히도 가방은 사라지지 않고 그곳에 있었다. 손가락 밑으로 전해지는 가방의 느낌이 살짝 이상하긴 했다. 하지만 가방은 분명 자신이 이 집에 들어올 때 판자 사이로 밀어 넣어 이곳으로 떨어졌을 것이다. 그러니 걱정할 것 없다. 자신의 더플백이었으니까. 다른 것일 이유가 없지 않은가?

라르스는 바닥에 앉아 가방 속을 탐색했고, 이내 건전지를 찾았다. 그는 손전등 뒤쪽을 열었다. 손전등을 흔들어 다 닳은 건전지를 바닥에 툭 떨어뜨린 뒤 새로운 건전지를 넣고 뒤쪽을 다시 닫았다.

조심스럽게 스위치를 켜자 이번에는 강렬하고 밝은 빛이 뻗어 나갔다. 그곳은 다시 방이 되었다. 아무것도 두려워할 필요 없고, 라르스와 그의 더플백 말고는 텅 빈, 그냥 평범한 방이었다.

라르스는 가방을 어깨에 둘러메고 집 안 더 깊은 곳으로 들어가는 문 쪽으로 향했다. 반쯤 가던 그는 잠시 멈춰 선 뒤, 몸을 돌려 뒤쪽 바닥에 빛을 비추어 보았다. 궁금증 하나가 떠올랐다. *다 쓴 건전지들은 어디 간 거지?* 건전지는 그곳에 없었다.


이어지는 방에는 계단이 있었고, 그 계단은 점점 좁아지는 통로로 이어졌다. 그 통로를 지나면 1층의 나머지 공간이 나왔다. 이곳 역시 모두 흠 하나 없이 깨끗했으며, 바닥과 계단 역시 막 청소한 것처럼 먼지 한 톨 없었다.

라르스는 계단 위쪽으로 빛을 비춰 보았지만 올라가지는 않고, 뒤쪽으로 난 통로를 따라 걸어갔다. 그러자 열린 공간이 나오며 다이닝룸, 주방, 창고가 보였다. 통로의 끝에는 문 세 개가 나란히 있었는데, 한 개는 그의 앞에, 다른 두 개는 양옆에 있었다. 그는 오른쪽 문을 열어 보려 했지만 잠겨 있었다. 왼쪽 문도 마찬가지였다. 하지만 그의 앞에 있는 문은 부드럽게 열렸다. 그는 그 방으로 들어갔다.

방을 꽉 채울 정도로 큰 벽난로와 함께 도자기 타일로 꾸민 거대한 장식품이 보였다. 벽난로 안 받침대와 화롯대도 집 안의 다른 모든 것들과 마찬가지로 한 번도 불을 피우지 않은 듯 깨끗했다. 방 한편에는 완벽한 대칭으로 쌓인 땔감이 있었고, 그 앞에는 불쏘시개가 든 상자가 놓여 있었다. 반대편에는 역시 사용하지 않은 듯 말끔한 부지깽이가 받침대에 걸려 있었다. 도자기 타일에 그려진 그림은 언뜻 새처럼 보였지만, 자세히 들여다보자 새가 아니라 무언가를 암시하는 듯 손짓하는 잘린 손들이었다.

벽난로 선반 위 벽에는 회반죽 위에 그대로 휘갈겨 쓴 듯한 무언가가 있었다. 얼핏 보기로는 무언가 이해하기 힘든 예술 작품처럼 느껴졌다. 가까이 다가가 살펴보니 얼룩처럼 보였다. 이 집을 통틀어 유일한 흠이었다. 라르스는 가까이, 더 가까이 다가갔고, 흠칫 놀랐다. 그냥 얼룩이 아니야, 그는 깨달았다. 그것은 거대한 핏자국이었다.


그 방에는 안락의자 두 개가 놓여 있었고, 바닥에는 곰 가죽이 깔려 있었다. 이곳에서 불을 피워 몸을 덥힐 수 있을 것 같았다. 하지만 그래도 될까? 누군가가 굴뚝에서 연기를 보면 어쩌지? 그러면 문제가 될까?

하지만 손전등의 배터리는 언젠가 나갈 것이고, 다시 어둠 속에 남겨지는 것은 죽기보다 싫었다. 그에게는 불이 필요했다. 잡히더라도 상관없었다. 잡혀 봐야 감옥에 하루 동안 갇혀 있는 게 전부일 것이다. 게다가 감옥은 따뜻할 터였다.

그는 빛이 천장에 퍼지도록 손전등을 거꾸로 세워 두고 가방을 뒤져 성냥갑을 찾았다.

성냥갑은 이리저리 구겨져 있었고, 불을 붙이는 부분도 닳아 있었다. 안에 든 성냥도 대부분 부서지거나 칠이 벗겨진 상태였다.

라르스는 땔감을 우물 정자로 꼼꼼하게 쌓았고, 맨 위에는 불쏘시개를 놓을 작은 둔덕을 만들었다. 그는 그 둔덕이 마치 별처럼 생겼다는 사실을 깨달았고, 손가락으로 더욱 확실하게 별 모양을 만들었다.

첫 번째 성냥은 그대로 꺼져 버렸다. 두 번째 성냥은 조금 나았지만, 불쏘시개에 불을 붙이지는 못 했다. 세 번째 성냥에 불이 붙자 그는 성냥갑에도 불을 붙여 불쏘시개에 밀어 넣었다.

그렇게 그는 불쏘시개에 불이 붙을 때까지 입으로 바람을 불었다. 그러고는 불붙은 불쏘시개가 검게 변하며 구겨지고, 아래에 있는 땔감에 그을음이 번지고, 이내 불이 땔감을 삼키는 모습을 지켜보았다. 그는 불길을 가만히 응시했다. 이내 불에서 전해지는 온기가 느껴졌다. 얼마 지나지 않아 근처에 있기 힘들 정도로 열기가 올라왔다.

라르스는 놓여 있는 안락의자 두 개 중 하나에 앉았다. 의자에 앉기 직전, 그곳에 놓여 있는 무언가가 눈에 들어왔다. 고무로 만든 담요처럼 보이는 그 물체는 속이 비쳐 보였고, 기묘한 모양을 하고 있었다. 색도 특이했는데, 지저분한 분홍색인 것으로 보아 돼지가 죽을 얇게 늘이거나 모종의 방법으로 가공해서 투명하게 만든 것 같았다. 감촉은 부드럽고 따뜻했다. 벽난로가 가까이 있어서일까. 두 손으로 집어 올려 살펴보니 담요보다는 무언가의 껍질에 더 가까웠다. 안쪽으로 들어가 입을 수 있을 것 같았고, 사람 크기였으며, 사람 형체이기도 했다.

라르스는 마치 무언가에 찔리기라도 한 것처럼 그 물체를 떨어뜨리고 의자에서 몇 걸음 물러섰다. 순간 도망가고 싶은 충동을 느꼈고, 그 껍질에서 멀어질 때마다 점차 안도감이 찾아왔다. 누가 장난친 거겠지, 라르스는 그렇게 혼잣말을 해 보았다. 그냥 괴상한 의상일 거야. 그러니 걱정하지 않아도 될 것이다.

그는 다른 의자에 자리 잡았다. 떨림은 여전히 멈추지 않았다. 몇 분만 쉬면서 몸을 녹이고 이곳을 떠날 작정이었다.

잠시 후, 그는 깊이 잠들었다.

꿈속에서 그는 어느 극장에 있었다. 마치 아버지가 생전에 수술을 집도하던 수술실처럼 생긴 극장이었다. 상단에는 라르스만을 위한 예약석이 있었는데, 의자 뒤편에는 그의 이름이 새겨진 황동판이 붙어 있었다. 그가 극장에 들어서자 모두가 몸을 돌려 그를 응시했다. 극장은 사람들로 가득했고, 그가 앉을 자리를 제외하고는 모든 자리가 차 있었다. 자신의 자리에 앉기 위해 그는 다른 사람들에게 양해를 구해 가며 통로를 따라 중앙까지 비집고 들어가야 했다. 아래쪽에는 의사가 장갑 낀 손을 부자연스럽게 들고 미동 없이 서 있었다. 의사의 얼굴은 수술용 마스크 때문에 거의 보이지 않았다. 라르스가 자리에 앉기를 기다리는 듯했다.

이내 라르스는 자리에 앉았고, 의사가 계속해서 자신을 바라보자 그에게 진행하라는 몸짓을 보냈다. 의사는 고개를 끄덕인 뒤 자신을 제외하고 무대에 있는 유일한 남자를 향해 몸을 돌렸다. 키가 크고 나이가 있는 남자였고, 실오라기 하나 걸치지 않은 채로 수술대 옆에 서 있었다.

의사는 수술 도구가 담긴 트레이에서 메스를 집어 들었다. 그러고는 남자의 쇄골을 따라 어깨 한쪽에서 반대쪽까지 절개했다. 나이든 남자는 아무것도 느끼지 못하는 것 같았다. 그 남자는 그저 텅 빈 미소를 지으며 그대로 서 있었다. 의사는 피 묻은 메스를 수술대 구석에 내려놓았다. 그런 다음 장갑 낀 손가락을 절단면 안으로 조심스럽게 밀어 넣고 피부를 단단히 잡은 뒤 아주 천천히 끌어내리기 시작했다. 그리고 마치 허락을 받듯 이따금 라르스를 뒤돌아보며 남자의 가슴에서 살을 벗겨 냈다.

라르스는 숨을 헐떡이며 깨어났다. 이곳이 어디인지 혼란스러웠다. 땀이 흘렀고, 방 안은 잠들었을 때보다 더 더웠으며, 짙은 붉은색으로 타오르는 불꽃이 벽난로 앞 공기를 덥히며 아지랑이를 만들어 냈다.

"악몽을 꿨나?" 누군가가 물었다.

라르스는 소스라치게 놀랐다. 몸을 돌리자, 또 다른 안락의자에 한 남자가 앉아 있는 게 보였다. 그 남자의 피부는 어딘가 이상했는데, 기묘하게 걸쳐져 있는 듯했으며 손가락과 팔꿈치 쪽은 너무 헐거웠고 다른 곳은 지나치게 팽팽했다. 얼굴도 기이했는데, 마치 피부가 얼굴뼈와 어긋난 것 같았다. 한쪽 눈은 기괴하게 늘어나 너무 넓게 벌어졌고 다른 쪽 눈은 피부가 접히는 바람에 감겨 있었다.

"악몽을 꾼 건가?" 흉측하게 일그러진 그 남자가 다시 물었다.

"네, 악몽이네요."

"악몽을 *꿨*다는 거겠지."

하지만 라르스는 잘못 말한 것이 아니었다. *이건 꿈이야*, 라르스는 그렇게 생각했고, 그렇게 믿고 싶었다. *나는 아직 자고 있고 여긴 꿈속이야.*

"무엇을 쳐다보고 있는 거지?" 그 남자가 물었다. "나인가?" 그는 손을 들어 자신의 얼굴을 만지더니 피부를 이리저리 당겼다. 피부가 미끄러지며 질척거리는 소리를 냈다. 튀어나와 있던 눈 한쪽이 정상으로 돌아오고 다른 쪽 눈도 떠졌다. 라르스는 메스꺼움을 느끼며 고개를 돌렸다.

"이제 됐군," 남자가 말했다. "알겠나? 걱정할 거 없어." 라르스가 불꽃에서 눈을 떼지 않자 그 남자가 덧붙였다. "나를 봐."

라르스는 마지못해 남자를 바라봤다. 그의 눈에 비친 사람은 그저 평범한 남자였다. 전혀 일그러지지 않은.

"대체 무슨 일이 있었던 겁니까?" 라르스는 질문하지 않을 수 없었다.

"무슨 일이라니?" 남자는 머리카락을 뒤로 넘겨 가지런히 정리했다. "아무 일도 없었어. 왜 무슨 일이 있었을 거라 생각하지?"

라르스는 입을 열었지만, 이내 다시 닫았다. 남자는 의자에 앉은 채 라르스를 쳐다봤다.

"이 집에 다른 사람이 있는지는 몰랐습니다." 라르스가 마침내 입을 열었다. "함부로 들어오려던 건 아니었어요. 나가겠습니다."

"그럴 필요 없네." 남자가 말했다. "큰 집이지 않나. 대저택. 나는 함께 있어도 상관없어."

"그냥…."

"걱정하지 마, 식사는 이미 했으니까."

*뭐라고?* 라르스는 생각했다. 자신이 남자에게 대접할 식량이 없어서 떠난다고 생각하는 건가? 이 지역 관습인가? 라르스는 혼란스러워하며 의자에서 일어나려 했다.

하지만 이미 일어서 있던 그 남자는 마치 허공을 다독이듯 손짓했다. *앉아, 앉아 있어.* 남자가 그렇게 제지했다. 밖으로 나가려면 그 남자와 닿아야 했는데, 왠지 내키지 않았다.

라르스는 다시 의자에 앉았다. 믿기 어렵게도 그 남자는 이미 자신의 의자에 앉아 있었다. 얼굴 한쪽 피부가 다시 헐거워지고 있는 것 같았지만, 그저 일렁이는 불빛 때문에 그렇게 보이는 것일지도 몰랐다.

"깨우려던 건 아니었어." 그 남자가 말했다. "아마 자네를 깨운 건 내가 아니었겠지만."

"무슨… 말인지 모르겠는데요."

남자는 꼬았던 다리를 풀고 반대 방향으로 다시 다리를 꼬았다. "내게 말해 줄 텐가?" 남자가 물었다.

"무엇을요?"

"자네의 꿈. 나에게 말해 줄 건가?"

"말하지 않는 게 좋을 것 같은데요."

남자는 미소 짓더니 작게 웃었다. "그래? 그렇다면 다시 잠들게 해 줘야겠군."


"사람이 아닌 한 사람이 있었어." 그는 인상을 쓰고 있었다. 어쩌면 얼굴이 흘러내리고 있는 것일 수도 있었다.

"그 남자는 *사람처럼* 행동했지만, 사실은 사람이 아니었지. 아마 궁금할 거야, 그렇다면 왜 사람들 속에서 함께 사는 거지?

대체 왜일까?

하지만 이건 무언가를 설명하기 위한 이야기가 아니야. 그저 있는 그대로 말할 뿐이지. 자네도 알다시피 어떤 상황이 벌어지는 데에는 이유가 없어. 혹시나 이유가 있다 하더라도 그건 어떠한 차이도, 변화도 만들어 낼 수 없지."

"그 남자는 사람처럼 행동했고 꽤 많은 면에서는 사람이기도 했지만, 그래도 사람은 아니었고, 가끔은 그 사실을 잊어버리는 바람에 진짜 자신이 새어 나가기도 했어."

"뭐라고요?" 라르스의 목소리가 높아졌다.

"새어 나갔다고." 남자는 의자를 조금 더 가까이 가져왔다. 적어도 라르스에게는 그렇게 보였다.

"하지만 어떻게…"

"새어 나갔어," 남자는 단호하게 말했다. "설명이 아니라고 이미 말했잖아. 조용히 들으라고."

"그렇게 긴장을 풀고 새어 나가면 다시 돌아오기 어려울 때도 있었어. 가끔 그렇게 있을 때 사람들이 따라오기도 했는데, 그 남자는 사람들과 무엇을 해야 할지 결정을 내려야 했어. 아니, 그 *사람들에게* 어떻게 해야 할지 정해야 했지. 이따금 그 남자가 자신이 있던 곳으로 돌아가지 못할 때면 적어도 그 사람들 중 한 명에게 들어가면 되니까."

남자가 불쑥 다가와 라르스의 뺨을 만졌다. 라르스는 얼굴에 온기가 스며드는 것을 느꼈다. 어쩌면 너무 차가워서 따뜻하게 느껴진 것일지도 몰랐다. 몸을 움직일 수가 없었다.

"가끔," 남자가 이어서 말했다. "그 남자는 누군가의 안에 들어가서 한동안 그곳에 머무르지. 하지만 그렇지 않을 때는 그냥 삼켜 버려."

2.

정신이 들었을 때는 이미 늦은 오후였고, 창문을 막은 널빤지 사이로 들어오는 햇빛이 집 안을 창백한 빛으로 물들이고 있었다. 그는 바닥에 깔린 곰 가죽 위에 누워 있었다. 같은 자세로 오래 누워 있었던 탓에 몸이 뻣뻣했으며, 어깨가 저리고 턱이 뻐근했다. 그 남자는 어디에도 보이지 않았다.

진짜 무슨 일이 일어나긴 했던 것일까? 어쩌면 모두 꿈이었을 수도 있다.

벽난로 안 나뭇재에는 온기가 남아 있었다. 전날 밤 손전등으로 비춰 보았을 때 흠 하나 없어 보였던 그 방은 다시 보니 전혀 깨끗하지 않았다. 바닥에는 먼지가 가득했고, 쓰레기가 널려 있었던 데다 희미하게 시큼한 냄새가 났다. 그가 잠들었던 곰 가죽도 쥐가 파먹은 흔적이 있는 낡은 것이었고, 안락의자 두 개도 마찬가지였다. 흠 하나 없이 깨끗한 곳은 벽난로 위 벽뿐이었다. 다만 어젯밤 보였던 얼룩은 온데간데없었다.

그는 재빨리 가방을 챙긴 뒤 문으로 향했다. 이곳으로 다시 돌아오지 않을 거라 다짐했다. 그는 그저 이 집에 잠깐 머물렀을 뿐이다. 라르스는 같은 곳에 절대 이틀 이상 묵지 않았다. 아버지가 돌아가신 이후로는 그랬다.

집을 뒤졌지만 가져갈 만한 물건은 없었다. 어젯밤에 다 쓴 건전지는 여전히 보이지 않았다.

시내로 반 마일쯤 들어갔을 때는 늦은 오후였다. 시내는 생각보다 작았다. 상업 지구는 중심가 하나에 모여 있었는데, 작은 식당, 간이식당이 있는 잡화점, 약국, 사료와 곡물을 파는 상점, 철물점이 있었다. 라르스는 철물점에서 얼마간 시간을 보냈다. 유감스럽게도 그곳에는 다른 손님이 거의 없었고, 점원은 그가 물건을 훔쳐 가지는 않을까 의심하며 라르스를 지나치게 의식했다. 하는 수 없이 그는 철물점을 나와 잡화점으로 향했다.

라르스는 통로를 걸으며 생각했다. 생김새가 같은 것으로 보아

이곳의 점원은 철물점에서 일하고 있는 사람과 일란성쌍둥이인 것 같았지만, 그를 덜 의식했다. 라르스는 사탕 진열대에서 아래쪽 선반을 살펴보는 척 몸을 굽히며 코트 안에 에너지 바 몇 개를 슬쩍 집어넣었다. 건전지는 진열대 끝 쪽에 있어서 점원의 눈을 피해 주머니에 넣기 쉽지 않았다. 그는 천천히 진열대와 점원 사이에 자리 잡은 뒤 건전지 한 세트를 바지 주머니에 슬그머니 밀어 넣었다.

라르스는 점원의 주의를 돌리기 위해 가게 안을 얼마간 더 돌아다녔다. 그가 아무것도 사지 않고 출입문 쪽으로 몸을 돌려 나갈 준비를 하고 있을 때쯤 밖은 점점 어두워지고 있었고, 눈이 내리기 시작했다. 점원은 둘로 늘어나 있었는데, 아까 그 철물점에서 온 형제인지 사촌인지 빌어먹을 누군가가 이곳에 와 있었다. 이들과 똑같이 생긴 세 번째 남자도 주변에 있을지 몰랐다. 그들은 서로 귓속말을 주고받으며 라르스를 쳐다보고 있었다.

그는 순간 훔쳤던 물건들을 제자리에 돌려놓을까 고민했다. 하지만 음식이 필요했다. 아무것도 먹지 못한 지 하루는 족히 지났기 때문이다. 그뿐만이 아니다. 밖에서 하룻밤을 보내게 된다면 건전지도 필요했다. 손전등을 작동시켜야 하니까. *성냥도 필요해*, 그는 생각했다. *그게 없으면 불을 못 피우니까*. 라르스는 성냥갑을 찾아 가방 안에 집어넣었다.

철물점에서 온 점원은 입을 일자로 꾹 다문 채 그를 향해 오고 있었다. 이곳에서 일하던 점원은 뒷문 쪽으로 움직였다.

라르스는 재빨리 통로를 지나며 뒷문으로 향했다. 점원은 그의 뒤쪽에 바짝 붙어 소리를 질렀고, 라르스는 총알처럼 튀어나가며

'*직원 전용*'이라고 쓰인 문을 향해 도망쳤다. 그렇게 그는 상자와 철제 선반을 이리저리 피해 다니며 뒤쪽 벽에 도착했다. 문 중간에 막대처럼 생긴 부분을 누르자 문이 열렸고, 추위가 들이닥치며 경보음이 울렸다. 한 골목으로 들어서자 빛이 흐려지며 흐르듯 천천히 눈이 내렸다. 그는 눈에 미끄러지며 계속 달렸고, 그 뒤로 두 점원의 고함이 들렸다.

라르스는 점원들의 소리가 들리지 않을 때까지, 그를 쫓는 모습이 보이지 않을 때까지 달렸다. 그러고는 멈춰 서서 귀 기울였다. 이곳은 어둠뿐이었다. 그는 잠시 걸으며 숨을 골랐다. 여기가 어디일까? 감을 잡을 수 없었다. 시내 밖으로 나가는 길인 것 같았고, 사방에 들판이 보였다. 그 순간, 뒤쪽에서 고함이 들렸다. 그는 다시 달음박질쳤다.

하지만 어둠 속에서 목소리는 더 가깝게 들렸다. 마치 점원들로부터 도망치는 게 아니라 그들을 향해 뛰어가는 듯했다. 라르스는 빠르게 길을 벗어나 옆에 있는 들판으로 달려갔다. 그러나 그곳에는 들판이 아니라 집 한 채와 마당이 있었다. 눈에 보이는 바로는 대저택 같았다. 그는 이내 그 집이 어떤 집인지 깨달았다.

어떻게 이 집이 여기 있는 거지? 라르스는 차마 집 쪽으로 더 다가가지는 못한 채 머뭇거렸다.

목소리가 점점 가까워졌다. 이 집 마당에 가만히 서 있다가 혹시 그 점원들의 눈에 띄는 게 아닐까? 어두워졌다고는 해도, 몸을 숨길 수 있을 정도인 걸까? 자신의 얼굴이 어둠 속에서 마치 부표처럼 빛나지는 않을까?

그냥 집일 뿐이야, 라르스는 스스로를 설득시키려 노력했다. 그
냥 평범한 집이야. 걱정할 거 없어. 목소리가 더 가까워지기 전에
그는 저택 쪽으로 걸어갔고, 창문을 막아 둔 판자의 헐거운 부분을
찾아 그 안으로 기어 들어갔다.


잠시 후, 그는 자신이 정말 어떤 목소리를 듣긴 한 건지 의아해
졌다. 아니, 그가 들은 목소리가 그 점원들의 것이 맞는지, 그들이
아직도 자신을 쫓고 있을지 궁금했다. 라르스는 집 안에서 기다리
며 그렇게 되뇌었고, 그것이 문제의 핵심이었다. 목소리는 점원들
이 낸 것인가, 그렇지 않은 것인가? 하지만 점원의 목소리가 아니
라면, 대체 누구의 목소리란 말인가?

잠깐만 기다릴 거야, 라르스는 속으로 생각했다. 그 사람들이 완
전히 갈 때까지만. 하지만 이제는 안전할 거라고 생각하며 창문으
로 다가갈 때마다 다시 목소리가 들려왔다. 어쩌면 그가 잘못 들었
을 수도 있지만, 어쨌든 라르스는 그들의 목소리와 비슷한 무언가
를 들었다.


시간이 얼마나 지난 것일까? 그로서는 알 수 없었다. 잠이 들었
던 것일까? 그런 것 같지는 않았지만, 집 안은 이전보다 훨씬 어두
워져 있었고 눈에 보이는 것이라곤 창문을 막은 널빤지 사이로 빛
이 들어오며 만든 흐릿한 줄무늬뿐이었다.

그는 손전등을 꺼내 들었다. 아까 그 점원들이 아직 밖에서 그를

찾고 있다면 현명한 행동이 아니겠지만, 어쩔 수 없었다. 어둠을 견딜 수 없었기 때문이다. 이곳에서는 더더욱 그럴 수 없었다. 그는 손전등을 켜고 바닥을 비췄다.

그 방은 전날 밤과 똑같아 보였다. 흠 하나 없이 깨끗했으며, 바닥은 왁스 칠을 막 끝낸 듯 반짝였다. 마치 버려진 집이 아닌 것처럼. 손전등으로 빛을 비추니 기분이 좀 나아졌다. 하지만 믿기 힘들 정도로 깔끔하게 정돈된 바닥을 보자 기분이 다시 곤두박질쳤다.


그는 귀를 기울였다. 목소리들은 잠시 이리저리 흔들리다 바람에 흩어졌으며, 그마저도 인간적인 느낌을 찾아볼 수 없는 외로운 소리였다. 그는 나무판자를 들춰 밖에 그들이 있는지 살펴보려 했지만, 그럴 수 없었다. 판자가 들리지 않았기 때문이다. 마치 그가 들어온 뒤 누군가가 다시 못으로 고정해 둔 것 같았다. 판자를 당기며 손전등으로 마구 내리쳐도 소용없었다. 혼란에 빠진 라르스는 주위를 둘러보며 다른 창문의 판자를 들어내려 했다. 그러나 모든 창문의 판자는 단단히 고정되어 있었다.

그는 현관으로 가 잠금장치를 열고 손잡이를 돌렸다. 마치 반대쪽에서 무언가가 문을 막고 있는 것 같았다. 그는 어깨로 세차게 문을 밀다가 별안간 멈춰 섰다. 문이 판자로 막혀 있다는 사실이 기억난 것이다. 열릴 턱이 없었다.

창문에서 판자를 비틀어 떼어 낼 무언가가 필요했다. 어떻게 다시 창문에 고정되었는지는 중요하지 않았다. 생각할 가치가 없었다. 지금 가장 중요한 문제는 판자를 떼고 밖으로 나가는 것이었다.

하지만 방 안에는 아무것도 없었고, 그도 이미 그 사실을 알고 있었다. 그는 손전등 뒤쪽으로 판자 하나를 내리쳤다. 그러다 불빛이 깜빡거리자 금세 그만두었다. 빛이 없으면 견딜 수 없을 터였다. 여기서는 안 된다. 판자를 떼어 낼 무언가를 찾아야 했다. 무언가 다른 것을.

그는 현관과 현관 복도를 앞뒤로 돌아다녔지만, 복도 끝에 있는 방 문까지는 가지 않았다. 주방을 뒤졌지만 선반은 모두 비어 있었다. 식탁이 있는 방 역시 아무것도 없었다. 통로 양쪽에 있는 문들을 열어 보려 했으나 모두 잠겨 있었다. 그는 비어 있는 방들을 계속 뒤졌지만, 아무것도 찾지 못했다. *안 갈 거야*, 그는 속으로 생각했다. *그곳으로는 안 갈 거야.*

하지만 결국 그는 그곳으로 들어갈 수밖에 없었다. 그 방 안 벽난로 옆 받침대에 걸린 부지깽이가 필요했다. 그걸로 판자를 뗄 수 있을 것이다. 방 안으로 뛰어 들어가 부지깽이만 들고 나오면 된다. 아무것도, 누구도 보지 않을 것이다. 아무것도, 누구도 생각하지 않을 것이다. 그저 들어갔다가 그대로 나올 뿐이다. 그 방에 머무르지 않을 것이다.

하지만 마침내 그가 방문을 열었을 때, 벽난로에는 이미 불꽃이 타오르고 있었다. 그는 그 광경에 시선을 빼앗겼다. 그리고 벽난로 위, 어제보다 더 커진 듯한 핏자국도 그의 시선을 사로잡았다. 안락의자 위에서 껍질 안으로 들어가려, 어쩌면 나가려 버둥거리는 그 기이한 생명체의 모습도 마찬가지로 그의 시선을 사로잡았다. 하반신은 끼워 넣었지만, 상반신은 그러지 못한 상태였다.

그것은 라르스를 보았고, 미소를 짓는 듯했다. 뭐가 됐든 그를 두렵게 만드는 표정이었다.

"더 필요한 게 있나?" 그것이 말했다.

"나가려던 길입니다." 라르스가 대답했다.

그 생명체는 라르스의 말을 무시했다. "이야기가 더 듣고 싶나? 그래서 온 건가?" 그러고는 그에게로 다가왔다.

라르스의 얼굴에 닿을 정도는 아니었지만, 얼굴에 온기를 느낄 정도는 되었다. 그러다 불현듯, 라르스는 자신이 몸을 움직일 수 없다는 사실을 깨달았다.

그것은 아래로 내려가서 껍질 안으로 다시 기어 들어갔다. 손이 아니었던 것이 손이 되었다. 그것은 시험하듯 손가락을 구부려 피부가 그 위에 자리 잡게 했다.

"이야기는 없어," 그것이 말했다. "식사를 못 했거든."

그 순간, 라르스는 손전등을 떨어뜨렸다. 손전등은 둔탁한 소리를 내며 바닥으로 떨어져 굴러갔고, 그 소리는 마치 손전등이 그곳에서 사라져 버리기라도 한 듯 갑자기 끊겼다.

"그럼," 그것이 말했다. "자네를 어떻게 해야 할까?"

포효하듯 타오르던 불꽃이 불현듯 잠잠해졌다. 방 전체가 고요해졌다. 정적 속에서 그 생명체가 가까워졌다. 그것은 라르스에게 손을 대었고, 그다음에는 손이 아닌 것을 대었다가, 마침내 헐겁고 텅 빈 껍질로 그를 감싸며 그 전부를 끌어들였다.

# 세상의 매듭을 풀기 위한 노래

드라고는 얇은 벽 너머로 들려오는 것이 딸의 노랫소리라고 생각했다. 그는 좁은 침대에 누운 채로 딸아이의 목소리를 들으며 노래 가사를 이해해 보려 귀를 기울였다. 음정이 제멋대로여서 멜로디는 거의 알아듣지 못했다. 무슨 노래인지 도무지 알 수 없었다. 얼마 지나지 않아 그는 집중하기를 포기했고, 노래는 어느새 자장가가 되었다.

다음 날 아침, 일어나 딸을 깨우러 갔으나 딸은 이미 나가고 없었다. 방에는 딸이 있었던 흔적이 보이지 않았고, 침대와 이불도 정돈되어 있었다. 딸아이가 이곳에 왔을 때부터 썼던 담요도 침대 구석에 정사각형으로 깔끔하게 개어져 있었다. 침대는 벽에서 떨어져 있었고, 옷가지, 장난감, 기념품, 잡동사니들이 그 주위를 둥글게 둘러싸며 단정하게 놓여 있었다. 거의 완벽한 원형이었다. 다섯 살짜리 아이가 어떻게 이렇게까지 정리해 놓은 것일까?

"다니?" 그가 딸을 불러 보지만, 대답은 돌아오지 않았다.

딸의 침실은 그가 전날 밤 그 방을 떠났을 때 그대로 밖에서 잠겨 있었다. 드라고는 딸이 방 어딘가에 숨어 있다고 생각했고, 숨바꼭질하는 척 아이를 찾았다.

"다니, 어디 숨었니?" 그는 일부러 더 낮은 목소리를 내며 말했다. "아빠가 잡으러 간다!"

그는 딸이 킥킥 웃으며 나타나기를 기다렸지만, 웃음소리는 들리지 않았다. 침대 밑에도, 옷장 속에도 딸아이는 없었다. 그 두 곳을 제외하면 이 방 안에 딸이 숨을 만한 장소는 없었다.

집 안 다른 곳에서도 딸은 보이지 않았다. 주방에도, 세탁실에도, 거실에도 없었다. 욕실도 비어 있었다. 드라고는 딸아이가 자기 의지로 절대 가지 않았을 것이라는 사실을 알면서도 지하실까지 뒤져 보았다. 앞문과 뒷문도 빗장으로 잘 잠겨 있었고, 평소처럼 창문도 못을 박아 단단히 막혀 있었다. 그러니 딸은 집 안에 있어야 했다.

하지만, 집 안 어디에도 딸은 없었다.

드라고는 다시 한번 집 안을 샅샅이 뒤졌다. 이번에는 아이가 들어갈 수 없을 만큼 작은 곳까지 살펴보았다. 냉장고를 열어 보았으나 딸은 그 안에 없었다. 냉장고 뒤에 몸을 끼워 넣은 것일까? 그렇지 않았다. 어쩌다가 환풍구 안으로 들어간 건 아닐까? 하지만 환풍구 덮개는 나사로 고정되어 있었다. 서랍 안에 몸을 구겨 넣은 것일까? 심장이 목까지 부풀어 오르는 듯 세차게 뛰는 것을 느끼며 그는 딸이 아니라 딸이 남긴 어떤 조각이라도, 아이가 남긴 무엇이라도, 아이가 존재했다는 증거라도(유리병 속을 쳐다보고, 온수기 뒤 어두운 공간을 살펴보고, 쓰레기 처리장 안쪽을 손전등으로 비춰 보며) 찾기 위해 세 번째로 집을 뒤졌지만, 아이는 집 안 어디에서도 찾을 수 없었다.

드라고는 소파에 앉아 꺼진 TV 화면을 응시했다. 무엇을 해야 할지 알 수 없었다. 아이는 집에 없었다. 하지만 어떻게 그럴 수 있겠는가? 딸아이가 집에 없을 수는 없었다. 그는 아이가 금방이라도 어디에선가 튀어나오기를, 그가 미처 보지 못한 서랍, 어떤 비밀의 방 같은 곳에서 공처럼 몸을 말고 아빠가 자신을 찾아 주기만을 기다리고 있기를 바랐다.

그래서 멍하니 TV 전원을 켰다. 잡음만 나왔다. 드라고는 콘솔 위에 있는 안테나를 조정하다 그대로 멈췄다. 어쩌면 이 안에, TV 잡음 안에 있을지도 몰라, 그런 터무니없는 생각을 했다. 그러나 그곳은 그가 미처 확인하지 못한 곳이었다. 오랜 시간 쳐다본다면 아이를 잠깐이라도 볼 수 있을지도 모른다.

눈이 아파 왔다. 얼마나 시간이 지난 건지 알 수 없었다. 한두 시간쯤 되었을 것이다. 다시 손을 뻗어 TV를 끄기까지 드라고는 꽤 힘들게 노력해야 했다. TV를 끈 후에도 드라고는 오랫동안 굴곡진 화면 중앙에 남은 작은 점들을, 그다음에는 완전히 꺼진 화면을 응시했다.

집 안 모든 곳을 뒤졌지만, 아이는 없었다. 다시 한번 찾아볼 수도 있다. 그렇지 않으면, 어떻게 봐도 불가능할 것 같지만, 그가 알지 못하는 어떤 방법으로 딸아이가 밖으로 나갔다는 사실을 받아들여야 했다.

이 생각이 머리에 스치자마자 그는 자기 자신이 이해가 되지 않았다. 자신이 어떻게 이곳에 가만히 앉아 있을 수 있단 말인가. 이미 몇 시간 전에 아이를 찾아 나섰어야 했다.

그의 이웃집은 회색 벽돌로 지어진 단층 주택이었고, 창문 위쪽에 있는 흰 금속 차양은 녹이 슬어 있었다. 손등으로 낡은 현관문을 두드리자 희미한 노란색 페인트 조각이 묻어났다. 그는 셔츠에 손을 문질러 닦고 대답을 기다렸다.

두 번 더 문을 두드리자 마침내 발소리와 함께 철컥거리는 소리가 들렸다. 잠시 후, 누군가가 문을 열었다. 예순 정도 되어 보이는 여자였고, 뼈만 남은 듯 마른 몸에 코에는 산소 튜브가 연결되어 있었다. 그 여자는 걸쇠를 걸어 놓은 채 그 사이로 밖을 내다보았다.

"딸을 찾고 있습니다." 드라고가 말했다.

여자는 그저 고개를 저을 뿐이었다. 코에 연결된 튜브로 산소가 들어가는 소리가 들렸다. "저기요," 그녀가 말했다. "잘못 찾아왔어요. 이 집엔 그 누구의 딸도 없으니까."

드라고는 여자가 문을 닫기 전에 문틈으로 발을 밀어 넣었다. "제 말 좀 들어 보세요!"

여자는 드라고의 발을 피해 몇 번쯤 문을 닫으려 시도하다가 이내 포기했다. 그러고는 입을 꾹 다물고 그의 말을 기다렸다.

드라고는 딸아이가 실종되었다고, 아이는 금발 머리에 다섯 살이고 왼쪽 관자놀이에 굽은 흉터가 있다고 설명했다.

"흉터는 왜 생긴 거죠?" 여자가 물었다.

"그게 중요한 게 아닙니다." 드라고는 조급하게 고개를 저었다. "아이를 보셨어요?"

"누구라고 했죠?"

"톰 스미스입니다. 옆집에 살아요. 몇 달 전에 이사하는 모습을 보셨을 겁니다." 그는 자신의 이름을 말해 주었다. 사실, 진짜 이름이 아니라 지금 쓰고 있는 가명이었다.

"당신 억양이랑 안 맞는 이름인데."

"입양됐습니다," 드라고는 거짓말을 했다. "톰 스미스예요." 그러고는 다시 한번 단호하게 말했다.

칙, 칙, 칙, 계속해서 튜브로 산소가 들어가는 소리가 났다.

여자는 고개를 저었다. "옆집에 남자 한 명이 이사하는 모습을 보긴 했어요. 당신이었겠지. 하지만 여자아이는 본 적 없어요."

"저는 항상 딸과 함께 있는데요." 드라고가 말했다. "저를 보셨으면 아이도 보셨을 겁니다."

"직업은 없어요?" 여자가 물었다.

"지금 그건 중요한 게 아닙니다."

"그러니까, 당신이 일할 때 아이는 뭘 하고 있는데요?"

"저는…." 드라고가 우물거렸다. "제발 부탁합니다. 아이를 보셨습니까, 못 보셨습니까?" 그는 거의 소리치듯 말했다.

"당신이 말한 것처럼 생긴 아이는 못 봤어요." 여자는 그렇게 대답했다. "옆에 있는 저 집뿐만 아니라 이 근처 어디에서도 못 봤죠."

"알겠습니다." 드라고가 숨을 깊게 들이쉬며 말했다. "만약 아이를 보면 제게 알려 주시겠습니까?"

"저기요, 이 동네에서 다섯 살짜리 아이가 실종되었으면 이렇게 집마다 돌아다닐 게 아니라 경찰에 신고해야죠."

그는 여자에게 인사하고 재빨리 그 집을 떠났다.


원칙적으로는 그 여자의 말이 맞았다. 보통의 경우라면 바로 경찰에 연락했을 것이다. 하지만 드라고는 경찰을 부를 수 없었다. 불가능한 일이었다.


다른 이웃집에는 사람이 없었다. 바로 길 건너에 있는 집은 버려진 채 창문은 막혀 있었으며, 외벽에는 붉은색 페인트가 말라붙어 있었다. 현관문은 단단히 잠겨 있었다. 드라고는 손에 입김을 불며 집을 한 바퀴 돌아보았고, 창문을 막은 판자를 당겨 보며 확실히 고정된 것인지 확인했다. 판자가 단단히 고정되었다고 해도 그다지 큰 의미가 있는 것은 아니었다. 열쇠가 있는 사람은 드나들 수 있을 테니. 그는 집 뒤쪽으로 돌아가 문을 발로 차 열고는 안으로 들어갔다.

집 안은 어두웠고 판자로 막아 둔 창문에서는 빛이 거의 들어오지 않았다. 드라고는 핸드폰으로 빛을 비추며 안으로 걸어 들어갔다. 내부는 황량했고 사람의 흔적은 조금도 보이지 않았다. 그는 딸의 시신이라도 발견할 수 있지 않을까 싶어 모든 방을 뒤져 보았지만, 아무것도 찾을 수 없었다.

결국 밖으로 나온 드라고는 가능한 한 온전하게 뒷문을 닫은 뒤 길 건너편에 있는 자신의 차로 돌아왔다.

그는 천천히 차를 몰며 왼쪽과 오른쪽을 살폈고, 유턴한 다음 다시 길을 따라 올라왔다. 그 지점부터 드라고는 직사각형을 그리며 주위를 둘러보았고, 그다음에는 더 큰 직사각형을 그리며 모든 길목을 샅샅이 살폈다. 그렇게 집 주위로 반경을 넓혀 가며 자신의 딸을, 다니를 찾아다녔다.


늦은 오후 드라고는 반 마일 정도 떨어진 곳에 있는 술집에 들렀고, 그곳에 모인 음울한 노인 세 명에게 딸의 사진을 보여 주었다. 그가 가지고 있는 유일한 사진이었는데, 일 년 정도 전에 찍은 사진이긴 했지만 현재 모습과 거의 다르지 않았다. 노인들은 계속해서 고개를 저으며 사진을 건네받으려고도 하지 않았고, 말도 거의 하지 않았다.

그는 다른 술집, 또 다른 술집으로 건너갔다.

"사람이 좀 더 많을 때 다시 오는 게 낫겠어요." 세 번째 술집의 바텐더가 말했다.

"알겠습니다." 드라고는 그렇게 대답하면서도 가게를 떠나지 않았다. "하지만 지금 물어본다고 손해 볼 것은 없지 않겠습니까?"

바텐더는 고개를 끄덕이고는 다시 사진을 응시했다. "나머지 반쪽에 있는 사람은 누굽니까?"

"접니다." 드라고가 거짓말을 했다. "제가 나온 부분은 찢었어요. 사람들이 딸에게 집중했으면 해서요."

바텐더는 그를 쳐다보다 사진으로 눈을 돌리더니 또다시 그를 바라보았다. "당신 손이 아닌 것 같은데요, 여자 손 같아요."

"전 그냥 제 딸을 찾으려는 겁니다."

바텐더가 드라고의 눈을 쳐다봤고, 그렇게 두 사람의 눈이 마주쳤다. 바텐더는 이내 한숨을 내쉬며 사진을 다시 드라고에게 돌려주었다.


그 술집에서 나온 뒤, 드라고는 더 이상 술집을 돌아다니지 않았다. 그저 차를 타고 돌아다니며 어떤 생각이라도 떠오르기를, 무슨 일이 일어난 건지, 딸이 어디로 간 건지 어떤 느낌이라도 오기를 바랐다. 하지만 아무 생각도 떠오르지 않았다.

차를 몰고 시내로 갔지만, 딸아이는 없었다. 집과 가까운 맥도날드에 들어가 아이의 사진을 보여 주었다. 조금 더 찢어 내어 이제는 옆에 선 어른의 흔적이 보이지 않는 사진이었다. 그곳에도 아이는 없었다.

그는 버스 터미널을 지나다 급하게 차를 세우고 안으로 들어갔다. 단기 여행자 몇 명이 추위를 피해 의자에서 잠을 청하고 있었다. 아이가 코트를 입지 않고 있었다는 사실이 머릿속을 스쳤다. 분명 침대 주변을 둥글게 둘러싼 물건 중에 아이의 코트가 있었다. 만약 아이가 밖에 있다면 지금쯤 추위에 떨고 있을 것이다.

여행자들 이외에는 몇몇 사람이 초조한 모습으로 도시 밖으로 나가는 버스를, 혹은 도시로 들어오는 누군가를 기다리고 있었다. 그는 남자 화장실을 살펴본 뒤 여자 화장실에서 사람이 모두 나오기를 기다렸다가 그곳도 살펴보았다. 그리고 터미널 위 아래층을 오가며 직원들에게 아이의 사진을 보여 주었다. 아이를 본 사람은 없었다.

그가 터미널을 나와 목적 없는 드라이브를 계속하려던 그때, 공중전화가 눈에 들어왔다. 그는 주머니를 살폈고, 잔돈을 충분히 찾은 뒤 공중전화를 향해 걸어가기 시작했다. 하지만 마지막 순간, 그는 몸을 틀어 근처 벤치에 앉았다.

*전화하는 건 실수야.* 그는 속으로 생각했다.

*당연하지, 하지만 달리 할 게 없잖아? 집에서도, 시내에서도 아이를 못 찾았고, 경찰에는 연락할 수 없어. 그럼 어떻게 해? 다니가 다시 나타날 때까지 그냥 기다리기만 해?*

*하지만 다니가 없어지는 건 불가능한 일이야. 유일한 열쇠는 내가 가지고 있었고 지금도 나한테 있잖아. 강제로 들어온 흔적도 없다고. 다니는 방 안에 있어야만 해.*

*그럼 집에 다시 돌아가면 갑자기 다니가 나타나기라도 한다는 거야?*

그는 어깨를 으쓱했다. 아니, 그렇게 생각하지는 않았다. 문제는 자신이 무엇을 생각해야 하는지 모른다는 것이었다.

결국, 별다른 선택권이 없었던 드라고는 전화를 걸었다. 신호음이 세 번 울릴 때까지 상대방의 목소리는 들리지 않았고, 그는 자동 응답기로 넘어가기 전에 전화를 끊었다. 전화기가 잔돈을 뱉어 냈다. 그는 다시 잔돈을 넣고 번호를 눌렀다.

이번에는 첫 번째 신호음이 끝나기도 전에 수화기 건너편에서 목소리가 들려왔다. "여보세요?" 상대편 여자가 숨도 쉬지 않고 대답했다. 목소리가 높아져 있었다.

드라고는 아무 말도 하지 않았다. 꽤 오랫동안 그저 듣기만 했다.

"여보세요?" 그녀가 다시 말했고, 이번에는 그녀의 목소리에 의심이 서리기 시작하는 것을 느낄 수 있었다.

"나야," 그가 말했다. "드라고."

침묵이 이어졌다. 그는 이대로 그녀가 전화를 끊을 수도 있을 거라고 생각했다. "빌어먹을 뻔뻔한 자식."

"저기,"

"내 딸 데려와!" 아내가 흥분한 채 소리를 질렀다. "지금 당장 데려와."

"지금 같이 있는 거 아니야?"

"뭐라고?"

"다니, 당신이 데려간 거 아니었어?"

아내가 무언가 말하려다가 이내 그만두었다. 그러다 다시 입을 떼더니 한숨과 함께 울부짖었다. "지금 나랑 뭐 하자는 거야? 내 딸한테 무슨 짓을 한 거냐고!"

"아무 짓도 안 했어." 드라고는 그렇게만 되뇌었다. 아내는 아무 말도 하지 않았다. 그는 우두커니 서서 가만히 귀를 기울였다. "마거릿?" 드라고가 마침내 입을 열었다. "장난치는 게 아니야. 애를 못 찾겠어. 다니를 못 찾겠다고. 혹시 생각나는 데 없어?"

"나쁜 자식," 아내가 날카롭게 쏘아붙였다. "이 통화는 녹음되고 있고 전화도 추적 중이야. 만약 다니한테 무슨 일이라도…"

그는 재빨리 전화를 끊었다. 그러니까 마거릿은 다니를 데려가지 않은 것이다. 최소한 그 사실은 알게 되었다. 전화 추적은 그다지 신경 쓰이지 않았다. 추적한다 해도 그가 사는 도시 정도만 알게 될 것이다. 게다가 그가 실제로 사는 도시에서 전화를 걸었다는 보장도 없지 않은가? 그렇다, 그는 아직 안전했다.

하지만 다니는? 다니는 안전한가?


내 잘못이 아니야, 드라고는 속으로 생각했다. 가끔 어떤 일은 그저 벌어지며, 우리는 아무것도 할 수 없다. 다니의 관자놀이에 생긴 상처도 그렇다. 논리적으로 생각하면 그것도 그의 잘못이 아니었다. 그저 운이 안 좋았을 뿐이다. 그의 전처는 그것을 절대 인정하지 않았지만, 그가 볼 때는 그랬다. 만약 그녀가 그의 입장에 진심으로 귀 기울이고 상황을 좀 더 분명하게 봤다면 그들은 갈라서지 않았을 것이다. 만약 두 사람이 갈라서지 않았다면, 그녀는 결코 감독관이 있어야만 그가 다니를 볼 수 있도록 하는 명령을 판사에게 받아 내지 않았을 것이다. 그랬다면 판사의 명령대로 감독관과 함께 다니를 보러 갔던 어느 날, 드라고가 그런 결정을 내리지 않아도 되었을 것이다. 그가 어린이 박물관 식당에서 딸과 의미 있는 시간을 보내려 했던 그때, 주에서 지정한 감독관은 핸드폰만 붙잡고 있었다. 음식을 팔지 않았기 때문에 식당이라고 할 수는 없는 곳이었고, 다만 음식을 가져왔다면 먹을 수 있는 공간. 빌어먹게도 그는 가져오지 못했지만. 박물관에 음식을 파는 곳이 없을 거라는 사실을 그가 어떻게 알았겠는가? 다니는 배가 고프다며 칭얼거렸고, 감독관은 유감스러워했지만 합의 내용은 다니와 그가 이곳에 있는 것이기 때문에 두 사람이 다른 곳으로 음식을 먹으러 가는 것은 허락할 수 없다고 말했다. 물론 드라고가 나가서 음식을 가져올 수도 있고, 그래야 하겠지만, 다니는 이곳에 자신과 남아 있어야 한다고 그녀는 덧붙였다. 그리고 그 시간은 방문 시간에서 차감할 것이라고 강조했다. 만약 전처가 드라고의 입장에 귀 기울여 주었다면, 그는 다니를 유아용 변기로 데려갔다가 법원에서 지정한 대로 감독관에게 고이 돌아왔을 것이다. 절대로 감독관이 계속 핸드폰으로 문자를 보내는 동안 딸을 팔에 안은 채 그대로 그녀를 지나쳐 나오지 않았을 것이다. 그때만 해도 그는 그저 다니를 길 건너로 데려가 무언가를 먹이려 했을 뿐이었다. 허락보다 용서가 쉬울 테니까. 하지만 자신도 모르는 사이에 그는 다니를 차 뒷좌석에 앉혔다. 그의 차에는 유아용 카시트가 없었으므로 그는 재킷 위에 아이를 앉혔다. 그리고 이는 명백하게 그의 잘못이었다. 그렇게 그는 자신의 딸과 함께 이 도시를 영원히 떠나기 전, 통장에 있는 돈을 모두 찾은 뒤 계속해서 차를 몰았다. 하지만 만약 이 모든 상황을 주의 깊게 살펴보고 원인과 결과를 아주 자세히 들여다본다면, 이 모든 것이 그가 아닌 전처의 잘못이라는 사실을 누구라도 쉽게 알 수 있을 것이다.

그는 한동안 그 모든 일을 생각하지 않았다. 지난 6개월 동안은 *전혀* 생각하지 않았다. 그저 딸과 의미 있는 관계를 만들어 가는 데 집중했다. 맨 처음 다니는 저항하며 엄마는 어디에 있는지 끊임없이 물었다. 하지만 그가 엄마는 이미 죽었고, 이제 세상에는 아빠와 다니 둘만 남았다고 말해 준 뒤로는 점차 적응하기 시작했다. 그들은 며칠, 사실은 일주일 정도 차에서 지내다가 치안이 그다지 좋지 않은 한 도시의 변두리에 집을 빌렸다. 돈이 바닥날 때까지 머무를 곳이었다. 그곳에서 드라고가 첫 번째로 한 일은 자물쇠를 잠그는 것이었다. 그는 열쇠 두 개 모두를 목에 걸었다. 다니를 가두려는 것이 아니라 안전하게 지키기 위해서였다. 그런 다음 창문을 널빤지로 막고 비스듬히 못을 박아 쉽게 떼어 낼 수 없게 했다. 다니는 지하실에서 단 한 번 벌을 받은 것만으로도 이 집을 떠날 수 없다는 사실을 받아들였다. 그는 이해가 빠른 딸이 자랑스러웠다. 그런 면에서 다니는 엄마보다 아빠인 자신을 닮았다.

그는 일 년만 지나면 모든 것이 괜찮아질 거라고 생각했다. 일 년 뒤면 다니는 그를 믿으며 사랑하게 될 것이고, 그는 직장을 잡을 수 있을 것이며, 다니를 학교에 보내게 될 것이다. 아마 어느 순간에는 자기 자신을 빌어먹을 톰 스미스가 아니라 드라고 보로잔이라고 제대로 소개할 수 있을 것이다. 그리고 그때쯤이면 아마 다니의 엄마도 자신의 행동이 얼마나 잘못됐는지를 받아들일 것이고, 마음을 터놓고 이야기하며 둘 다 공평하게 아이와 시간을 보내는 양육권 합의를 다시 이끌어 낼 수 있을 것이다.

만약 다니가 사라지지 않았다면 이 모든 일은 현실이 되었을 것이다. 다니가 없어졌기 때문에 드라고는 그 삶으로 돌아갈 방법을 찾을 수 없었다.

그는 완전히 기진맥진한 채로 집에 돌아왔다. 거의 자정에 가까운 늦은 시간이었다. 그는 집 안을 다시 살펴봤다. 여전히 아이는 보이지 않았다. 방 창문으로 눈을 돌리자 창문 너머로 그를 쳐다보는 옆집 여자가 보였다. 그는 블라인드를 내렸다.

저 여자가 뭐라고 했더라? 자기처럼 보이는 남자는 봤지만, 딸은 보지 못했다고 했던가? 이상한 일이었다. 그 여자는 그의 옆에 딸이 있었다는 사실을 믿지 않는 것 같았다.

그는 캔에 든 수프를 데워 마셨다. 이내 몸에 온기가 돌면서 편안해졌고, 그래서 죄책감이 들었다. 그는 소파 위에 잠시 앉아 있었다. 그러다 마침내 위층으로 올라가 침대에 누웠다.

드라고가 침대에 누워 거의 잠에 빠져들 때쯤, 그 소리가 다시 들렸다. 음정이 맞지 않고 숨이 막힌 듯한 노랫소리가 벽 너머에서 들려왔다. 소리가 귀에 들어오자 그는 자신이 그 노랫소리를 얼마간 듣고 있었다는 사실을 깨달았다.

그는 침대에서 일어나 벽으로 다가간 뒤 귀를 바짝 붙였다. 그래, 벽 너머에는 노래를 부르는 무언가가 있었고, 그 소리는 그의 딸, 다니의 목소리와 닮아 있었다. 가사도 있는 듯했는데, 무슨 말인지 알아듣지는 못 했다. 그 소리가 언어라고 확신할 수는 없었지만, 멈추는 부분과 억양 변화가 있어서 언어처럼 들렸다.

드라고는 벽에서 머리를 뗐다. 그러고는 천천히, 문으로 다가갔다. 삐걱거리는 소리에 흠칫 놀라며 최대한 조용히 문을 열었다. 다니가 여기 있을 수도 있어, 그는 생각했다. 이 방에서 아이가 그를 기다리고 있을 수도 있었다. 모든 것이 정상으로, 그와 다니 둘만 있는 일상으로 돌아올 수도 있었다.

하지만 딸아이의 방문을 활짝 열어젖혔을 때, 소리는 이미 멈춰 있었다. 그는 불을 켰다. 방은 드라고가 떠날 때 봤던 것과 똑같았다. 침대가 벽에서 살짝 떨어져 있었고, 주위에 물건들이 원을 그리며 놓여 있었다. 딸은 어디에도 보이지 않았다.

*나 자신이 된다는 건 뭐지?* 그날 밤, 드라고는 생각했다. 그는 자신의 침대가 아니라 딸의 침대에 누워 있었다. 딸을 찾지 못한 이후로 그는 그 방을 떠날 수가 없었다. 그는 딸의 코트를, 곰 인형을 옆으로 치우며 조심스럽게 원 안으로 들어온 뒤 물건들을 다시 제자리로 돌려놓았다. 침대는 그에게 너무 작아 발이 바깥으로 튀어나갔다. 그는 침대에 누워 딸의 존재를 알려 주는 그 어떤 흔적이라도 느끼려 애썼다. 하지만 느껴지는 것은 볼품없는 자기 자신뿐이었다.

*나 자신이 된다는 건 뭐지?* 그는 자신이 서로 연결되지 않은 여러 개의 삶을 살아온 것 같다고 생각했다. 그 삶들을 이어 주어야 할 무언가는 이미 없어져 버렸고, 어떻게 되돌려야 할지도 알 수 없었다. 지난 2년만 돌아보아도 그랬다. 그와 아내가 함께하던 행복한 삶 뒤에 그 혼자 남은 비참한 삶이 이어졌고, 그와 딸만이 존재하던

삶 뒤에 지금의 삶이 막 시작되려 하고 있었다. 이 모든 삶이 합쳐져 무엇이 된 걸까? 아무것도 아니었다. 그저 서로 다른 네 개의 존재일 뿐. 앞선 세 개의 삶을 살던 사람은 모두 지금의 그와 다른 사람들이었다. 사실 그 세 개의 삶에서 그는 각각 다른 사람이었을지도 모른다. 새롭게 맞이하게 된 이 삶에서 그는 자신이 어떤 사람인지 아직 알 수 없었다.

드라고는 자기도 모르는 새 잠들었다. 그는 자신이 잠들기 전과 조금도 달라지지 않은 방에서 일어나는 꿈을 꿨다. 여전히 혼미한 상태로 딸의 침대에 누워 있었던 그는 침대 주위를 둘러싼 원 저편에 우두커니 서서 자신을 빤히 바라보는 딸의 모습을 보았다. 침대에서 일어나 딸에게 가려고 했지만, 그는 물건들이 만든 원을 넘어갈 수 없었다. *내가 악마라도 된 것 같네.* 드라고는 원 안을 서성거리며 밖으로 나가는 길을 찾아보았다. 하지만 그런 길은 없었다.

오랫동안 딸은 그를 쳐다봤다. 다니에게 말을 걸어 보려 했지만, 어떤 소리도 나오지 않았다. 다니 또한 말이 없었다. 다니는 무언가 바라는 것이 있는 듯 그를 바라보기만 했고, 그 무언가를 얻지 못하자 등을 돌려 방을 나가 버렸다.

다니는 더 이상 보이지 않았지만, 움직이는 소리는 들을 수 있었다. 딸이 계단을 내려가는 소리가 들렸다. 그는 한 발 한 발, 소리가 멈출 때까지 머릿속으로 아이의 발소리를 따라갔다.

그 순간 문이 부서지는 소리와 함께 고함이 들렸고, 엄청난 섬광과 연기가 피어올랐다. 남자 여러 명이 그의 얼굴에 총을 겨눈 채 손을 머리 위로 올리고 움직이지 말라고 소리치며 강제로 그를 무릎 꿇렸다. 드라고는 그 상태로 끌려 나왔는데, 무슨 이유에선지 아까와는 달리 원 밖으로 나올 수 있었다.

그 후로 많은 일이 일어났고, 그 모든 일은 그가 느끼기에 너무 빠르게 지나갔다. 형사 두 명이 그를 작은 방으로 데려가 딸이 어디 있는지, 그가 딸에게 무슨 짓을 했는지 심문했다. 그는 모른다는 말밖에 할 수 없었다. 정말 몰랐다. 자신이 딸을 데려오긴 했지만, 아니, 이들의 말처럼 딸을 납치했다고 해도 그 뒤에 아이가 사라졌고, 그는 딸이 어디에 있는지 알지 못했다. 그가 딸을 죽였을까? 당연히 아니었다. 그는 딸을 깊이 사랑했다. 딸을 죽였을 리 없었다. 저들은 대체 어떻게 그런 끔찍한 의심을 하는 것일까?

"당신은 아이의 두개골이 골절될 수도 있을 정도로 폭행해서 흉터를 남기고 딸을 수개월이나 납치했어. 그러니 딸을 죽였다고 의심할 만하지 않나?"

빛이 너무 밝았다. 드라고는 자신에게 말하는 사람이 누구인지 정확히 알 수 없었다. 물론 형사 두 명 중 한 명이겠지만, 들리는 목소리는 그 둘의 목소리와 달랐다. 그는 자신이 딸을 잃어버린 건 맞지만, 당신들이 찾아오기 직전에 갑자기 아이가 다시 나타났다고 설명하려 했다. 잠에서 깼을 때 아이를 보았는데, 다음 순간 아이가 방을 나갔고, 그다음 당신들이 들이닥친 거라고. 이들은 이곳에 들어오면서 어떻게 아이를 못 보고 들어올 수 있었을까?

드라고는 재판 같은 것을 거쳐 유죄를 선고받았다. 그는 혼란스러운 상태로 하루하루를 보냈다. 전처가 감옥에 있는 그를 찾아왔고, 둘은 투명한 아크릴 벽을 사이에 두고 마주 앉아 전화기로 대화했다.

"다니, 어디 있어?" 전처의 첫마디였다.

"모르겠어." 드라고가 대답했다. "정말이야, 믿어 줘."

"제발, 나를 봐서라도 말해 줘. 드라고, 만약 그 아이를 죽였다고 해도 내게는 말해 줘야 해. 나는 알아야지."

하지만 그는 무력하게 고개를 저을 수밖에 없었다. 얼마 지나지 않아 전처는 그가 끔찍한 인간이며, 감옥에 갇혀 다행이라고 말했다. 그러고는 그가 체포된 것은 자업자득이라며 비아냥거렸다. 그때, 그가 무심코 그녀에게 전화를 걸었던 때, 그는 경찰이 위치 추적을 할 것이라는 사실을 몰랐던 걸까? 전화를 걸자마자 위치가 발각된다는 사실을? 버스 터미널에 카메라가 많다는 사실을 모를 정도로 어리석었던 것일까? 경찰은 곧바로 그의 차량 번호판을 알아냈고, 심지어 그가 어느 방향으로 떠났는지도 알고 있었다. 하지만 그 이후에도 거리를 샅샅이 뒤져 그의 차를 찾기까지는 며칠이 걸렸을 수도 있다. 하지만 그의 옆집에 살던 여자가 경찰에 연락해 왔다. 그러고는 이웃의 행동이 수상하며, 자신이 보기에는 애초에 존재하지도 않는 딸을 찾아다니고 있다고 신고했다. 경찰관 두 명이 조사 끝에 그의 차를 찾아냈다. 십오 분 후, 특별 기동대가 출동했다. 그는 왜 이렇게까지 부주의했던 것일까?

"내 딸을 찾고 있었으니까," 드라고가 담담하게 말했다. "난 그것만 생각했어."

"그냥 말해." 전처의 언성이 높아졌다. "그 애한테 무슨 짓을 했는지 말하라고!" 전처는 비명을 지르며 아크릴 벽을 할퀴듯 달려들었고, 경찰이 그녀를 끌어냈다.

그다음 순간, 드라고는 잠에서 깨어났다. 이번에는 완전히 정신이 들었고, 현실이라는 것을 알 수 있었다. 방에 딸아이는 없었다. 집에는 그 혼자뿐이었다. 하지만 대체 어떤 '그'란 말인가?

드라고는 침대에서 일어나 원 가장자리로 다가갔다. 발치에 작은 양말 한 켤레, 엽서 한 장, 팔 한쪽이 없는 인형이 있었다. 꿈을 떠올리며 그는 그 경계를 넘어가기 힘들겠다고 생각했다. 하지만 아무것도 느껴지지 않았다. 만약 그가 악마라면 아주 강력한 악마임이 틀림없었다. 의식하지 못하는 사이 그는 어느새 반대편으로 넘어와 있었다. 그 외에 바뀐 것은 없었다. 그는 여전히 혼자였고, 딸은 없었다.

드라고는 자신의 방으로 돌아왔다. 아직 이른 아침이었다. 그는 그저께 입었던 티셔츠와 청바지를 입고 침대 모서리에 앉아 신발끈을 묶었다. 무엇을 해야 할지, 이제부터 무엇을 찾아야 할지 혼란스러웠다.

그는 아래층에 내려가 커피를 마시기 위해 물을 끓였다. 가스레인지 앞에 서 있던 그는 불현듯 창문 바깥에서 움직이는 무언가를 보았다.

경찰 두 명이 이웃집에 있었다. 옆집 여자는 날씨가 추운데도 목

욕 가운을 걸친 채 현관에 나와 있었고, 옆에 있는 산소 탱크는 아침 햇살을 받아 이글거렸다. 여자가 구름처럼 숨을 내뿜었다. 그는 여자가 산소 관을 통해 숨 쉴 때 나는 칙칙 소리를 떠올렸다.

여자가 드라고의 집을 가리켰다. 경찰들도 같은 방향으로 몸을 돌렸다.

그는 창문에서 최대한 물러서서 경찰의 움직임을 관찰했다. 그들은 천천히 이쪽으로 다가왔다. 드라고는 한 창문에서 다른 창문으로 몸을 옮기며 경찰들의 발걸음을 따라갔다. 경찰들은 마치 대수롭지 않은 것처럼 무심하게 걸었다. 그의 차를 지나쳐 현관문에 다다르기 직전, 경찰 하나가 다른 한 명의 팔을 잡아채 뒤로 끌어당겼다. 두 경찰은 그의 자동차 번호판을 응시하며 대화했다. 그러더니 한 명이 무전기로 조용히 무언가를 보고했다. 잠시 후 무전기에서는 치직거리는 낮은 목소리가 나왔다. 이를 들은 두 경찰은 몸을 돌려 이전보다 결연한 움직임으로 경찰차로 돌아갔다. 그들은 차 안에서 지시를 기다리고 있었다.

물이 끓었다. 그는 가스 불을 끄고 컵에 물을 부은 뒤 숟가락으로 인스턴트커피를 넣고 저었다. 숟가락이 컵에 부딪히는 소리가 마치 멀리서 들려오는 노랫소리 같았다. 그는 자신이 정확한 움직임으로 커피를 젓는다면 멀지도 가깝지도 않은 곳에서 들려오는 딸의 작은 노랫소리를 들을 수도 있지 않을까 생각했다.

드라고는 커피를 몇 번 젓고는 한두 모금 마셨다. 이내 그는 상황이 절정으로 치달을 것이라는 사실을 깨달았다. 아마 삼 분, 기껏해야 사 분 이내일 것이다. 아직 결정을 내릴 시간이 있었다. 경찰이 문을 박차고 들이닥칠 때 그들이 명령하는 대로 두 손을 든 채 바닥에 엎드릴 수도 있고, 마치 무기가 있는 것처럼 옷에 손을 집어넣어 경찰들이 쏜 총에 목숨을 잃을 수도 있다. 자신은 이런 세상에 살고 싶었던 것일까? 늘 제멋대로 꼬이기만 하는 이런 세상에?

어느 쪽이든 그는 딸을 다시 보지 못할 것이다. 딸에게 무슨 일이 생겼는지, 만약 생겼다면 그것이 자신과 무슨 관계가 있는지도 결코 알지 못할 것이다. 그는 커피를 한 모금 마셨다. 그리고 만약 자신이 딸을 죽였다 해도 그것은 자신의 잘못이 아니라고 혼자 되뇌었다. 아무것도 기억하지 못하는데 어떻게 그의 잘못이 될 수 있단 말인가? 과거의 그와 지금의 그가 과연 같은 사람이라고 할 수 있을까? 거짓말탐지기를 사용한다 해도 그에게는 죄가 없다는 판결이 내려질 것이다.

그는 커피를 한 모금 더 마신 뒤 현관문으로 가까이 다가갔다. 준비는 끝났다. 그는 한 손을 주머니 깊숙이 밀어 넣었다. *노래를 불러줘, 다니.* 그는 생각했다. *내 사랑하는 딸아, 함께 저들을 맞이하자.*

# 두 번째 문

I.

잠시 후, 나는 언니가 하는 말을 알아들을 수 없다는 사실을 깨달았다. 그때 우리는 오늘이 몇 월인지, 며칠인지조차 알아차리지 못하는 상태였다. 대체 언제부터 이런 변화가 시작되었던 걸까. 언니 입에서 영어와 무언가가 섞인 듯한 낯선 언어가 나오기 시작했던 시기가 분명 있었을 터다. 하지만 나는 어째서인지 그 변화를 인지하지 못한 채 언니의 몸짓을 보거나 언니의 생각을 짐작해 대답하고 있었다. 그러다 어느 순간 그 소리, 금속이 떨어지는 듯 덜컥거리는 소리가 내 주의를 사로잡았다. 나는 캔이나 펜이 떨어진 줄알고 주위를 둘러보았고, 이내 그 소리가 언니의 입에서 나왔다는 사실을 알게 되었다.

*나한테 문제가 있나?* 처음엔 스스로를 의심할 수밖에 없었다. 내 머리에, 청력에 뭔가 문제가 생긴 것이 아닐까? 나는 고개를 세차

게 흔들어 정신을 다잡고 손가락으로 귀 안쪽을 꼼꼼히 긁어냈다.

"뭐라고?" 내가 말했다.

언니가 눈썹을 찌푸렸다. 언니는 다시 입을 열었고, 이해할 수 없는 그 금속 소리가 또다시 들려왔다. 인간의 성대에서 절대 날 수 없는 소리였지만, 언니는 계속해서 그 소리를 냈다.

내가 너무 앞서 나갔는지 모르겠다. 다른 존재에게 이야기를 어떻게 전달해야 하는지 잊어버릴 만큼 너무 오랫동안 혼자 산 탓일까. 혼자 살기 전에도 이곳엔 언니와 나 둘뿐이었고, 우리의 관계는 뭐랄까, 특이했다. 언니는 사람의 말을 할 수 없게 되기 전에도 어딘가 특이한 사람이었고, 우리는 대화가 거의 필요 없을 만큼 오랜 시간 함께 살았다. 가끔 대화를 하긴 했지만 말보다는 몸짓으로 나누는 대화가 더 많았고, 마치 결혼한 지 오래된 부부처럼 대개 무뚝뚝하지만 말하지 않아도 이루어지는 의견의 일치를 즐기며 살았다. 즐긴다는 말이 여기에 맞는지는 잘 모르겠지만. 물론 나는 우리 말고는 그 어떤 부부나 자매도 만난 적이 없었으므로, 이 말조차 확신할 수 있는 것은 아니다.

그렇다고 우리가 부부처럼 살았다는 의미는 아니다. 언니와 나의 관계는 늘 순수하고 순결했는데, 마치 겉모습은 사람과 똑같지만, 옷을 벗겨 중요 부위를 살펴보면 아무것도 없이 매끈하기만 한 인형과 같았다고나 할까. 그래도 우리는 내 모든 생각을 언니가 알고, 언니의 모든 생각을 내가 알 정도로 오랜 시간 서로의 옆에 있었다. 그렇게 우리는 서로의 머릿속 일부를 내어주는 그런 기묘한 친밀감을 나누었다.

나는 언니를 깊이, 그러니까 성별이 없는 인형이 할 수 있는 만큼은 깊이 사랑했다. 어쩌면 나는 이 비유에 질려 버렸는지도 모르겠다. 나는 내가 인간이 아닌 다른 무언가라고, 혹은 그런 적이 있었다고 생각하고 싶지 않다. 다른 많은 이들이 그런 것처럼 나는 어머니와 아버지 사이에서 평범하게 태어났다고 생각하고 싶고 실제로 그렇다고 들었다. 나는 부모님과 관련된 기억이 전혀 없지만, 언니는 늘 우리에게 어머니와 아버지가 있었다고 말했다. 이 사실을 알고 있는 것은 아주 중요하다. 물론 내가 직접 확인할 수는 없지만. 내 기억이 시작될 즈음 부모님은 이미 돌아가시고 없었다.

　언니는 늦은 밤 나를 재우며 이따금 연극을 하듯 인형 두 개로 부모님의 죽음에 관해 이야기해 주었다. 나를 달래기 위해서였을 것이다. 사실 동생을 달래는 이야기로는 조금 이상하긴 하지만, 그 이야기를 듣고 있자면 이야기 속에서 부모님이 다시 죽음을 맞이하기 전까지 그 잠깐 동안은 두 분이 다시 살아 돌아온 것 같은 기분이 들었다. 언니의 이야기는 매번 달라졌기 때문에 나는 무엇이 진실인지 알 수 없었다. 사실 나는 이러다 어느 날 밤 언니가 부모님의 죽음에 관해 이야기하는 것이 아니라 두 분이 어딘가에 살아 있다고 고백하지는 않을까, 반쯤 의심하기도 했다. 예를 들어 집 안에 있는 비밀의 방이라든지 우리가 한 번도 연 적 없는 집 안 문 안쪽에 부모님이 계시지는 않을까, 하고 말이다. 정말로 언니가 그런 이야기를 하려 했는지 아닌지는 알 수 없다. 언니는 사람의 말을 잃기 전엔 그러지 못했고, 그 이후로는 아무 말도 할 수 없었으니까.

　언니가 들려줬던 여러 이야기 속에서 부모님은 이주민이자 개

척자였고 이곳에 처음 발을 내디딘 사람들이었지만, 어떤 실패를 겪으며 이곳에 남은 유일한 존재가 되고 말았다. 어떨 때 언니는 우리가 있는 곳이 남쪽 대륙 외진 곳 어딘가이며, 부모님은 그곳에서 침몰한 배의 유일한 생존자들이었다고 말했다. 또 어떨 때는 부모님이 완전히 동떨어진 다른 세계에서 공기를 타고, 일반적인 세상의 질서가 아닌 다른 방법으로, 또는 거울을 통해서 이쪽으로 건너왔다고 말했다.

"동떨어진 세계라니," 나는 혼잣말로 되뇌었다. "무엇으로부터 동떨어진 건데?"

"부모님이 원래 살던 곳으로부터." 언니는 그렇게 대답했다.

"거기가 어딘데?"

언니는 다만 고개를 저을 뿐이었다. 그곳이 어디인지에 대한 정보는 언니의 이야기에는 없는 부분이었다.


부모님 역할을 하는 인형 두 개는 언니의 손에 잡혀 내 이불 위를 가로지르거나 위아래로 뛰어다녔다. 언니는 평소보다 낮은 목소리로 아빠 목소리를 흉내 냈고, 엄마 목소리는 평소보다 높은 음성으로 따라했다. 두 사람은 갑자기 멈추더니 주위를 살폈다.

"안전한 곳 같아?" 엄마 인형이 물었다. "돌아가야 할까?"

"돌아갈 수 없어," 아빠 인형이 대답했다. "이제 돌이킬 수 없다고."

그러더니 두 사람은 이윽고 비명을 지르며 마법처럼 내 이불 아래로 사라졌다. 그냥 그대로.

"다시 들려줘." 내가 조르면 언니는 미소를 지으며 이야기를 다시 시작했다.

그것이 어떤 상황이었든, 부모님에게 어떤 일이 생겼든 분명 우리 집과 관련된 것일 터였다. 언니가 말해 준 것처럼 정확하게 말해 '집'은 아니지만. 우리 집 창문은 두꺼운 원형 유리로 만들어졌는데, 단단히 박힌 나사 여러 개를 뺀 뒤 고무로 된 마개를 비틀어 열고 견고한 금속 링을 벗겨 내지 않으면 열 수 없었다. 우리 집 공간 대부분을 차지하는 긴 원통형 중앙 통로에는 이렇게 생긴 창문이 스물네 개가 늘어서 있었다. 살짝 내리막으로 경사진 한쪽 끝에는 내 방으로 이어지는 출입구가 있는데, 역시나 원형인 내 방의 지름은 통로와 같지만, 천장까지의 높이는 7~8피트 정도다. 위쪽으로 경사진 통로의 다른 쪽 끝에는 언니의 방으로 이어지는 출입구가 있었고, 원뿔형인 그 방의 유리 벽에는 마치 연기가 자욱한 것처럼 불투명한 검은색 그을음이 있었다.

중앙 통로 중간에는 양쪽으로 문이 하나씩 있었는데, 위쪽 반절은 창문이었다. 한쪽에서는 통로의 모든 창문과 마찬가지로 평탄하고 황량한 평야 같은 풍경이 보였다. 다른 쪽 문에 달린 창문으로는 아무것도 없는 깊은 어둠만 볼 수 있었다.

언니는 평야 쪽으로 난 문은 언젠가 필요할 때가 되면 사용할 수 있다고 말했다. 하지만 두 번째 문은 절대, 절대로 열어선 안 된다고 했다. 두 번째 문을 열면 모든 것이 끝나 버릴 거라고 말이다.

"'끝난다'라는 게 무슨 소리야?" 내가 물었다.

하지만 언니는 또 고개만 저었다.

"밖에는 뭐가 있어?" 나는 두 번째 문밖을 살펴보며 물었다. 창문

밖은 그저 어둡기만 했다. "저 밖에 뭐가 있긴 할까?"

"그 문은 절대 열지 마," 언니가 단호하게 말했다. "약속해."

나는 그렇게 약속했음에도 그 문을 열어 보려 한 적이 있었다. 문을 열려면 절차를 따라야 했는데, 그 절차는 문에 새겨져 있다. 먼저 문을 열 준비가 끝나야 하고, 그다음 카운트다운이 시작된다. 그런 뒤에 레버를 당기면 마침내 문이 열리는 것이다.

내가 성공한 건 준비 단계까지였다. 문을 열 준비를 할 때, 집 안의 모든 조명이 어두워지며 경보음이 울릴 줄은 몰랐기 때문이다. 경보음을 들은 언니는 공포에 질린 얼굴로 방에서 달려 나왔다. 언니는 재빨리 상황을 수습하고는 나를 혼냈다. 그 모든 일이 벌어지는 동안 나는 만약 내게 언니를 밀어붙이고 문을 열 힘이 있었다면 어땠을까 생각했다.

물론 내게 그런 힘은 없었다.

언니가 죽기 전, 우리는 주로 각자의 숙소에 머물렀다. 언니가 서로의 공간을 숙소라고 불렀기 때문에 나도 숙소라고 불렀다. 우리는 끼니때가 되면 언니의 숙소에서 만났고, 중앙 통로 패널 뒤에 저장된 식량을 나눠 먹었다.

언니는 우리의 식량이 바닥날 거라고 끊임없이 내게 경고했다. 식량이 떨어질 것을 대비해 언니는 밖으로 나가기 시작했다. 이따금 언니는 두 번째 문이 아닌 첫 번째 문으로 슬그머니 나가 먹을 것을 가지고 돌아왔다. 몇 분이 걸리기도 했고 몇 시간이 걸릴 때도 있었다. 그때 나는 어렸기 때문에 종종 문 옆에 서서 언니가 돌아오기를 기다리곤 했다. 가끔은 두 번째 문 앞에 서서 절차에 따라 문을 열어 볼까 생각했지만, 나만큼이나 내 생각을 잘 아는 언니가 첫 번째 문 뒤에서 기다리고 있다가 튀어나오지는 않을까 하는 걱정에 실제 행동으로는 옮기지 못했다.

다만 이런 생각이 들 때, 나는 두 번째 문에 손을 올려 보곤 했다. 문은 차가웠다. 손목을 살짝 움직이기만 해도 문을 여는 절차가 시작되겠지만, 나는 그러지 못했다.

언니는 그동안 내게 가르쳐 줬던 그 어떤 것과도 다른 낯선 생명체의 시체를 끌고 돌아왔다. 그 시체는 다리들이 뒤엉켜 있었고, 모여 있는 눈 여러 개에서는 끈적한 액체가 흘러나오고 있었으며, 이미 숨이 끊어졌는데도 여전히 팔다리를 움찔거렸다. 또 다른 날은 아직도 피가 뚝뚝 떨어지고 있는 살덩어리를 들고 오기도 했다. 어떤 생명체의 살점인지는 알 수 없었다. 언니는 숨이 턱 끝까지 찬 상태로 식량을 자기 숙소로 끌고 들어가 출입구를 닫았다. 그러고는 얼마 지나지 않아 문을 열면, 그곳엔 그 생명체의 흔적조차 남아 있지 않았다.


"밖에는 뭐가 있어?" 부모님이었던 인형 두 개는 이따금 언니의 손에 잡혀 내 이불 위를 가로지르며 이렇게 말했다. "첫 번째 문 너머로 보이는 풍경은 두 번째 문 너머로 보이는 풍경이랑 왜 그렇게 다른 거야? 왜 한쪽 문에서는 어둠밖에 안 보이는 건데?"

하지만 그 인형들은 답을 알려 주지 않았다.

"첫 번째 문으로 나가 볼까?" 인형 하나가 다른 인형에게 묻는다.

"두 번째 문으로 나가 볼까?" 다른 인형이 이렇게 대답할 때도 있다.

인형들이 두 번째 문으로 나간다면 곧바로 목숨을 잃는다. 첫 번째 문으로 나간다 해도 한동안 헤매다가 결국에는 죽게 된다.

"어찌 됐든 둘 다 죽는 거네." 내가 지적했다.

"맞아," 언니가 말했다. "잊지 마. 어디로 나가든 결국에는 목숨을 잃게 돼."

왜 한쪽 창문과 다른 창문으로 보이는 풍경이 저렇게 다른 거야?

나는 언니에게 물었다. 나는 언니가 그 인형들처럼 내 질문에 답하지 않을 거라 생각했다. 하지만 놀랍게도 언니는 진지하게 대답을 고민했다.

"그건 우리가 동시에 두 장소에 있는 것과 마찬가지여서 그래." 언니가 마침내 대답했다. "두 문이 각각 다른 곳으로 이어져."

"그러면," 나는 옆에 있는 벽에 기대며 물었다. "지금 여기는 뭔데?"

"아무것도 아니지." 언니가 말했다. "여기는 아무 곳도 아니야."

하지만 아무 곳도 아니라니, 그게 무슨 말일까? 그렇다면 이곳을 뭐라고 불러야 한단 말인가? 그리고 그 안에 사는 생명체는 대체 뭐라고 불러야 하는 걸까?

## 2.

언니는 늘 내게 이것저것을 가르쳤다. 부모님이 안 계셨기 때문에 언니가 나를 먹이고, 입히고, 키웠다. 인간에 관해 내가 아는 모든 내용은 언니가 말해 주었거나 언니의 숙소 안 화면에 나오는 움직이거나 가만히 멈춰 있는 이미지를 보고 배운 것이다. 이제 언니가 죽었으니 나는 그 화면을 작동시킬 수 없다. 나는 가끔 내가 안다고 생각하는 것 중 얼마나 많은 부분이 이런 이미지들 위에 거짓으로 수놓아져 있는 것인지 궁금했다. 이와 더불어 내 정신이 이렇게 주어진 것들로 더 풍족하고 밝은 세상을 만들기 위해 작동하고 있는 것인지도.

"내 말 알아듣겠어?" 내가 언니에게 물었다.
언니는 고개를 끄덕였다.
"알았다고 말해 봐."
언니의 입에서 부자연스럽고 귀에 거슬리는 날카로운 소리가 났지만, 그렇다고 딱히 불안해 보이지는 않았다. 언니는 차분하고 침착했다.
"안 들리는 거야?" 내가 물었다. "지금 어떤 소리를 내고 있는지?"
오랜 망설임 끝에 언니가 고개를 저었다. 그러고는 다시 한번 입을 열어 무언가를 말하려 했으나, 별안간 차를 타다 교통사고라도 난 것처럼 온 사방에서 금속이 찌그러지고 구겨지는 소리가 났다.
나는 그대로 도망쳤다.

한 시간, 아마 두 시간쯤 뒤, 나는 다시 한번 마음을 굳게 먹고 언니가 문을 열어 줄 때까지 출입문을 두드렸다.

"안녕." 내가 말했다.

언니가 속삭이듯 대답하자 주전자 표면에 모래를 흩뿌리는 듯한 소리가 났다. 나는 흠칫 놀랐고, 언니는 곧바로 입을 닫았다.

나는 언니에게 메모장과 펜을 건넸다. "아마 이렇게 하는 게 더 나을 수도 있어."

언니는 고개를 끄덕인 뒤 그것들을 받아 들었다. 그런 다음 맹렬하게 무언가를 휘갈기며 첫 번째, 두 번째 장으로 넘어갔다. 마침내 언니가 의기양양한 모습으로 메모장을 내게 돌려주었지만, 보이는 것이라곤 무의미하고 이리저리 일그러진 낙서뿐이었다.

한동안 우리는 그냥 서로를 피해 다녔다. 나는 하루하루를 보내며 무언가가 변하기를, 어느 날 아침에 일어났을 때 모든 것이 정상으로 돌아와 있기를, 우리가 다시 같은 언어를 쓸 수 있게 되기를 바랐다. 하지만 날이 갈수록 우리 사이의 간격은 벌어졌다. 그렇게 몇 주가 지나고 첫 번째 문밖 평원이 서리로 반짝일 때쯤, 우리는 마치 한 번도 친밀한 적이 없었던 것처럼 멀어졌다.

이전에는 식사를 함께했지만, 이제 우리는 각자의 숙소에서 끼니를 해결한다. 나는 숙소에서 나오다 중앙 통로에 있는 언니를 발견하면 다시 뒤돌아 들어왔고, 언니도 그런 것 같았다.

아마 내가 통로에 쓰러진 언니의 시체를 발견하거나 그 반대 상황이 벌어질 때까지 이런 상황은 아주 오랫동안 이어질 터였다. 하지만 그러던 어느 날, 사건이 벌어졌다.

그 모든 일이 일어났지만, 여전히 언니는 식량을 찾으러 이따금 밖으로 나갔다. 언니는 첫 번째 문으로 나가 한 시간, 어떨 때는 하루 꼬박 모습을 보이지 않았다. 그러고는 푸른빛이 도는 불에 탄 살덩이라든지 등껍질을 벗겨 내고 남은 끈적한 무언가를 가지고 돌아왔다.

언니가 집에서 나가는 소리가 들리고 완전히 혼자 남으면 나는 통로로 나가 두 번째 문 앞에서 그 문을 여는 상상을 했다. 장치에 손을 대 보기도 하고, 아무것도 보이지 않는 창문 밖 어둠을 바라보기도 했다. 그러다 첫 번째 문이 열리고 언니가 돌아오는 소리가 들리면 내 숙소로 재빨리 돌아왔다.

하지만 아무것도 없는 그 어둠을 바라보던 어느 날, 나는 그곳에 무언가가 있음을 알아차렸다.


그것을 얼마나 바라보고 있었을까. 정확히는 알 수 없었으나 내가 더는 내 몸에 있지 않은 것처럼, 어느 곳에도 존재하지 않는 것처럼 느껴질 만큼 오랜 시간이었다. 그러다 무언가가 깜빡이는 듯한 움직임이 유리에 비쳤고, 그 움직임에 이끌려 정신이 들었다.

처음에는 유리에 내 얼굴이 비쳐 유령처럼 보이는 것이라고 생각했다. 얼굴을 살짝 움직여 미소 짓고 고개를 기울이자 유리에 비치는 유령 같은 이미지도 정확히 그대로 움직였기 때문이다. 나는 다시 자리를 잡고 움직임 없이 밖을 응시했고, 이내 깜빡이는 불빛이 여전히 그 자리에 있다는 사실을 깨달았다.

나는 그대로 가만히 지켜봤다. 그 불빛은 유리 너머 깊은 어둠 속에 있었고, 유리 너머로 보이는 내 얼굴에 이끌린 것 같았다. 나는 기다렸다. 그것을 바라보며 계속 기다렸다.

그리고 바로 그곳에, 유리에 비친 내 모습과 거의 나란한 곳에, 이목구비가 보였다. 아무것도 없는 듯했지만, 분명 무언가가 있었다.

언니가 돌아올 때가 되자 나는 창문 밖으로 본 것을 뒤로하고 내 숙소로 돌아왔다. 얼굴, 내 얼굴과 비슷했지만, 완전히 똑같지는 않은 얼굴이 어둠에 잠겨 있었다. 나는 인형을 집어 들고 무슨 일이 벌어진 것인지 연극을 해 보았다. 목소리가 변한 이후 언니는 인형들을 내 방에 버려 두고 찾아가지 않았다.

나는 아빠 역할이었던 인형을 집어 든다. 그 인형은 기다란 원통형 통로를, 내 다리 사이로 만들어진 담요의 골 사이를 걸어 내려간다. 통로를 중간쯤 내려온 인형은 그 자리에 멈춰 문 위에 달린 두꺼운 원형 창문 밖을 내다본다. 무언가를 본 것일까? 아니, 보지 못했다. 정말 보지 못했을까? 그 인형은 확신하지 못하고 등을 돌리려 한다. 그때 갑자기….

이불 아래쪽에서 또 다른 인형, 엄마 역할이었던 인형이 튀어나온다. 지금 이 인형은 어떤 역할일까? 내 역할을 하던 인형은 이불에 가려진 다른 인형의 모습을 제대로 보지 못한다. 그곳에 무언가가 있다는 사실을, 인간의 형태를 띤 어떤 것이 있다는 사실을 알고 있음에도.

그것을 어떻게 어둠에서 끌어낼 것인가.

언니가 다시 나가기까지는 며칠이 걸렸다. 나는 언니가 집 안에 있는 동안에는 두 번째 문을 향한 관심을 드러내지 않으려 거의 방 안에만 틀어박혀 초조하게 기다렸다. 그리고 마침내, 언니가 집 밖으로 나갔다.

나는 재빨리 두 번째 문으로 달려가 바깥의 어둠을 응시했다. 그리고 기다렸다. 아무것도 보이지 않았다. 그러던 어느 순간, 유리에 비친 내 모습 말고는 딱히 보이는 게 없었으나 무언가가 있다는 것을 알아차렸다.

"안녕?" 나는 말을 걸어야만 했다. "무서워하지 마."

아무것도 바뀌지 않았고, 어떤 움직임도 없었다.

"제발," 내가 말했다. "모습을 보여 줘." 하지만 이 말을 뱉은 순간, 나는 보이지 않는 그 존재가 무엇인지 깨달았다. 어떤 생각 하나가 내 머릿속에서 완성되었기 때문이다.

그렇게, 나는 그것이 누구인지 알게 되었다.


3.

언니가, 아니 내 언니인 척하는 그것이 첫 번째 문 앞으로 돌아왔지만, 문을 열지는 못 했다. 내가 안쪽에서 문을 잠갔기 때문이다. 그것은 문을 두드리며 언어가 아닌 언어로 울부짖었다. 그것의 말을 한마디도 알아들을 수 없었지만, 사실 그 외침이 '말'이었는지도 확신할 수 없지만, 무엇을 원하는지는 알 수 있었다. 안으로 들어오는 것이었다. 그것은 언니를 죽이고 언니의 형태, 행동 방식, 몸짓, 존재 전체를 가져갔지만, 어떤 실수로 언니가 쓰는 언어까지는 취하지 못했다. 만약 내가 언니를 느끼지 못했다면, 유리 너머의 어둠을 유영하는 죽은 언니를 느끼지 못했다면, 그 사실을 절대 알 수 없었을 것이다.

나는 문을 두드리는 그것을 그대로 내버려 두었다. 그것은 안으로 들어올 수 없을 것이다. 두 번 다시는.

여전히 밖에서 문을 두드리는 그것의 얼굴은 성에로 뒤덮여 있었다. 나는 두 번째 문 앞에 붙어 있다가 아주 잠깐 그 모습을 보았다. 그 이후로 며칠이 지났다. 그것의 몸짓이 원하는 바는 아주 분명했다. *문 열어*, 그것들은 말하고 있었다. *문 열어!*

나 역시 문을 열어야겠다고 생각했다. 하지만 그것이 원하는 그 문은 아니었다.

침대 위에서 나는 인형들을 가지고 놀았다. 아빠 역할 인형은 이제 아빠가 아니라 나였다. 엄마 역할 인형도 더는 엄마가 아니라 언니였다. 언니 연기를 하는 그것이 아닌 진짜 언니. 남자 인형은 통로를 내려가다 멈춰 서서 문밖 어둠을 바라본다. 그러다 무언가를 보게 된다. 정확히는 보는 것이 아니라 '느낀다'. 그 인형은 문밖에 무언가가 있다고 확신한다. 혹은 누군가가. 언니는 이미 죽었으니 불가능한 일이지만, 그런데도 그곳에 있었다. 인형은 기다리고, 바라보다가 절차를 시작한다. 문을 폭파해 열 준비를 한다. 카운트다운이 시작되고 빛이 반짝이며 경보음이 울린다. 그리고 잠시 후, 인형은 레버를 당기고 문을 열어 진짜 언니를 만난다. 그곳에서, 자욱한 어둠 속에서 머리가 뜯겨 나간 언니가 인형을 향해 다가온다.

나는 이 이야기를 적어도 내가 이해할 수 있는 언어로 기록하고자 한다. 이 기록을 이해할 수 있는 사람이 이곳에 올지는 두고 봐야 알겠지만, 그 사람이 나는 아닐 것이다. 나는 집이 아닌 이 집 밖에 있는 어둠 속으로 나갈 테니까. 나는 언니를 만나러 갈 것이다. 이미 죽은 진짜 언니를.

그리고 돌아오지 않을 것이다.

혹시라도 돌아온다면, 입을 여는 순간 내가 아니라는 사실을 알 수 있을 것이다.

# 자매들

우리는 이제 막 이사 왔기 때문에 이웃들에게 아직 아무 짓도 하지 않았다. 우리 가족의 집은 블록 맨 끝에 동떨어져 있었고, 밀리는 벌써 불평을 늘어놓았다. 이전에 살던 여러 곳에서 그랬던 것처럼 이번에도 집 안에만 있어야 하는 걸까? 적어도 휴일은 사람들과 같이 보내면 안 되는 걸까?

"그건 우리 휴일이 아니야." 엄마는 그렇게 설명했다. "우리는 다르잖니."

"저는 여기 사람이잖아요," 밀리는 발을 구르며 볼멘소리를 했다. "그렇잖아요. 지금은."

아빠는 눈을 굴리더니 방을 나갔다. 다른 방에서 아빠가 삐걱거리는 찬장 문을 열고 술을 꺼내 잔에 따르는 소리가 들렸다. 꽤 많이 따른 듯했다. 아마 오늘 밤 아빠는 바닥에서 잠들 것이다.

"아니," 엄마가 말했다. "아니야. 적어도 다른 사람들은 그렇게 생각하지 않아.”

밀리가 내게로 몸을 돌렸다. “아니 그러니까, 다른 사람들이 휴일에 뭘 하는지 아세요?” 밀리는 나에게 묻는 척했지만, 실은 엄마에게 하는 말이었으니 나는 굳이 고개를 끄덕이지 않았다. “말도 안되는 짓을 해요. 어떤 휴일에는 화려하게 포장한 선물을 나눠 갖죠. 큰 소리로 웃는 남자가 지붕 위에 올라가서 굴뚝 아래로 그 선물을 던지는 거예요. 만약 불을 때고 있었다면 그 선물들은 전부 활활 불타겠죠. 웃기지 않아요?”

어쨌든, 내가 듣기엔 맞는 말이었다. 엄마도 그럴 거라고 생각했지만, 아니었다. 엄마는 고개를 저었다. “그런 건 어디서 들었니?”

“여기저기서 들었어요.” 밀리가 대답했다. “계속 관심을 가지려고 노력하고 있죠. 그리고,” 밀리가 다시 내게로 시선을 돌렸다. “큰 초 하나를 반죽해서 아홉 개로 만든 다음, 불에 데지 않게 조심하면서 모든 초에 불을 붙이기도 한대요.”

“그건 네가 제대로 알고 있는 건지 잘 모르겠구나.” 엄마가 중얼거렸다.

“또 있어요. 거울 속 자신의 모습을 계속해서 쳐다보면 피부 속까지 들여다볼 수 있게 되는데, 그때 보이는 자신의 심장을 그려 다른 사람에게 편지를 보내기도 해요.”

“그런 짓을 왜 해?” 나는 참지 못하고 물었다.

“자기를 통제할 수 있게 해 주는 거지.” 밀리가 말했다. “그러니까, ‘저는 저 자신을 원하지 않으니 당신께 선물로 드립니다.’ 같은 말을 하는 거야.”

"여긴 진짜 이상한 곳이네."

"맞아," 밀리는 지치지도 않고 신기한 이야기들을 쏟아 냈다. "진짜 이상하지. 또 어떤 휴일에는 한 곳에서 나무를 뽑아다가 다른 곳에 심는대. 나무를 훔치는 날인가 봐."

"그건 식목일이야." 엄마가 밀리의 말을 정정했다. "그리고 여기 사람들 대부분은 그게 휴일인지도 잘 몰라. 기념하는 사람도 거의 없고."

"하지만 다른 곳에서 나무를 가져오는 거잖아요." 밀리가 말했다. "나무를 심으려면 일단 다른 곳에서 가져와야 하는 거 아닌가요? 제가 보기에는 식목일보다 나무 훔치는 날에 더 가까운 것 같은데."

엄마는 어깨를 으쓱했다.

"나무라도 훔쳐 보면 안 돼요?" 밀리가 물었다.

"절대 안 돼."

"왜요?" 밀리가 칭얼거렸다. 엄마가 반응을 보이지 않자 밀리는 한숨을 내쉬더니 말을 이어 갔다.

"자신의 얼굴과 다른 가면을 쓰고 여러 집을 옮겨 다니면서 뭔가를 빼앗아 가는 휴일도 있어요. 그리고…"

하지만 엄마는 더 듣지 않고 손을 뻗어 밀리의 팔을 잡았다. "대체 그런 걸 어디서 들은 거니?"

"제가 직접 들었어요." 밀리가 이어서 대답했다. "미성숙한 표본들이 교육기관으로 걸어갈 때 옆에서 들었어요. 걔들이 휴일에 관해서 이야기했어요."

"너를 봤니?"

"아뇨, 당연히 못 봤죠." 밀리가 말했다. "저는 절대로…."

"그럼 그 휴일을 뭐라고 불렀니?"

"핼러윈이요."

"핼러우스 이브Hallows' Eve를 말하는 거니?"

밀리는 잠시 생각하더니 어깨를 으쓱했다. "그럴지도요."

"그건," 엄마가 밀리의 팔을 놓아주었다. "그건 기념할 만한 날이야. 그날은 그들의 휴일이 아니라 우리 거니까."


밀리에게 그 말은 곧 허락이었다. 그다음 몇 주 동안 밀리의 대화 주제는 온통 핼러윈뿐이었다. 밖에서 무슨 소리가 들릴 때마다 밀리는 뒤를 따라가 몰래 대화를 엿들었다. 너무 자주 엿들은 나머지 그들이 밀리의 존재를 느낄 정도였다. 그 사람들은 밀리를 보지는 못 했지만, 자신들이 무언가를 놓친 것이 아닌가 생각하며 점점 더 자주 뒤를 돌아보기 시작했다.

"눈에 띄면 안 돼, 밀리." 나는 경고했다. "그러다 아그네스 이모처럼 된다고."

"아그네스 이모한테 무슨 일이 일어났는데?" 밀리는 아무것도 모르는 척하며 내게 되물었다. 하지만 내 표정을 보고는 "장난이야. 걱정하지 마, 들키지 않을 테니까." 하고 말했다.


밀리는 자주 집 밖에 나가 그 휴일에 관한 사람들의 말을 들으며 상황을 파악했다. 아빠는 그 모습을 탐탁지 않게 여겼고, 점점 더 자주 술 찬장을 열었다. 아빠가 직접 만들어서인지 몰라도 그 찬장에서는 술이 끊임없이 나왔다. 얼마 지나지 않아 아빠는 너무 오랫동안 바닥에 쓰러져 있게 되었다. 그 때문에 집 안의 벽들이 움직이고 급기야 가장자리에는 잡초들이 자라기 시작했다.

엄마는 아빠를 발로 차 깨우며 반쯤이라도 정신을 차리게 했다. 그러지 않았다면 우리는 다른 곳으로 떠나야 했을 수도, 어쩌면 더는 갈 곳이 없었을 수도 있다.

이 주 정도가 지난 뒤, 밀리는 가족들을 모아 지금까지 알게 된 내용을 말해 주었다. 알고 보니 밀리는 그 교육기관에 다녀왔는데, 외투 보관함에 숨어 '핼러윈'의 '진정한' 특징에 관한 여러 이야기를 들었다고 했다. 그중에는 호박으로 천국과 지옥 모두에서 거부당한 존재들의 형상을 조각하는 것, 의상 착용(밀리의 말에 따르면 진짜로 피부를 바꾸는 우리와는 달리, 이곳 사람들은 진짜 피부 위에 인공으로 만든 가짜 가죽을 덮어쓴다고 한다), '문간에서 이루어지는 도전 의식'이 있었다. 이 의식을 할 때 그들은 글러브로 응답하는 사람의 얼굴을 때리며 "내 손이 치는 장난을 받아들일 것인가, 아니면 이 손에 깃든 공격성을 사탕으로 잠재울 것인가?" 같은 말을 한다고 했다.

"진짜 그렇게 말하니?" 엄마가 물었다.

밀리는 어깨를 으쓱했다. "그렇지는 않아요. 제가 좀 더 괜찮게 바꾼 거예요."

"장갑으로 얼굴을 때린다는 건?"

"그것도 제가 더 나은 쪽으로 바꾼 거죠." 밀리가 시인했다.

하지만 엄마는 그런 전통을 더 좋게 바꾸는 것은 우리가 할 일이 아니라고 말했다. 그 휴일에 하는 관습을 따르려고 마음먹었다면 최대한 이곳 사람들이 하는 그대로 해야 하며, 그들 사이로 녹아들어야 한다고 했다.

"그 가짜 가죽도요?" 밀리가 물었다.

엄마는 망설였다. "생각해 둔 게 있니? 지금 입고 있는 것 말고?"

"물론이죠." 밀리가 의기양양하게 대답했다.

엄마는 잠시 생각에 잠겼다. 그때 가까운 방에서 아빠의 몽롱한 목소리가 들렸다. "젠장, 그냥 한번 재밌게 놀게 해 주라고." 그러자 엄마는 어깨를 으쓱하고는 말없이 허락했다.


계획은 내가 밀리의 현재 가죽을 의자에 묶고, 밀리가 내 가죽을 다른 의자에 묶은 뒤, 밀리가 생각해 둔 새로운 가짜 가죽으로 우리를 옮기는 것이었다. "마음에 들 거야." 밀리가 내게 말했다. "여기 옮겨 가면 원래 가죽으로 돌아오고 싶지 않을걸."

"그래도 돌아와야 해." 엄마가 주의를 주었다.

"알아요." 밀리가 말했다. 그 말투로 보아 어쩔 수 없이 대답한 것 같았다.

밀리의 현재 가죽을 묶는 일은 순조롭게 진행되었다. 가죽이 단단히 고정될 때까지 밀리가 충분히 기다려 주었기 때문이다. 나는 밀리가 현재 들어가 있는 가죽의 콧구멍으로 흘러나와 원래 밀리의 모습으로 돌아가는 것을 보았다. 의자에 묶인 가죽은 잠시 의식이 없었다가 이내 정신을 차리고는 비명을 질렀다. 엄마가 그 입에 재갈을 물리기 전까지 아주 크게.

"저게 뭘 기억하고 저러는 걸까?" 밀리가 물었다. 밀리는 종이처럼 얇고 가는 목소리로 내 뒤에서 속삭였고, 그 속삭임은 마치 내 귀에 작은 날갯짓이 인 것처럼 가벼웠다. "내가 자기를 어떻게 이용한 건지 알고 있을까?"

"분명 뭔가 알고 있을 거야." 내가 말했다. "아니면 저렇게까지 소리를 지르진 않겠지."

우리는 가죽에서 빠져나온 밀리가 내 가죽을 의자에 묶을 수 없다는 사실을 간과했다. 그렇다고 내가 나를 묶을 수도 없었다. "다른 가죽을 빌려서 이리로 데려올까?" 밀리가 속삭였다.

엄마가 한숨을 내쉬었다. "내가 할게."

엄마는 경험이 많았기 때문에 손쉽게 나를 단단히 묶은 다음, 내가 나오기 바로 직전, 그 가죽의 입 안 깊숙이 천을 밀어 넣었다. 그게 더 수월할 테니까. 나는 그런 뒤에야 그 가죽 안에서 몸을 뒤틀어 천천히 나를 분리한 다음 숨을 헐떡이며 밖으로 기어 나왔다.

밀리가 재빠르게 나를 이끌었다. 나는 여전히 숨을 헐떡이며 그 뒤를 따랐다. 엄마는 팔짱을 낀 채 문 앞에서 우리를 보고 있었다. 밖으로 나와 몸을 한껏 뻗을 수 있게 되니 기분이 좋았다. *왜 새로운 가죽을 찾아야 하는 거지?* 나는 생각했다. 하지만 그렇게 묻자, 밀리는 내게 핀잔을 주었다.

"가죽은 중요해." 밀리가 말했다. "우린 그들과 가까워져서 핼러윈을 어떻게 기념하는지 알아야 하니까. 그들에 대해 지금보다 훨씬 더 깊게 이해할 수 있게 되면 이제 자주 가죽을 옮겨 다니지 않아도 되고, 심지어 우리가 그들이 되었다는 생각이 들게 될 수도 있어."

"왜 우리가 그런 생각을 해야 하는데?" 내가 물었다.

밀리는 대답하지 않았다. 그러고는 못이 박히지 않은 전봇대로 나를 이끌더니 속도를 올렸다. 나도 밀리를 따라갔다. 잠시 후 우리는 전선 사이에 있었고, 당연한 말이지만 우리가 그곳에 있었기 때문에 웅웅거리는 소리는 점점 더 커졌다. 그렇게 밀리는 전류에 몸을 싣고 흘러갔다.

나도 밀리의 뒤를 따랐다. 도무지 정신을 차릴 수 없었고, 중간에 밀리를 놓칠 뻔하기도 했다. 밀리가 기어 나가는 모습을 너무 늦게 봐 버린 탓이었다. 나는 힘들게 전류를 거슬러 겨우겨우 감압기에 닿았다. 내가 나오고 있을 때 밀리는 벌써 잔디밭을 가로질러 어떤 집의 현관으로 향하고 있었다. 우리가 있었던 곳처럼 그 집도 *진짜* 집은 아니었다. 한눈에 봐도 알 수 있었다. 벽돌과 나무와 회반죽으로만 지어 몇십 년도 버티지 못할 것 같은 집이 무심하게 서 있었으니까. 이런 집이 대체 무슨 쓸모가 있다는 걸까? 밀리가 왜 이집에 흥미를 느꼈는지 나는 조금도 알 수 없었다.

"저기 봐." 밀리가 말했다.

덤불에 반쯤 가려진 무언가가 현관에 서 있었다. 언뜻 마네킹처럼 보이기도 했다. 여기저기 찢어지고 해진 검은 드레스를 입고, 나이 들어 보이는 얼굴에, 길게 늘어뜨린 흰머리, 끝이 뾰족하게 솟아 있는 검정 모자, 불타는 석탄 같은 눈을 한 마네킹이. 우리는 조심스럽게 접근했지만, 그것은 이곳 사람들과는 다른 어떤 방식으로 우리를 알아챘고, 눈에서 섬광을 내뿜으며 낄낄거리는 웃음소리를 냈다.

"이게 뭐야?" 내가 물었다. "움직이는 석상 같은 거야?"

"이 안으로 들어가." 밀리는 대답 대신 이렇게 말했다. "얼른, 올라타 봐."

그래서 나는 안으로 들어갔다. 올라탄 것은 아니고 빠르게 흘러 들어왔다. 우리가 늘 사용하던 살아 있는 가죽과는 다른 느낌이었고, 정말 뻣뻣했다. 팔도 어딘가가 고정되어 있는 듯 아주 조금만 움직일 수 있었다. 머리 역시 양쪽으로 조금씩만 돌아갔다. 다리는 아예 움직여지지도 않았다. 잠시 후 밀리도 안쪽으로 밀고 들어왔다.

"밀리!" 내가 말했다. "이 안은 좁다고."

"불평 좀 그만해," 밀리도 지지 않았다. "자리 많잖아."

사실 밀리의 말이 맞았다. 하지만 이 가짜 가죽 안에 둘이 들어와 있자니 어색하고 불편했다. 하지만 서서히 익숙해졌다. 힘을 합치자 팔을 조금 더 멀리 뻗을 수 있게 되었다. 손가락도 펴고 접을 수 있었다. 둘이서 계속 같이 노력하자 다리도 움직여졌다.

"이제 어떻게 해?" 내가 물었다.

"기다리는 거지."


우리는 밤이 깊을 때까지 기다렸다. 아빠와 닮은, 아마 이 집에 사는 가족의 아빠인 것 같은 사람이 집에서 나와 두꺼운 안경 너머로 우리를 유심히 바라봤다. 그 남자는 이쪽으로 다가와 우리의 가짜 가죽 뒤에 붙은 코드를 만지작거리더니 벽에서 플러그를 뽑았다가 다시 끼워 넣었다.

"저 남자가 원하는 게 뭘까?" 내가 속삭였다.

"쉿!" 밀리가 대답 대신 말했다.

남자는 이내 실망한 듯한 표정으로 플러그를 뽑고 집 안으로 도로 들어갔다. 밀리는 그 남자가 다시 나오지 않을 것이라고 확신했고, "분명히 이 가죽이 원래 해야 하는 일이 있는데 지금 우리가 들어와 있어서 못 하는 걸 거야"라고 말했다.

"우리가 여기 도착했을 때 분명 무언가를 하고 있었어." 나 역시 내가 본 대로 말했다. "눈을 반짝거리면서 어떤 소리를 냈어. 낄낄거리는 소리인지 비명인지 모르겠지만."

"눈 반짝이기, 낄낄거리는 웃음소리, 비명." 밀리가 말했다. "그 정도는 나도 할 수 있지." 언니가 안에서 뒤척거렸다. 이내 현관은 붉은빛으로 물들었고, 이 가짜 가죽 안에 있는 재생 장치에서는 마치 거인의 목을 조르는 듯한 엄청난 소리가 흘러나왔다.

"소리가 너무 커." 내가 말했다. "너무 밝아!" 나의 외침을 들은 언니는 두 가지를 한꺼번에 그만뒀고, 그러자 현관은 곧바로 어둡고 고요해졌다.

잠시 후 아까 그 남자가 문을 열어젖히며 현관으로 나와 미친 듯이 주위를 둘러보았다. 남자는 뽑혀 있는 코드를 꽤 오랫동안 바라보더니 말을 더듬으면서 고개를 젓고는 집 안으로 들어갔다.

"왜 저러지?" 밀리가 물었다.

"내가 어떻게 알아?"

우리는 편하게 자리를 잡았다. 집 안의 모든 불이 꺼질 때까지 기다렸고, 별들이 느릿하게 머리 위를 돌 때도 계속해서 기다렸다. 우리는 기다리는 것을 아주 잘한다. 밤이 서서히 물러가기 시작할 때도 우리는 기다렸다.

"뭘 기다리는 거야?" 내가 밀리에게 물었다.

"쉿. 적당한 날. 핼러윈이 시작되기를 기다리는 거야."

해가 떠오르자 가짜 가죽 안이 따뜻해졌다. 나는 몸을 쭉 뻗으며 밀리와 엉켰고, 내게 자리를 내줄 때까지 팔꿈치로 밀어냈다. 천천히 낮이 찾아왔다. 가족이 집에서 나왔다. 우리가 어제 봤던 그 가족의 아빠가 제일 먼저 나왔고, 그다음으로 미성숙한 표본 두 명이, 마지막으로 그들의 엄마가 나왔다. 태양이 떠올라 우리 위를 지났다. 바로 머리 위는 아니었고 하늘의 반쯤 되는 높이에 걸려 있었다. 마침내 그 가족이 서서히 집으로 돌아왔다. 어쨌든 한 가족이긴 했다. 사실 아침에 본 그 가족이 맞는지는 확신할 수 없었다.

막 해가 지기 시작했을 때, 나는 이 가죽 안에 우리 말고 누군가가 더 있다는 사실을 알아차렸다. 그 존재가 나를 가죽 바깥으로 밀어내려 하고 있었다.

"오셨어요, 엄마." 내가 겨우 말했다.

"휴일을 기념하게 해 준 거지 하루를 밖에서 보내는 걸 허락해 준 건 아니잖니."

"그게 아니라…" 내가 말했다. "저는 그냥… 죄송해요, 엄마."

"메모도 하나 남기지 않고." 엄마는 못마땅하다는 듯 다그쳤다. "대체 나는 무슨 죄니?"

"나쁜 짓은 하나도 안 했어요." 밀리가 말했다. "멀리 가지도 않았잖아요."

엄마가 언니에게로 몸을 돌렸다. "그리고 너, 정말 아그네스 이모처럼 되고 싶기라도 한 거야?"

"아뇨…." 밀리가 간신히 대답했다.

엄마는 오랜 시간 아무 말도 하지 않았다. 나는 엄마가 우리를 집으로 끌고 갈 거라고, 휴일이 시작되기도 전에 우리의 휴일은 끝날 거라고 생각했다. 그 순간, 엄마가 한숨을 내쉬었다. "내일 이야기하자. 자정까지는 돌아와. 전선을 타고 곧장 집으로 와야 해. 다른 데로 새지 말고!"

"네, 엄마." 내가 말했다.

"밀리?"

"네, 엄마." 밀리가 대답했다.

"그래." 엄마가 말했다. 그러고는 왔던 때와 마찬가지로 예고 없이 갑작스럽게 사라졌다.

어둠이 내리자 가로등이 켜지고 그들이 나타나기 시작했다. 두 명 혹은 세 명이 함께 모여 왔는데, 원래 가죽 위에 기묘하게 생긴 가짜 가죽을 단단히 뒤집어쓰고 있었다. 그 무리는 미성숙한 표본들이었고 열두 살 정도이거나 그보다 어려 보였다. 그 표본들은 예외 없이 어른 한두 명과 함께 왔다. 어른들은 가짜 가죽을 입지 않고 현관과 멀리 떨어진 인도 옆에 팔짱을 낀 채 서 있었다.

"가짜 가죽을 입지 않으면 현관에 올 수 없는 건가?" 내심 궁금했던 나는 이렇게 물었다.

"모르겠어." 밀리가 속삭였다. "그런 거면 아예 안 오지 않았을까?"

현관으로 오는 어린 표본들은 동물이나 죽은 자들과 닮은 가짜 가죽을 입고 있었다. 기묘하게 반짝이며 벌레 같은 눈이 달려 있다거나, 얼굴을 가린 채 가슴에 어떤 상징이 그려져 있는 것처럼 내가 한 번도 본 적 없는 가짜 가죽을 입은 표본들도 있었다. 심지어 광대라고 불리는 무시무시한 종과 닮은 가짜 가죽을 입고 있기도 했다.

"다 비슷한 가죽을 입는 게 아닌가 봐?" 내가 물었다.

"그런가 봐. 종류가 엄청 다양해." 밀리가 대답했다.

"그게 무슨 소용이지?" 내 물음에 언니는 대답하지 않았다.

미성숙한 표본들은 현관에 들어와 우리를 지나쳐 문으로 다가갔다. 그러고는 초인종을 눌렀다. 문이 열리자 그들은 의식에 사용하는 구절인 '트릭 오어 트릿'을 외쳤다. 하지만 장난은 치지 않았고, 현관으로 나온 이들도 그저 가죽이 두 개인 이 생명체들을 쫓아내기 위해 재빨리 간식을 한 줌씩 쥐여 줄 뿐이었다.

"그러니까, 만약 저 사람들이 간식을 빨리 주지 않으면 장난을 치는 거야?" 내가 물었다.

"내가 알기론 그래." 밀리가 대답했다. "창문에 비누칠을 하거나, 건물 외벽에 썩은 과일을 던지거나, 그 집의 주요 구성원을 죽이기도 해."

첫 번째, 두 번째 장난과 세 번째 장난의 간극이 너무 큰 것 같았다. 하지만 분명 그 사이에 여러 장난이 있겠거니 생각했다. 예를 들어 손가락을 자른다든가, 아니면 그 가정의 부차적인 구성원, 그러니까 미성숙한 표본이나 반려동물을 천천히 고문한다든가 하는 장난이. 또 주요 구성원이 아니라 다른 구성원을 죽이는 것도 중간 단계일 수 있겠다는 생각이 들었다.

밀리는 대체 이런 걸 다 어떻게 알고 있는 걸까. 언니는 사람들의 대화를 엿듣거나 TV 화면에서 얻은 정보를 조합한 거라고 했다. 이 두 가지에서 얻은 정보는 꽤 확실하므로 논쟁하기가 쉽지 않았다.


그래도 우리는 논쟁을 이어 갔고, 어느 순간 가짜 가죽을 뒤집어 쓴 표본 하나가 현관에서 사탕 그릇을 들고 있는 남자가 아닌 우리를 쳐다보고 있다는 사실을 동시에 알아차렸다.

"조용히 해." 언니가 내게 말했다.

하지만 그 표본은 가까이, 더 가까이 다가왔고 천과 금속과 고무로 만들어진 우리의 가짜 가죽을 의아하다는 듯 쳐다보았다. 그 표본의 가짜 가죽은 온통 주황과 검은색이었다. 검은색 부츠와 주황색 치마, 헐렁한 데다 여기저기 불규칙하게 찌그러진 기다란 검정 모자, 검은색 빗자루까지…. 고대의 어느 무능한 여자 청소부 같은 것을 따라 한 듯했다.

그 표본은 아주 가까이 다가와 우리가 있던 가짜 가죽의 눈을 들여다보더니 이내 눈길을 아래로 내렸다가 다시 한 곳을 바라봤다. 나는 그 표본이 이 가짜 가죽에 흘러들어온 언니를 바라보고 있음을 알 수 있었다.

"너 거기에서 뭐 해?" 표본이 언니에게 말했다.

지금 돌이켜 생각해 보면 언니는 너무 오랫동안 누군가에게 들키지도, 보이지도 않았기 때문에 이런 상황에 대비하지 못했던 것 같다. 내가 말리기도 전에 언니는 가짜 가죽의 손을 움직여 그 작은 생물의 목을 움켜쥐었다.

결국 소동이 일었고, 누군가는 비명을 질렀다. 사탕이 담긴 그릇이 떨어져 산산조각이 났고, 그 그릇을 들고 있던 남자는 언니가 움직인 인공 손으로부터 아이를 구하려 애썼다.

나는 결정을 내려야 했다. 아이를 구하거나 언니를 돕거나. 내가 언니를 도우면 우리 둘의 힘으로 그 생명체의 목 정도는 손쉽게 부러뜨릴 수 있을 것이다. 그게 아니라면 언니의 손가락을 풀어낼 수도 있다.

결국, 나는 아무것도 하지 않았다. 그냥 도망쳤다. 아주 잠깐 사이에 나는 가짜 가죽에서 나온 뒤, 인도를 지나 전봇대 위 전선으로 몸을 던졌다. 잠시 후 나는 집으로 돌아왔고, 이전에 쓰던 가죽 안에 다시 들어가 정신을 차렸다.

엄마는 여행용 옷차림으로 그곳에 서서 기다리고 있었다. 정신이 돌아온 것을 확인하고는 재빨리 나를 묶고 있던 줄을 끊었다.

"언니는 어딨어?" 엄마가 물었다.

"들켰어요."

엄마는 그저 고개만 끄덕였다. 엄마의 입술이 얇은 선을 만들며 꾹 다물렸다. 나는 의자에서 일어나 욱신거리는 팔목을 주물렀다. 아빠는 머리에 얼음 팩을 댄 채 엄마 옆에 서 있었다. "혹시 모르잖아. 돌아올지." 아빠가 말했다.

나는 자리에 앉아 초조하게 기다렸다. 마침내, 아빠 말대로 언니가 돌아왔다. 숨이 턱 끝까지 차고 겁에 질려 어쩔 줄 모르는 모습이었다. 언니는 분노에 차서 나를 바라봤다.

"넌 날 두고 도망갔어." 언니가 나를 추궁했다.

나는 어깨를 으쓱였다. "언니가 들켰잖아."

언니는 도움을 청하는 눈으로 엄마 아빠를 쳐다봤다. 하지만 엄마 아빠의 얼굴에는 아무런 표정도 없었다. 언니는 들켰다. 언니도 규칙을 알고 있었다. 우리 모두가 언니를 기다려 준 것만으로도 감사해야 할 일이었다.

"그건 이제 저를 못 볼 거예요." 언니가 말했다. "걱정할 거 없어요."

"눈을 멀게 한 거니?" 아빠가 물었다.

"죽였어요," 언니가 대답했다. "목을 졸라서." 언니가 나를 다시 쳐다봤다. "넌 전혀 도움이 안 됐지만."

"신경질 내지 마." 엄마가 언니에게 말했다. 그러고는 걸치고 있던 코트의 벨트를 맸다. "자, 가자." 엄마가 재촉하듯 말했다.


하지만 우리가 간신히 문을 열었을 때는 그 표본이 눈앞에 나타난 뒤였다. 그것은 이전과 똑같이 주황색과 검은색 옷을 입고 불쾌하게 생긴 모자를 쓰고 있었지만, 목에 검은 자국이 남아 있었다. 그리고 방향에 따라서는 목에 뚫린 상처 사이로 그 너머에 있는 것들이 보이기도 했다.

"안녕?" 엄마가 말했다.

"트릭 오어 트릿." 그 표본이 대뜸 말했다.

"내가 도와줄 게 있을까?" 엄마가 물었다. "길을 잃은 거니?"

"저는… 잘 모르겠어요." 그것이 대답했다.

"그래, 그렇구나. 내가 도와줄게."

그것은 오랜 시간 말없이 움직이지 않았다. 그러다 마침내 이렇게 물었다. "누구세요?"

"나?" 엄마가 그 아이의 목에 손을 가져다 댔다. 어떤 면에서는 내게 기억을 되살리는 모습이기도 했다. "왜 그러니? 엄마야. 날 못 알아보겠어?"

이렇게 우리 가족은 넷에서 다섯이 되었고, 내게는 동생이 생겼다. 밀리는 별로 좋아하지 않는 듯했지만, 나는 정말 신났다. *새로운 여동생이라니. 내가 아는 모든 것을 가르쳐 줄 새 여동생이라니!* 그리고 나는 그날 저녁 내내 그 아이에게 내가 했던 것들을 가르치고, 내가 그 아이를 사랑한다는 사실을 알려 주었다. 그렇게 그 순간, 시계가 자정을 가리키고 휴일이 끝나던 그 순간, 우리는 그 아이를 집어삼켰다.

# 룸 톤

필립은 마침내 마음에 꼭 드는 집을 찾아냈다. 넓고 빈집인 데다 70년대 모습 그대로였기 때문에 그가 찾던 조건과 완벽하게 맞아떨어졌다. 그곳은 누군가가 내놓은 집이었는데, 원래 살던 노부부는 현재 둘 다 호스피스 병동에 있었고, 이 지역과 정반대 쪽에 떨어져 사는 자식들은 그 집을 팔고 싶어 했다. 보통 이런 집을 몇 주간 빌리려면 원래 로케이션 예산보다 돈이 훨씬 더 많이 들어간다. 하지만 필립은 밤에만 이 집에서 촬영하면 된다고 부동산업자에게 미리 이야기해 두었고, 업자는 300달러를 일시불로 주는 조건으로 거래를 받아들였다. 필립은 그 돈이 결코 집주인에게 들어가지 않을 거라고 확신했다.

"약속한 겁니다," 부동산업자가 말했다. "밤에만 촬영하는 거 잊지 마세요. 저녁 여섯 시보다 빨리 시작해도 안 되고, 오전 일곱 시를 넘겨도 안 돼요. 내일부터 정확히 이 주 동안인 거예요."

필립은 동의했다. 물론 약속은 지킬 것이다. 그때만 해도 필립은 시간제한이 있어야 설령 약속한 시각을 넘기더라도 그에 맞는 추가 비용을 낼 수 있으리라 생각했다. 게다가 필립은 모든 상황을 잘 관리하고 있었다. 그가 이 프로젝트의 중심이었으니까. 시나리오 집필, 감독, 음향, 촬영 후 필름 편집까지, 모두 그가 직접 했다. 필립은 이 프로젝트에 참여하는 카메라맨들과 함께 자라다시피 했다. 그와 카메라맨들 사이에는 서로 통하는 친밀함이 있었으므로, 그는 자신이 직접 카메라를 들지 않아도 그들이 어떻게 움직일지 정확히 알았다. 배우들 역시 함께 학교에 다니던 친구들이었다. 다시 말해 필립의 머릿속에는 이 프로젝트의 모든 부분이 하나도 빠짐없이 들어가 있었고, 어떻게 진행될지 역시 정확히 알고 있었다.

하지만 필립이 모르는 사람도 있었다. 이를테면 조명 기사를 들수 있을 텐데, 그 조명 기사는 노조원이었고, 이 말은 곧 그가 이 프로젝트를 그냥 일로, 말 그대로 초과근무로 생각할 것임을 의미했다. 그리고 역시 그가 잘 모르는 사람인 프로듀서. 그 프로듀서는 카메라맨을 통해 참여하게 된 사람이자 새로 온 조명 기사 아버지의 친구였다. 또, 의상 담당 스태프, 메이크업 아티스트, 조명 기사의 조수, 조명 감독도 필립이 잘 모르는 사람들이었다. 하지만 기본적으로 그는 이 프로젝트를 속속들이 알고 있었다. 그래서 그는 이 일이 성공적으로 마무리될 것이라고 확신했다.

촬영 시작 후 11일째가 되던 날, 필립은 부동산업자의 사무실을 찾아갔다. "벌써 끝났어요?" 업자가 물었다. "남은 일수 환불은 안 돼요." 하지만 부동산업자는 필립이 온 이유가 그것과는 정반대라는 사실을 머지않아 깨닫게 되었다. "다른 데서 얘기하죠."

필립과 부동산업자는 가까운 카페로 걸어갔다. 사이다와 차이 티를 기묘하게 섞은 '차이다'라는 이름의 카페에서 필립은 촬영하는 동안 예상치 못하게 일정이 지연됐다고 설명했다. 하루나 이틀이면 충분하고, 비용은 지급하겠다고.

"안 돼요." 업자는 단호하게 거절했다.

"안 된다고요?"

"네, 안 돼요. 그렇게는 못 해요."

필립은 며칠이면 된다고 업자를 설득하려 했다. 이전에 낸 비용의 두 배를 지급할 것이며, 이 영화 촬영을 꼭 끝내야 한다고 설명했다.

"미안해요, 그치만 안 되는 건 안 되는 거예요."

필립은 다시 이야기를 꺼내려 했지만, 업자는 이미 팔짱을 끼고 입을 꾹 다문 채 의자에 등을 기대고 있었다.

"왜 안 된다는 거죠?" 필립이 물었다.

"그 집은 주인이 있는 집이에요." 업자가 말했다. "당신이 오기 전에 이미 팔렸고, 그다음에 당신과 계약한 거예요. 집주인은 촬영이 끝난 다음 날에 이사한다고 했어요."

"하루나 이틀만 미룰 방법이 없을까요?"

부동산업자는 고개를 저었다. "집주인은 원래 그것보다 일찍 이사하려고 했어요. 그나마 당신과 약속한 이 주를 확보하려고 미루게 한 거라고요. 이제는 조금도 더 지체할 수 없어요."

　이후로 정말 힘든 삼 일이 지나갔다. 필립은 빠르게 다시 대본 작업을 시작해 잘라 낼 수 있는 장면을 골랐고, 최대한 효율적으로 장면들을 정리했다. 한 번의 촬영으로 최고의 결과가 나오기를 간절히 바라면서. 그리고 집 안에 들어갈 수 있는 시간이 되기 몇 시간 전부터 배우들을 공원으로 불러 대사와 연기가 딱 맞을 때까지 미리 연습하게 했다. 매우 힘들었고 엄청난 노력을 들여야 했지만, 마침내 필립과 스태프들은 원래 일정으로 거의 돌아올 수 있었다. 어쩌면 딱 맞게 끝낼 수도 있을 것 같았다.

　하지만 그런 일은 일어나지 않았다. 마지막 날, 필립은 모두에게 여섯 시가 아닌 세 시까지 그 집에 모이라고 말해 두었다. 그 집 거실에서 찍어야 하는 장면들이 많았고, 그중에는 살인 장면도 포함되었다. 가짜 피를 사용해야 했으므로 살인 장면은 가장 마지막에 찍어야 했다. 가짜 피가 얼룩져 버리면 이전 장면들을 다시 촬영하기가 쉽지 않을 테니, 이 장면을 찍을 기회는 단 한 번뿐이었다.

　하지만 모두가 그 집에 도착했을 때, 소동이 벌어졌다. 부동산업자가 회색 머리에 기품 있어 보이는 어떤 남자에게 집을 보여 주고 있었던 것이다. 필립의 눈에 그 남자는 자신의 대본 안에서 살해되는 그런 사람과는 전혀 달라 보였다. "이 형편없는 가구들은 모두 버려야겠어." 그 남자가 말했다. "이 쓰레기들을 산 게 아니잖소. 내가 산 건 이 집이지." 그러고는 남자가 필립을 향해 몸을 돌렸다. "누구십니까? 여기서 뭘 하는 거죠?" 그 남자 뒤로 부동산업자가 말하지 말라는 듯 고개를 저었다.

"저는… 이 집을 촬영하고 있습니다." 필립은 그렇게 대답했다.

"집을 촬영한다고요, 왜죠?" 남자가 부동산업자 쪽으로 돌아서며 물었다. "저는 그러지 않는 편이 좋겠다고 생각합니다만."

"아이들이 원하는 일이라서요." 필립이 거짓말을 했다. "부모님이 살았을 때 이 집이 어떤 모습이었는지 기억할 수 있게 말입니다."

"내일이면 집주인이 되시잖아요." 부동산업자가 남자를 달랬다. "그 이후에 원하는 대로 하시면 되죠."

"가구들도 다 가지고 나갈 겁니까?" 새 집주인이 필립에게 물었다.

"네," 필립이 말했다. "물론이죠."

새 집주인은 코웃음을 치고는 몸을 돌렸다. 그 남자는 부동산업자와 함께 집 안 다른 곳을 둘러보았다. 필립과 스태프들은 재빨리 촬영 준비를 시작했지만, 준비를 채 끝마치기 전에 새 집주인이 다시 거실로 돌아왔다.

"조명이 이렇게나 많이 필요합니까?" 그 남자가 물었다. "집을 찍는 거지, 영화를 찍는 게 아니잖소."

"저는 그냥 시키는 대로 할 뿐입니다." 필립이 대답했다.

"내일이면 집주인이 되실 거잖아요." 부동산업자가 다시 한번 남자를 달랬다.

새 집주인은 고개를 젓고는 밖으로 나갔다.


긴 밤이었고, 세 시간을 더 썼는데도 일정은 계속 뒤처졌다. 부동산업자는 한 시간쯤 뒤에 돌아와 약속 시각보다 일찍 온 필립에게 고함을 지르며 화를 냈다. 그는 그저 가만히 서서 그 모든 걸 참아 냈다. 그러고는 최대한 빨리 촬영으로 돌아갈 수 있도록 부동산업자의 말에 수긍하고 끊임없이 사과하며 업자의 마음을 풀어 주려 노력했다. 그날은 뭔가 이상했다. 모두가 정상이 아닌 것 같았다. 필립은 괜찮다고 스스로를 다독였다. 지금 찍고 있는 장면은 결국 살인으로 이어질 것이고, 그 장면에 등장하는 인물들 역시 모두 정상이 아니며, 그 인물들의 감정이 스태프들에게 옮아가는 것은 오히려 좋은 일일지도 모른다고. 필립은 언젠가 시애틀에서 봤던 장 주네Jean Genet(실존주의파에 속하는 프랑스의 시인, 소설, 극작가-옮긴이)의 연극에서 벌어진 일을 떠올렸다. 그때 무대에서 배우들은 계속해서 다치고, 무언가에 걸려 넘어지고, 어딘가에서 떨어졌다. 연극이 진행될수록 그런 일은 더 자주 벌어졌고, 필립은 이 연극이 한 시간만 더 길게 이어진다면 누군가는 죽고 말 것이라 생각했었다. 아마 지금도 그런 상황일지 몰랐다.

결국, 밖이 밝아 오는 바람에 마지막 장면을 찍기 위해 커튼을 모두 닫아야 했고, 그 커튼이 담기지 않게 하려고 카메라 앵글을 전부 다시 조정해야 했다. 원래 살인으로 이어지는 모든 장면은 정면 창문이었던 어두운 색유리를 배경으로 촬영해야 했지만, 이제 살인이 벌어지는 장면은 그 반대편에서만 볼 수 있게 되었다. 어쩌면 잘된 일이었다. 그들은 촬영을 재개했고, 가짜 피는 필립의 예상과는 달리 엉뚱한 곳으로 흘렀지만, 그래도 괜찮았다. 어쨌든 그럴싸하게 만들 수는 있을 테니까.

촬영이 막바지에 접어들었다. 사실상 마무리 단계라고 봐야 했다. 목으로 피가 쏟아져 나온 시체가 바닥에 누워 있고, 그 옆에 선 범인이 피를 뒤집어쓴 재킷을 고쳐 입으며 정문으로 걸어가는 순간, 누군가가 자물쇠에 열쇠를 넣고 돌리는 소리가 들렸다. 범인을 연기한 배우가 당황하며 걸음을 멈췄다. 필립은 배우에게 연기를 계속하라고 신호했다. 문이 열리면서 쇠사슬이 걸렸고, 그 사이로 분노에 찬 새 집주인의 눈이 보였다.

"이게 대체 무슨 짓입니까?" 그 남자가 말했다.

필립은 이 상황 또한 잘된 일일지 모른다고 생각했다. 어쩌면 이 장면을 사용할 수도 있을 것이다. 새 집주인은 피해자와 닮았으니 자기 자신이 살해당한 현장에 들어오는 것처럼 보일 수도 있을 것이다. 필립은 벌써 머릿속으로 세부 사항을 정리하며 이 모든 상황을 자신의 목적에 맞게 바꾸고 있었다.

"컷," 필립이 말했다.

"아직도 안 나간 겁니까?" 새 집주인은 마치 어느 쪽 눈으로 필립을 볼지 결정하지 못한 것처럼 문 사이로 머리를 앞뒤로 움직이며 말했다. "가구도 여태까지 안 옮겼고? 바닥에 흥건한 저건 또 뭐요?"

"거의 끝났습니다," 필립이 말했다. "그냥…"

"여긴 내 집이라고." 남자가 얼굴을 붉히며 고함쳤다. "내 집에서 당장 나가!"

"오 분만 있으면 됩니다." 필립이 말했다. "그 후에는 다신 당신 눈에 띄지 않을 겁니다."

하지만 새 집주인은 이미 핸드폰을 손에 들고 있었다. 그리고 어느새 전화를 걸고 있었다.

경찰들은 정말 호의적이었다. 필립은 부동산업자에게 화살이 돌아가지 않도록 최대한 입장을 설명했고, 경찰은 이 모든 일이 오해에서 비롯되었다는 사실을 믿어 주며 필립을 그냥 보내 주려고 했다. 그가 찍은 영상을 가져가려 하지도 않았다. 그저 집주인에게 청소 비용을 지급하고 남아 있는 가구를 모두 가져갈 것인지 물었을 뿐이다. 필립은 물론 그럴 것이라고 대답했다. 사실 집 안에 들어가 직접 청소할 생각이었다.

그러자 경찰은 고개를 저었다. "안 됩니다. 메이슨 씨는 당신이 이곳에 오는 것을 원치 않았습니다. 접근 금지 명령을 신청했어요."

그렇다 해도 자신이 직접 청소 작업을 한다면 분명….

경찰은 강압적인 손짓으로 필립의 어깨를 두드렸다. "메이슨 씨가 청구서를 보낼 겁니다. 당신은 그 돈을 내야 하고요." 달리 선택의 여지가 없는 필립은 그 말에 수긍할 수밖에 없었다.

## 2.

메이슨 씨는 그 집에서 일어난 일이 영화 촬영이지 실제 살인이 아니었는데도 단순한 청소부가 아니라 법의학 청소부를 불렀고, 필립 쪽 제작자는 그 사실이 약간은 이해하기 힘든 듯했다. 아마 모든 일이 이 정도로 끝났을 수도 있었다. 촬영본을 살펴본 필립은 자신들이 충분히 잘했고, 결과물도 괜찮다고 확신하게 되었다. 살인 장면의 마지막 부분, 메이슨 씨가 안으로 들어오려 하는 바람에 배우가 당황하기 전까지의 촬영본도 충분했다. 배우가 문을 향해 걸어가는 모습은 확실히 찍혔으니 충분한 것 이상으로 괜찮았다. 그들은 집 밖에서 배우에게 달려들어 울타리 안에 있는 은신처로 그를 천천히 밀어 넣을 테니까. 관객들도 무리 없이 따라올 수 있을 것이다.

그러니 괜찮았다. 적어도 소리를 편집하기 전까지는 그렇게 생각했다. 대부분 괜찮았지만, 그 혼란스럽던 마지막 날, 정신없이 촬영이 시작되고 마지막 순간에 유감스러운 일이 벌어지면서 필립은 룸 톤을 맞추는 가장 기본적인 작업을 제대로 하지 못했다.

그래도 괜찮아, 필립은 속으로 생각했다. 큰 문제는 아니었다. 시체가 누워 있는 장면처럼 조용한 장면들을 복사해 일 분 정도로 만든 다음 룸 톤을 맞추면 되니까. 필립은 이 방법을 써 봤지만, 소리는 여전히 어딘가 거슬렸다. 제작자는 차이를 느끼지 못했어도 필립의 귀에는 달랐다. 필립은 테이프를 뒤로 감아 보았지만, 쓸 만한 조용한 장면은 찾을 수 없었다.

침묵이 이어지는 장면이 있긴 했지만, 커튼을 열어 두었을 때 찍은 촬영본이라서 커튼을 닫고 찍은 살인 장면의 뭉툭한 소리와 잘 섞이지 않았다. 그 먹먹한 소리, 살인 장면을 채우는 그 고요함이 다른 장면에는 빠져 있었다.

필립은 별일 아니라고, 영화는 그 소리 없이도 훌륭하게 마무리될 것이라고 속으로 되뇌었다. 하지만 편집이 진행될수록 이건 아니라는 생각이 더욱 커졌다. 룸 톤을 맞춰야 했다.


새 집주인이 문을 열었을 때, 필립은 설명하려 했다. 원래 약속된 기간보다 그 집에 오래 머무른 것은 사실이고, 필립은 그 일을 사과하고 싶었다. 집을 엉망으로 만든 것도, 집주인에게 거짓말을 한 것도 사실이었다. 필립은 그 모든 것들을 진심으로 미안하게 생각한다고 말했다. 그런데도 집주인이 문을 닫으려 하자, 필립은 문틈으로 발을 밀어 넣었다. 영화에서는 매번 잘 통하는 방법인 것 같았는데, 그가 운동화를 신고 있어서인지, 주인이 문을 너무 세게 닫아서인지, 실제 상황에서는 그렇지 않은 듯했다. 발이 미친 듯이 아팠다.

　"오 분이면 됩니다." 필립이 막무가내로 밀어붙였다. "그거면 충분해요." 그가 붐 마이크(굵은 낚싯대 모양의 붐에 매단 이동형 마이크. 일명 장대 마이크라고 한다-옮긴이)를 휘적이며 말했다. "그 후에는 두 번다시 귀찮게 하지 않겠습니다."

　"싫습니다." 남자가 단호히 거절했다.

　"이해가 잘 안 되시겠지만, 그렇지 않으면 영화가…"

　"내 알 바 아닙니다."

　"비용은 내겠습니다." 필립은 애원했다.

　"당신 돈 받고 싶지 않습니다." 새 집주인이 말했다. "문에서 발 빼고 당장 내 현관에서 나가요." 그래도 필립이 움직이지 않자, 남자가 덧붙였다. "당신에겐 접근 금지 명령이 내려졌어요. 현관에서 20초 안에 물러나지 않으면 경찰을 부를 겁니다."

　*왜 20초지?* 터무니없게도 필립은 현관을 떠나며 이렇게 생각했다. 왜 20초일까? 집주인에게 그 시간이 왜 중요한 것일까? 만약 그 남자가 자신을 들여보내 준 뒤에 20초 동안 조용히 있었다면 괜찮았을까? 아마 아닐 것이다. 하지만 그렇다 해도 조금 전 상황보다

는 훨씬 나았을 것이다.

"걱정하지 마." 제작자가 말했다. "티 안 나니까." 모든 스태프 역시 그가 몇 번을 물어도 똑같이 대답했다. 필립은 스태프들이 제작자가 시킨 대로 대답하는 게 아닐까 의심했다. 제작자는 벌써 프로젝트를 마무리할 준비를 끝냈다. 그러고는 이미 자신의 세금 부담을 줄여 줄 다음 프로젝트를 시작하려 하고 있었다.

하지만 필립은 룸 톤에 관해, 알맞은 침묵이 들어가지 않은 몇몇 장면에 관해 생각하느라 잠을 이루지 못할 지경이었다. 무언가 방법을 찾아야 했다. 뭐라도 해야 했다.

그래서 며칠 뒤, 필립은 도로에 차를 세워 두고 그 집을 감시하며 새 집주인이 밖으로 나가기를 기다렸다. 새 집주인은 혼자 사는 것 같았고, 오후가 될 때쯤 필립의 머릿속에는 집주인이 나갈 때까지 기다렸다가 그 집에 몰래 들어가 몇 분 정도만 녹음한 후에 나와야겠다는 생각이 피어올랐다.

메이슨 씨는 이른 저녁 집을 나왔다. 그는 현관으로 나와 문을 잠근 후 차를 타고 떠났다. 필립은 혹시라도 집주인이 무언가를 가지러 돌아오지는 않을까 싶어 조금 더 기다리다가 차에서 나와 문을 향해 걸어갔다.

필립은 돌을 들고 있었다. 미리 가져온 돌이었다. 혹시 모르는 상황을 대비해 장갑도 끼고 있었다. 필립은 집 뒤쪽으로 돌아가 창문 하나를 돌로 깨뜨렸다.

그 즉시 엄청난 기세로 경보음이 울렸다. 빌어먹을, 필립은 생각했다. 그는 이미 그 집에 반쯤 들어와 있었고, 룸 톤을 맞추려면 방 어디에 서서 녹음해야 할지, 경찰이 온다면 어떻게 도망쳐야 할지 생각하고 있었지만, 경보음이 이토록 요란하게 울려서야 어차피 아무것도 녹음할 수 없을 터였다.

메이슨 씨가 집에 있을 때 그 집에 들어가야 했다. 그것이 유일한 방법이었다. 자신이 집에 있을 때나 자고 있을 때는 경보기를 꺼둘 것이 아닌가? 필립은 늦은 밤 은밀하게 들어가 룸 톤을 맞출 소리를 녹음한 뒤에 빠져나오기만 하면 되었다. 메이슨 씨는 필립이 집에 들어왔었는지 절대 알지 못할 것이다.

필립은 한 주를, 또 한 주를 기다렸다. 이전에 한 번 실패했으니 너무 빨리 다시 시도하는 것은 위험했다. 집주인이 조금 더 방심할 때까지, 경계를 풀 때까지 기다려야 했다.

필립은 도로 한쪽에 차를 세워 두고 주변에 차가 지나가면 재빨리 몸을 숙여 가며 쌍안경으로 그 집을 빈틈없이 감시했다. 밤 열한 시가 되자 침실 불이 꺼졌고, TV가 깜빡거리는 희미한 불빛만 보였다. 아마 지금이라면 메이슨 씨가 TV를 보는 틈을 타 몰래 들어갈 수 있겠지만, TV 소리도 함께 녹음될 것이다. 그러니 밤이 깊을 때까지, 아주 깊을 때까지 기다려야 했다.

새벽 네 시, 필립은 차에서 나와 그 집으로 재빨리 뛰어갔다. 당연히 현관문은 잠겨 있었지만, 그 옆 창문은 환기를 위해 아주 약간 열려 있었다. 창문이 너무 활짝 열리지 않도록 나무 막대가 고정되어 있었지만, 열린 틈으로 손을 밀어 넣자 이내 팔이 전부 안쪽으로 들어갔다. 필립은 근처에서 나뭇가지를 꺾어 창문을 고정한 나무 막대를 이리저리 밀어냈고, 막대는 곧 덜그럭 소리를 내며 바닥에 떨어졌다.

필립은 가만히 기다리며 귀를 기울였다. 아무 소리도 들리지 않았다. 메이슨 씨는 좀 전의 소리를 듣지 못한 것 같았다.

필립은 창문을 활짝 열고 방충망도 열었다. 그다음 조심스럽게 녹음 장치를 들고 몸을 움츠리며 안으로 들어갔다.

어둠 속에서 필립은 창문을 닫고 커튼을 쳤다. 그러고는 작은 손전등 불빛에 의지해 최대한 이전 위치와 비슷하도록 주위에 있는 가구 몇 개를 옮겼다. 필립은 헤드폰을 썼고, 마침내 마이크를 적당한 위치에 두고 녹음을 시작했다.

별안간 불이 켜졌다. 깜짝 놀라 쳐다보자 줄무늬 잠옷을 입은 메이슨 씨가 계단에 서 있었다. 분노로 얼굴이 일그러진 채였다. "대체 이게 뭐 하는 짓이야?" 그가 소리를 질렀다.

필립은 입술에 검지를 가져다 댔다. 하지만 메이슨 씨는 듣지 않았다. 얼굴이 새빨개진 채로 입에서 침이 튀도록 고함을 지르고 손짓발짓을 하며 계속해서 계단을 내려왔다.

"조용히 좀 해 주세요!" 필립이 말했다.

"내가 왜 조용히 해야 해!" 메이슨 씨가 어처구니없다는 듯 대꾸했다. "여긴 내 집이라고. 당장 나가!"

필립은 그저 일이 분 정도 침묵을 바랐을 뿐이다. 그 정도면 영화가 완성될 테니까. 하지만 메이슨 씨는 그 사실을 이해하지 못했다. 아니, 이해하지 않으려 했다.

필립은 재빠른 몸놀림으로 그를 향해 돌아서 붐 마이크를 휘둘렀다. 메이슨 씨는 그 마이크에 맞기라도 한 것처럼 머리를 감싸며 몸을 움츠렸다. 원래 상황을 설명하려 했던 필립은 그 순간 이 남자를 때려눕히면 어떨까 하는 생각이 들었다. 어떻게 보면 메이슨 씨가 그런 생각을 하게 만든 것이라고 필립은 속으로 생각했다.

필립은 그대로 집주인의 얼굴을 가격했고, 이를 한 번 더 반복했다. 메이슨 씨가 바닥에 넘어지며 몸부림쳤다. 필립이 집주인의 관자놀이 부근에 세게 발길질을 하자 움직임이 멎었다. *이제야,* 필립은 생각했다. *이제야 조용히 녹음할 수 있겠군.*

하지만 반쯤 녹음했을 때, 메이슨 씨가 신음하며 다시 정신을 차리려 했다.

그래서 필립은 작품을 위해 메이슨 씨를 묶어 두었다. 입에 재갈도 물렸다. 메이슨 씨는 바닥에서 몸을 뒤틀면서, 아직도, 어떻게든, 그 모든 일을 겪었는데도, 소음을 내며 모든 것을 망치려 하고 있었다.

필립은 한숨을 내쉬며 헤드폰을 벗었다. 그러고는 메이슨 씨 옆에 무릎을 꿇고 앉아 침착하게 설명했다. 자신이 원하는 건 그저 이 분간의 침묵이고, 녹음이 끝나면 묶은 줄을 풀고 일상으로 돌아가게 해 주겠다고.

그리고 공평하게 필립 자신도 침묵을 지켰다. 메이슨 씨도 그럭

저럭 간신히 침묵했다. 이번에는 녹음이 수월하게 이루어졌다. 필립은 마침내 원하는 것을 얻었다.

"자," 필립이 녹음을 끝내고 말했다. "별로 어려운 일 아니죠?" 그런 뒤 메이슨 씨의 입에 물린 재갈을 풀어 주었다.

"개자식," 메이슨 씨가 말했다. "이 쓰레기 같은 자식! 넌 감옥에 가게 될 거야. 내가 꼭 감옥에서 썩게 할 거라고!"

그 역시, 이미 각오한 바였다. 영화를 마무리하려면 대가를 치러야 할 것이고, 필립은 이미 그것을 받아들였다. 메이슨 씨의 말은 전혀 두렵지 않았다. 원하던 것을 얻었으니 기꺼이 대가를 치를 것이다. 그래서 필립은 자신이 스튜디오로 돌아가 고요함이 필요한 장면에 고요함을 집어넣을 때까지 이 남자를 묶인 채로 두면 어떨까, 생각하는 동안 메이슨 씨가 마음껏 지껄이게 놔두었다. 영화를 다 끝낸 뒤에 경찰에 자수해서 메이슨 씨를 풀어 줄 생각이었다.

메이슨 씨가 바보같이 굴지만 않았다면, 그렇게 되었을 것이다. 이후 생각할 시간이 아주 많아졌을 때 필립은 이때를 회상하며 그 남자가 멍청하다는 사실을 미리 눈치채고 그에 맞는 계획을 세웠어야 했다고, 스스로 더 철저하게 대비했어야 했다고 생각했다. 하지만 그 순간만큼은 필립도 어쩔 수 없었다. 메이슨 씨가 필립뿐만 아니라 필립의 영화까지 위협하자, 순간 당황하고 만 것이다.

"너는 물론이고 그 조악하고 거지 같은 영화도 세상 빛을 못 보게 할 거야." 메이슨 씨가 첫 번째로 한 말은 이랬다. 그다음에는 자신이 어떻게 그렇게 만들 것인지를 끔찍할 정도로 자세하게 설명했다.

어쩌면 그 방, 몇 달 전에 그 방에서 필립이 촬영했던 장면 때문일 수도 있다. 어쩌면 지난 오 년을 모두 쏟아부은 인생작이 산산이 부서지고 있다는 생각 때문이었는지도 모른다. 또, 어쩌면 메이슨 씨가 인간적 범위를 넘어설 정도로 짜증 나게 굴었기 때문일 수도 있다. 이유가 뭐였든 몇 분 뒤 입에 물고 있던 재갈을 뺐을 때, 메이슨 씨는 이미 숨을 거둔 상태였다. 한쪽 귀에서 다른 귀까지 목이 잘려 온 방 안에 피를 흩뿌린 채로.

필립은 집 안을 돌아다니며 문손잡이를 닦아 내고, 신발을 벗은 뒤 피 묻은 발자국들을 없앴다. 그다음 메이슨 씨의 옷으로 갈아입고 원래 입고 온 옷을 난로에 태웠다. 메이슨 씨가 새로 설치한 바이킹 스타일 난로였는데, 필립은 그것이 꽤 멋지다고 인정할 수밖에 없었다. 필립은 자신이 이곳에 왔었음을 알리는 모든 흔적을 지웠다.

흔적을 지우는 동안 필립은 무언가 계속 신경 쓰인다는 사실을 깨달았지만, 그게 정확히 무엇인지 알 수 없었다. 그러다 모든 일을 마무리하고 주방에서 붐 마이크에 묻은 피를 닦아 내던 그때 비로소 그것이 무엇인지 알게 되었다.

필립은 다시 방으로 들어가 가만히 서 있었다. 딱히 바뀐 것은 없었다. 아니, 메이슨 씨의 시체가 룸 톤을 미묘하게 바꾸어 놓았다. 필립은 느낄 수 있었다. 어쩌면 그 차이를 느낄 수 있는 유일한 사람이겠지만, 어쨌든 필립에게는 들렸다. 필립은 확신했다. 지금의 룸 톤이 더 좋았다.

그래서 필립은 피 묻은 양말을 신은 채 다시 녹음기를 켰다. 이 소리가 영화를 완성해 줄 것이라는 느낌이 들었다. 그저 좋은 정도가 아니라 완벽해질 것이고, 그 이유를 아는 사람은 필립이 유일할 것이다.

그는 그곳에서 가만히, 완벽하게 침묵을 지키며 마이크를 잡고 있었다. 필름을 다 써 버린 이후에도 그는 그곳에서, 조금도 움직이지 않고, 귀를 기울였다.

# 셔츠와 가죽

## 1.

소개팅 첫 번째 만남에서 메건은 그레고리의 손을 잡았고, 그레고리는 그것을 허락했다. 메건은 그를 어두운 조명이 비추는 어떤 공간으로 이끌었다. 그레고리는 잠깐 동안 그곳이 사람이 정말 없는 술집이 아닐까 생각했지만, 그곳은 술집이 아니라 미술관이었다. 아니, 좁고 긴 공간의 왼쪽 벽에 고리들이 줄지어 있는 것으로 보아 미술관의 외투 보관소인 것 같았다. 그레고리는 그 고리들에 걸려 있는 것이 스웨터라고 생각했지만, 눈이 어둠에 적응하자 그것들이 셔츠라는 사실을 알게 되었다. 그러니 외투 보관소가 아닐 수도 있었다. 메건은 그레고리의 손을 당기며 그를 앞쪽으로 이끌었고, 줄지어 늘어선 셔츠들을 곁눈질로 보던 그의 눈에 벽에 붙은 카드 한 장이 들어왔다. 작아서 눈에 잘 띄지 않는 카드였다. 그레고리는 몸을 굽히고 눈을 가늘게 떠 카드를 읽었다. 그 카드에는 '셔츠'

라고 적혀 있었다.

하지만 메건은 이미 문을 향해 가고 있었고, 소개팅으로 만난 사이든 그렇지 않든, 그 순간 그는 그녀를 따라갈 수밖에 없었다. 그렇게 그레고리는 그 방을 지나 다른 방에 이르기까지 그저 메건을 따라갔다. 똑같이 좁고 긴 공간에 고리 여러 개가 줄지어 있었지만, 이번에는 아무것도 걸려 있지 않았다. 그리고 그곳 고리들 뒤에 다른 카드가 있었다. 그 카드에는 '셔츠 없음'이라고 적혀 있었다.

맞는 말이네, 그는 실없이 생각했다.

메건은 높은 굽을 또각거리며 그 방을 가로질렀다. 뭐 하러 하이힐을 신은 걸까? 소개팅이긴 했지만, 둘은 낮에 가볍게 만나기로 약속했다. 원래 가벼운 만남에도 하이힐을 신고 나오는 사람인 걸까, 아니면 그와는 다른 생각으로 데이트에 나온 걸까?

그레고리는 계속 메건을 따라갔다. 같은 방에 같은 고리들이 있었고, 셔츠 몇 개가 걸려 있었다. 그레고리는 두려움을 느끼며 작고 하얀 카드 앞으로 다가갔다. 카드에는 '셔츠 몇 개'라고 적혀 있었다.

이게 뭐야? 그레고리는 불안과 의아함에 휩싸였다.

메건은 다시 앞쪽으로 가더니 그의 손을 꽉 잡고서 앞쪽으로, 문이 있는 방 끝 쪽으로 끌어당겼다. 문 중간쯤에는 금속으로 된 막대 모양 문고리가 있었다. 메건이 힘주어 누르자 거슬리는 소리를 내던 경보음이 꺼졌다. 그레고리는 멈춰 섰지만, 메건은 계속해서 그를 끌고 갔다. 다음 순간, 둘은 미술관 뒷골목으로 나와 쏟아지는 햇빛에 눈을 깜빡이고 있었다. 그곳에는 한 남자가 있었는데, 쓰레기 더미 속에서 팔다리를 제멋대로 뻗고 누워 있었다. 더운 날씨였지만 그 남자는 코트를 단추까지 모두 여며 입고 있었고, 바지도 입지 않은 채 짝이 안 맞는 운동화를 신고 있었다. 밖으로 나온 성기는 힘없이 한쪽으로 축 늘어져 있었다. *셔츠를 입은 걸까, 입지 않은 걸까?* 그레고리는 궁금했다. 하지만 코트를 입고 있어서 정확히 알 수 없었다.

그레고리는 그 하얀 카드가 있는지 살펴보았다. 어디에도 카드가 보이지 않자 그는 메건을 향해 돌아서며 물었다. "이것도 전시인가요?"

그 순간, 그는 메건이 지나치게 행복해 보여 당황스러웠다. "맞아요," 메건이 온 얼굴에 환한 미소를 띠며 말했다. "정확해요!"

## 2.

일주일 뒤 둘은 함께 살게 되었다. 그레고리는 아직 둘 사이의 오해를 풀지 못했다고 생각했다. 그는 아직도 미술관과 그 뒤 골목에서 정확히 무슨 일이 벌어진 건지, 왜 그녀와 함께 있을 때는 자신의 성격을 내보이거나 원하는 것을 말할 수 없게 되는지 알지 못했다. 둘의 관계는 마치 두 발 중 더 건강하고 독립적인 발을 잘라낸 다음 한 발로 걷는 것 같았다. 아니, 발뿐만 아니라 다리 한쪽을 전부 잘라 낸 것 같다고 그레고리는 이따금 생각했다. 메건과 함께 있을 때면 무엇을 해도 그가 아닌 그녀가 원하는 쪽으로 흘러갔다.

알고 보니 메건은 그보다 나이가 많았다. 두 사람이 처음 만났을 때 메건은 나이를 속였고, 그 후로도 계속 그를 속였다. 메건이 상점에서 술을 사며 가게 점원에게 운전면허증을 내밀었을 때, 그레고리는 흘긋 메건의 출생연도, 그러니까 진짜 나이를 보게 되었다. 사실 메건의 나이 자체는 문제가 아니었다. 문제는 메건이 둘의 관계를 통제할 권리가 자신에게 있다고 생각한다는 점이었다. 두 사람이 어디를 갈지, 저녁으로 무엇을 먹을지, 무엇을 할지를 정하는 사람은 모두 메건이었다. 두 사람이 함께 살기로 한 것도 사실은 메건이 그렇게 결정했기 때문이다. 머릿속 한편에서 계속 도망가야 한다는 비명이 들려왔지만, 그런데도 그레고리는 그녀의 결정에 따르기로 했다.

내가 원래 이랬나? 그레고리는 의아했다. 원래 이렇게 수동적이었나? 가장 걱정스러운 문제가 바로 이것이었다. 하지만 대답은 '아니다'였다. 누군가를 만난 경험은 이전에도 있었다. 인정하건대 그 관계들은 전부 잘 풀리지 않았으며, 과정이 평탄했었다 해도 끝이 좋지 않았다. 그래도 자신이 하고 싶은 것을 분명히 말할 수는 있었다. 예를 들어, 이전 관계에서는 그런 적이 없지만, 지금의 그레고리는 꾸준히 아침 운동을 하고 있었다. 메건이 매일 아침 뛰는 데다 그도 당연히 자신과 함께 뛰어야 한다고 생각했기 때문이다. 또한, 지금까지는 한 번도 그런 적 없지만, 요즘 그레고리는 두세 시간 동안 자리에 앉아 'the CW'라는 이해할 수 없는 이름이 붙은 채널에서 방송하는 드라마, 어느 활발한 뉴요커가 앨라배마로 이사하며 벌어지는 이야기를 다룬 뻔하고 도저히 견디기 힘든 코미디 드라마를 연이어 시청하곤 했다. 그 드라마를 보는 동안 그레고리는 미쳐 버릴 것 같았다. 대체 이 관계 때문에 내가 무슨 짓을 하는 *거지?* 그레고리는 생각했다. *이 관계가 끝나면 내게 뭐가 남는 거야?*

"당신은 정말 최고야." 중간 광고가 나올 때면 메건은 그에게 기대어 뺨을 쓸어내리며 말했고, 그레고리는 그 손길을 피하고 싶었다. "내가 만난 남자 중에 당신이 제일 좋아." 그레고리는 메건에게 옅은 미소를 보여 주려 꾸역꾸역 애썼다. 하지만 메건은 그런 것엔 조금도 신경 쓰지 않았다. 광고는 끝났고 그녀는 이미 드라마로 다시 시선을 돌려 버렸기 때문이다.

### 3.

만난 지 반년이 되던 기념일. 메건이 레시피를 가져와서는 그레고리에게 요리하라고 했고, 함께 저녁을 먹은 후 예의 그 전시 이야기를 꺼냈다. 이제는 메건과 꽤 오래 함께 살았기 때문에 그녀가 왜 자신을 그곳에 데려갔는지 더 이해하기 힘들었다. 적어도 그가 생각하기에 그 전시는 메건이 좋아하는 것들과 달랐다. 함께 살게 된 이후로 두 사람은 한 번도 미술관에 간 적이 없었다.

"정말 좋지 않았어?" 메건이 말했다. "그 셔츠 전시 말이야."

"음,"

"그리고 그 뒤에 있던 남자, 성기를 내놓고 있었던 그 남자도 엄청났지?"

"나는," 그레고리가 입을 떼려다가 말을 바로잡았다. "그 사람은 배우였을까? 전시의 한 부분이었을까?"

메건은 매우 큰 소리로 요란하게 웃었고, 그레고리는 금세 그 웃음이 꾸며 낸 것이라는 느낌을 받았다. "맞아, 정확해." 메건이 말했다.

*맞아? 정확해? 그게 대체 무슨 소리야?* 그레고리 안에 분노가 안개처럼 차오르기 시작했다. 그는 이웃들의 말을 떠올렸다. *참 괜찮고 평범한 사람 같았는데, 그러다 정신을 놔 버렸지.* 그레고리는 와인 잔을 들어 와인을 전부 들이켰다. 그러고 나서도 다시 와인 병으로 손을 뻗으려 하자 메건이 장난스레 그의 손을 쳐 냈다.

"천천히 마셔, 카우보이." 메건이 입꼬리를 길게 늘여 미소 지으며 말했다. 마치 입이 큰 물고기가 미소 짓는 듯했다.

그레고리는 카우보이가 아니었다. 왜 그를 그렇게 부른단 말인가? 메건이 코 화장을 고친다며 일어섰을 때, 그레고리는 거의 잔 끝까지 와인을 따랐다. 그 잔은 메건이 테이블로 돌아왔을 때쯤 전부 비워졌다.

아마 와인 때문이었을 것이다. 너무 빨리 마시기도 했다. 그레고리는 자신도 의식하지 못한 사이에 이야기를 시작했고, 메건에 의해 꾹 눌려 있던 자기 자신의 일부가 밖으로 새어 나왔다. "난 별로였어." 그레고리가 대뜸 말했다.

"당신이 만든 거잖아," 메건이 코웃음 쳤다. "그럼 당신 잘못이지."

"아니," 그레고리가 말했다. "요리 말고, 그 전시회."

빠르게 사라지긴 했지만, 그레고리는 잠시 메건의 얼굴에 진심으로 상처받은 표정이 떠오르는 것을 보았다. 하지만 그 감정은 이내 부자연스러운 표정 밑으로 사라졌다.

"당신은 그 전시회를 *아주* 좋아했어." 메건이 그를 비난하듯 말했다.

"싫었어." 그레고리는 그렇지 않다고 대꾸했다. "정말 싫었다고."

"아니야, 그렇지 않아." 메건이 말했다. 그녀의 윗입술 한쪽이 치켜 올라갔다.

"하지만 나는…."

"당신은 지금 술을 너무 많이 마셔서 마음에 없는 소리를 하는 거야."

"그렇지만…."

"지금 심술부리고 있는 거야." 메건이 말했다. "심지어 우리 기념일에."

그레고리는 혼란스러워하며 메건을 바라봤다. 아니, 자신은 솔직하게 말하고 있었다. 그녀와의 관계가 시작된 이래로 그 어느 때보다도 솔직하게. 아니, 사실은 그가 잘못 생각하고 있는 걸까? 어쩌면 메건이 맞을 수도 있다. 언제나 결국에는 그녀의 말이 맞았으니까. 하지만 그래도….

"헤어지고 싶어." 그레고리가 겨우 말을 꺼냈다. 자기 생각을 꺼내 놓을 수 있을 때 말하고 싶었다.

"아니야." 메건이 말했다.

"아니라고?"

"들었잖아," 그녀가 말했다. "아니야."

"그게 무슨 소리야?" 그레고리는 메건의 말이 이해되지 않았다. "내가 원하지 않는다는 소리야? 아니면 내가 당신과 헤어질 수 없다는 소리야?"

"둘 다야."

아침에 일어난 그레고리가 깨질 듯한 머리를 부여잡고 비틀거리며 계단을 내려왔을 때, 메건은 이미 식탁에 앉아 커피를 마시고 있었다. 한 소리 들을 각오를 하고 그녀 옆에 앉았지만, 메건은 마치 아무 일도 없었던 것처럼 태연했다. 그러고는 기념일이었던 지난밤에 있었던 일을 제멋대로 포장하며 회상했다. 실제로 일어난 일과 전혀 다르다는 사실을 그 역시 알고 있는데도. 그레고리는 메건이 화를 내는 것보다 이러는 편이 더 무섭다고 생각했다. 메건은 이미 어제 일을 자신이 원했던 그림대로 덧칠하며 원래 있었던 일은 없었던 것처럼 만들고 있었다.

지금까지 메건은 그레고리를 자기 마음대로 포장해 왔고, 앞으로도 그라는 사람이 조금도 남지 않을 때까지 그렇게 할 것이다.

"당신이 아침 차릴 차례야." 메건이 말했다.

항상 그가 아침을 차릴 차례였다. 그레고리는 앞으로도 늘 그럴 것이라는 사실을 알고 있었다.

4.

그레고리는 마치 점점 더 작아지는 창문 너머로 자신의 삶을 보고 있는 것 같다고 생각했다. 눈으로 보고 있으면서도 아무것도 할 수 없는 무력한 상태였으니까. 결국 메건은 자신이 원하는 대로 만들어 낸 어떤 사람과 관계를 이어 갈 것이고, 그는 아주 작고 두꺼운 방음유리를 두드리며 도움을 요청하지만, 아무도 듣지 못할 것이라는 생각이 머릿속을 떠나지 않았다.

그레고리에게는 친구가 필요했다. 그에게 도움을 줄 친구가. 하지만 그에게는 그런 친구가 없었다. 커플로서 두 사람이 공통으로 사귀는 친구들이 있긴 했지만, 사실 따지고 보면 그들은 모두 메건의 친구들이었다. 메건은 그에게 맞는 친구를 찾아 주지 않았다. 그녀 자신을 제외하고는 아주 공을 들여 체계적으로 그레고리의 인간관계를 모두 끊어 놓은 것 같았다.

그레고리는 대체 왜 메건에게 솔직해질 수 없는 것일까? 그건 그의 잘못이 아닌가? 지금은 시간이 너무 오래 지난 나머지 이제 그레고리 혼자 이 관계를 끊어 내는 것은 이미 불가능한 일이 되어 버렸다. 대체 어떻게 끊어 낸다는 말인가? 그냥 "메건, 나는 당신을 만난 그 순간부터 계속 불행했어"라고 말하고 떠나 버리면 되는 것일까? 그는 왜 며칠, 몇 달, 몇 년이 되도록 메건에게 진짜 속마음을 드러내지 않은 것일까?

아니, 그레고리는 그러지 못한 것이다. 만약 자신의 진심을 말했다고 해도 메건은 이를 아주 쉬이 부정해 버리고는 관계가 끝나지 않은 것처럼, 마치 아무 일도 없었던 것처럼 연기를 이어 갈 테니까.

메건은 그레고리보다 나이가 많았다. 어쩌면 그녀가 먼저 세상을 떠날지도 모른다. 어쩌면 지금으로부터 삼십 년이나 사십 년 후, 마침내 그는 몇 년쯤 자신만의 시간을 누리게 될지도 모른다.

5.

만난 지 사 년이 되던 해, 메건은 그레고리에게 자신들의 약혼 소식을 들려주며 손을 들어 자기 마음대로 그를 대신해 산 반지를 보여 주었다("영수증 가져왔어. 필요하면 나한테 할부로 갚아도 돼").

"결혼식은 봄에 할 거야." 메건이 말했다. "항상 봄에 결혼하고 싶다고 생각했거든."

*하지만 난 당신과 결혼하고 싶은 생각이 조금도 없는데,* 그레고리는 속으로 이렇게 생각했지만 아무 말도 하지 않았다.

다음 날 집에 돌아온 메건은 결혼 잡지를 한 아름 들고 있었고, 그 모든 잡지를 하나씩 살펴보는 동안 그레고리에게 자신의 옆자리를 지키게 했다. 그레고리는 고분고분 그녀의 말을 따랐다. 심지어 의견을 보태려 하기까지 했다. 하지만 메건은 이내 의견을 내는 것은 그의 역할이 아니라고 못 박았다. 그레고리가 할 일은 그저 가만히 앉아 듣는 것이지, 말하는 것이 아니었다.

*그냥 지금 나를 죽이지 그래,* 그레고리는 생각했다. 지난 사 년간 여러 번 그랬던 것처럼.

"맞다, 이거 봐!" 메건이 잡지 하나를 다 읽은 뒤 그 잡지 밑에 있던 파란색 전단을 집어 올렸다. 그러고는 그에게 그 전단을 넘겨주었다. 그가 잘 모르는 이름과 날짜, 장소가 적혀 있었다.

"이게 뭔데?" 그레고리가 물었다.

"그 예술가," 메건이 말하며 그의 손을 꽉 쥐었다. "당신이 우리 첫 데이트에 데려간 곳 말이야. 그 예술가가 다시 우리 동네에서 새로운 전시를 한대. 가 보자!"


미술관에 가는 내내 메건은 끊임없이 주절거렸다. 그때 그 예술

가야! 이걸 보러 간다니까 뭔가 우리 관계도 새롭게 시작하는 것 같아! *그때랑 같은 전시야?* 그레고리는 알고 싶었다. 아니, 사실 그렇게까지 알고 싶지는 않았지만, 그냥 무언가 말해야만 할 것 같은 느낌이었다. 하지만 메건은 당연히 같은 전시가 아니라고 말했다. 어떻게 같은 전시일 수 있겠어? 바보 같은 소리 하지 마. 아마 더 좋은 전시일 거야! 마치 우리 관계가 이전보다 더 성숙해지고 발전한 것처럼 말이야.

그레고리는 마음속 두려움이 커지는 것을 느꼈다. 메건은 그의 손을 잡아끌고 가기 시작했다.

마침내 둘은 미술관에 도착해 그 문을 지났다. 메건의 말이 맞았다. 이전과 완전히 똑같은 전시는 아니었지만, 그래도 거의 비슷했다. 전시장은 이전과 같이 어둡고 좁은 방이었다. 벽 위쪽으로 늘어선 고리 여러 개에 희미하게 어떤 물체가 걸려 있는 게 보였다. 그레고리는 '셔츠들'일 거라고 생각했다. 하지만 아니었다. 그것은 셔츠 모양도 아니었고, 애초에 너무 길었다. 그는 손을 뻗어 그 물체를 만져 보았다. 건조하고 부드러웠다. 카드는 어디에 있을까? 그는 곧 카드를 찾아냈다. *가죽들,*이라고 적혀 있었다.

그레고리는 깜짝 놀라 고리들이 있는 쪽으로 몸을 돌렸다. 마치 남자들의 살갗을 벗겨 고리에 걸어 놓은 것 같았다. 이게 대체…. 하지만 메건은 키득거리며 그를 앞쪽으로 밀어 댈 뿐이었다.

그다음 이어지는 좁은 방에는 고리들이 아니라 남자 조각상들이 늘어서 있었는데, 형태는 완전했지만 모두 가죽이 벗겨진 모습이었다. 카드에는 '*가죽 없음*'이라고 적혀 있었다. 어쩌면 이것들은 조각상이 아닐 수도 있다. 진짜 사람이라면, 어떻게 시체를 보존한 걸까? 이유는 모르지만, 그레고리는 이들이 진짜 사람이었다고 생각하고 싶었다. 메건은 여전히 크게 소리 내 웃고 낄낄거리며 다시 그의 손을 앞쪽으로 끌어당겼다. 그녀는 마치 그가 보는 것을 보지 못하는 것처럼, 마치 다른 전시에 온 것처럼 굴었다. 어쩌면 그녀는 이 상황이 어떻게 이어질지 이미 정해 둔 다음, 실제 전시가 아니라 자신이 내린 결정을 즐기고 있는 것인지도 모른다.

메건이 걸을 때마다 신발 굽이 바닥에 부딪히는 소리가 울렸다. 세 번째 방 역시 좁고 길었다. 고리에 걸린 가죽, 시체, 고리에 걸린 가죽, 시체, 고리에 걸린 가죽이 이어졌다. 오싹함을 느끼며 그레고리는 작고 하얀 카드로 향했다. *가죽 몇 개.*

*그래, 그는 생각했다. 정확해.*

메건은 그에게 손짓하며 방 맨 끝에 있는 문으로 향했다. 문 중간에는 금속 막대처럼 생긴 문고리가 있었다. *비상구구나.*

"이리 와." 메건이 말했다.

"따라갈게." 그렇게 대답한 후 그레고리가 그녀를 향해 몇 걸음을 걸었을 때쯤, 메건이 문고리를 밀어 문을 열었다. 그러자 경보음이 꺼졌다. 빛이 쏟아지고 그 속으로 그녀가 걸어 들어갔다. 메건이 문밖으로 나가자마자 그레고리는 안쪽에서 문을 닫았다. 그리고 그곳에 혼자 남았다.

그레고리는 문을 열려는 메건의 소리를 들었다. 잠시 후 그녀는 문을 두드리며 그의 이름을 부르기 시작했다. 그레고리는 천천히 문에서 물러나 가죽들을, 그 시체들을 마주했다. 그리고 손을 뻗었다.

　메건은 결국 그를 찾아낼 것이다. 당연히 그레고리도 그 사실을 알았다. 자신이 벗어났다고 생각할 정도로 어리석지는 않았으니까. 하지만 적어도 잠깐은 그 역시 다른 사람의 가죽 안에 웅크려 자리 잡는 그 황홀한 기분을 느낄 수 있을 것이다. 어쩌면 그는 그 안에서 무언가를 돌아볼 수도 있을 것이다. 또 어쩌면 앞으로 이어질 길고 괴로운 시간 중 적어도 일이 년은 버티게 해 줄 어떤 힘을 얻을 수도 있을 것이다.

# 탑

I.

사실 탑은 아니었지만, 우리는 그것을 탑이라고 불렀다. 아주 조금 남은 기록으로 미루어 보아 그것은 고층 건물의 잔해이자 언젠가 이곳에 존재했던 어느 도시의 가장 높은 건축물이었다. 모든 것이 무너지기 전에, 지금 우리 모두가 태어나기 한참 전에 존재했던 도시의 건축물. 탑이 아닌 그 탑은 이 돌무더기 폐허에서 높이가 있는 유일한 것이었다. 그것은 마치 등대처럼 낙오자들을 끌어들였다.

우리는 그 폐허에서 살았는데, 반쯤 무너진 지하와 지하 이 층 사이에 구멍을 파 그 사이를 오가며 생활했다. 우리는 곰팡이로 버섯을 키우거나 아직까지도 돌아다니는 기형 해충들을 잡으러 다녔다. 가끔은 우리 구멍을 나와 물가로 갔다. 그러고는 그 탁한 물속에 사는 뒤틀리고 힘없는 생명체들의 배를 간질여 물 밖으로 꾀어 낸 뒤 그것들을 불에 굽기도 했다. 그러고는 그 생명체의 머리처럼 생긴 것이 몸처럼 보이는 것에서 분리된 후에도 계속해서 움직이는지 그렇지 않은지를 냄새로 판단한 이후에야 우리는 그것을 억지로라도 먹을지, 아니면 그냥 그대로 잿더미가 되게 내버려 둘지 결정할 수 있었다.

탑이 눈에 보이지 않을 때도 우리는 탑의 무게를 느꼈다. 우리는 그 탑을 무너뜨려야 할지 그러지 말아야 할지 자주 이야기를 나눴다. 몇몇은 탑을 허물면 낙오자들의 수가 줄어들 것이라고 말했다. 하지만 다른 이들은 이곳으로 오는 낙오자들은 모두 위층에서 새어 나오는 빛을 보고 곧장 탑으로 향한다는 사실을 지적했다. 그리고 그게 누구든 한번 탑에 들어간 자들은 다시는 밖으로 나오지 않았다.

게다가 탑을 허문다면 우리는 흐라븐디스를 마주해야 할 수도 있다.

흐라븐디스는 한때 우리처럼 이 폐허에서 굶주리며 지저분하게 살았다. 그녀도 어떤 구멍에서 살았는데, 그곳은 낙오자들이 앙스달을 잡아가기 전까지 그가 살던 곳이었다. 흐라븐디스는 여기 있는 우리 모두와 마찬가지로 힘들게 살아가며 낙오자들이 나타나면 몸을 사리기 바빴다.

어느 날, 다른 낙오자들처럼 가슴에 검은 십자가가 새겨져 있는 누군가가 탑 근처에 나타났다. 우리는 각자의 구멍에 방어벽을 치고 그 사람이 탑 주변을 돌아다니는 모습을 지켜봤다. 그 사람은 탑의 아랫부분에 멈춰 서서 위를 올려다봤다.

이때는 탑 맨 위층에서 등대 같은 빛이 나기 전이었다. 이후 그 빛을 밝힌 사람은 흐라븐디스였다. 하지만 빛이 없을 때도 낙오자들은 탑에 이끌려 왔다. 그들 대부분은 탑 주변에서 탑을 올려다본 다음 우리가 사는 구멍들을 여기저기 찔러 보았다. 운이 없으면 누군가가 끌려 나와 그들에게 잡혀갔다. 운이 좋은 경우에 낙오자는 탑에서 눈을 떼고 구멍들을 그냥 지나쳤고, 우리는 땅 아래 함정을 파 그 사람을 끌어들인 다음, 느릿한 몸부림이 멈출 때까지 일 년이고 이 년이고 그대로 내버려 두었다.

그때는 우리에게 운이 돌아오지 않았다. 아니, 흐라븐디스에게 운이 돌아가지 않았다. 그 낙오자는 한자리에 하루나 이틀쯤 가만히 서 있더니 곧바로 흐라븐디스가 살던 구멍으로 향했다.

모든 낙오자가 그렇듯 그 사람도 어설펐고, 이내 흐라븐디스가 만든 함정에 빠졌다. 바위가 기울어졌지만, 원래 낙오자를 함정으로 밀어 넣어 가뒀어야 하는 바위는 오히려 낙오자를 흐라븐디스가 살던 구멍으로 밀어 넣었다. 그 사람이 구멍으로 빠진 뒤, 입구는 그대로 닫혀 버렸다.

흐라븐디스의 비명이 들렸고, 그녀가 어둠 속에서 몸부림치는 소리가 들렸다. 이따금 도움을 구하는 울부짖음이 들려왔지만, 우리는 그녀가 곧 죽을 거라고 확신했다. 잠시 후 우리는 각자의 구멍에서 기어 나와 가만히 귀를 기울였다. 심지어 흐라븐디스가 살던 구멍으로 떨어진 바위를 움직여 보려고도 했었고, 두세 명이 힘을 합치면 바위를 굴릴 수 있을 거라 생각하기도 했다. 우리가 그 바위를 굴려 내고 흐라븐디스가 탈출했을 수도 있었으리라.

하지만 우리는 그 바위를 밀어내지 않았다. 바위를 옮기자고 결정했을 때 이미 흐라븐디스의 목소리는 들리지 않게 된 데다, 낙오자가 아직도 그 안을 돌아다니고 있을지도 모르는 와중에 바위를 없애는 것은 바보 같은 짓이었으니까. 그래서 우리는 모든 것을 그대로 내버려 두는 게 낫다고, 그 피비린내를 그냥 놔두는 게 나을 거라고 생각했다.

하루, 이틀이 지났다. 그리고 한 주, 몇 주가 지나갔다. 딱히 정상이었던 적은 없었지만, 삶은 어쨌든 정상으로 돌아갔다. 우리는 그 낙오자를, 흐라븐디스를 잊었다. 다른 낙오자들이 다녀갔다. 잠시 동안 우리는 다리 수가 비정상적으로 많은 것만 빼면 쥐와 비슷하게 생긴 생명체의 공격을 받기도 했다. 그것들은 불에 살짝 구우면 통으로 먹을 수 있었고, 맛도 있었다.

그러다 하루 이틀이 지나자 그 생명체들은 사라졌고 그것들을 대체할 수 있는 생명체는 이제 어디에도 없었다.

어느 날, 우리의 일원이자 여전히 쥐가 아닌 그 쥐들을 찾고 있던 투른이 폐허를 가로질렀다. 흐라븐디스가 살던 구멍에서 무언가가 움직이는 소리가 들려서였다. 창백하고 번쩍이는 손 두 개가 구멍 입구를 막고 있던 바위 위쪽을 잡고 있었다. 그 낙오자야, 맨처음 투른은 이렇게 생각했다. 그 어떤 낙오자에게도 저렇게 생긴 손이, 아니 손이라고 할 만한 것 자체가 없는데도 그랬다. 투른이 그 광경을 계속 지켜보고 있는데, 그 손들이 쭉 늘어나듯 나오며 마치 아이들 장난감처럼 바위를 잡아당겨 부수었고, 그 뒤로 흐라븐디스가 걸어 나왔다.

흐라븐디스의 모습은 완전히 달라져 있었다. 피부는 창백했고 투명에 가까운 비늘이 촘촘히 나 있었다. 몰골도 흉측했지만, 움직임 역시 매우 기괴했다. 흐라븐디스는 마치 죽마에 타고 있는 것처럼 기묘하게 비틀거리며 걸었다.

"흐라븐디스," 투른이 말했다. "살아 있었구나."

투른이 죽기 전 우리에게 말해 줬던 것처럼 흐라븐디스는 턱을 부자연스럽게 움직였다. 마침내 입 밖으로 나온 것은 너무 오랫동안 침묵하며 살아서 말하는 방법을 잊은 듯한 목소리였다.

"네 덕분은 아니지." 흐라븐디스는 속삭이듯 말했다. 이 짧은 말을 하면서도 마치 입을 움직이면 안쪽에 상처가 나기라도 하는 것처럼 그녀의 입에서 피가 흘렀다. 그런 다음, 흐라븐디스는 손을 뻗었고, 단 한 번의 움직임으로 투른의 한쪽 팔을 뜯어냈다.

우리는 모두 투른의 비명을 듣고 각자의 구멍에서 나왔다. 흐라븐디스는 이미 몸을 돌려 그 기묘한 걸음걸이로 탑을 향해 가고 있었다. 그녀는 투른의 팔을 마치 몽둥이나 총처럼 어깨에 들쳐 메고 있었고, 그 팔에서 나온 피가 그녀의 등을 타고 흘러내렸다. 투른은 자신에게 벌어진 일을 더듬거리며 겨우 몇 마디 말하고는 그대로 쓰러져 숨을 거두었다. 흐라븐디스는 단 한 번도 뒤를 돌아보지 않고 탑으로 걸어간 뒤, 탑의 맨 아래층으로 사라졌다.

우리는 낙오자들이 찾을 수 없도록 투른을 땅속 깊이 묻었다. 흐라븐디스가 살던 구멍을 살펴봤지만, 아무것도 남아 있지 않았다. 그 낙오자가 그녀와 함께 있었다는 증거도, 쓰레기도, 그 어떤 흔적도 없었다. 오히려 구멍 안은 티 하나 없이 깨끗했고, 마치 누군가가 계속해서 핥아 낸 것처럼 표면이 살짝 끈적거렸다.

## 2.

흐라븐디스는 탑에 들어간 뒤 다시는 밖으로 나오지 않았다. 몇 년이 지나자 우리는 그녀가 살아 있는지 확신할 수 없게 되었다. 매일 탑 가장 높은 곳에서 타오르는 불빛이 아니었다면 그랬을 것이다. 또는 탑의 가장 아랫부분에서 나타나는 것들이 아니었다면.

맨 처음 우리가 본 것은 희미하게 반짝이는 불빛뿐이었다. 딱히 다른 눈에 띄는 것은 없었으므로 우리가 탑에 접근하는 일은 없었다. 심지어 흐라븐디스가 그 안에 자리를 잡았을 때도 그랬다. 하지만 이내 호기심이 우리를 서서히 잠식하기 시작했다. 그래서 이제는 제비를 뽑는다. 걸린 사람은 탑의 아랫부분에 가까이 가서 그 반짝이는 불빛이 대체 무엇인지, 그것이 우리에게 위협이 될 가능성이 있는지 알아봐야 한다.

그 뽑기에 걸린 사람이 바로 나였다. 결국 나는 언제든 도망칠 준비를 하며 천천히 탑의 아랫부분으로 향했다. 하지만 아무 움직임도 보이지 않고 아무것도 따라오지 않자 나는 금세 대담해졌다. 나는 계속 나아갔고, 곧 그 번뜩이는 물체가 사람 형상을 한 금속 동상이라는 사실을 알 수 있었다. 그것은 차렷 자세로 서 있었고, 정형화된 외형에 이렇다 할 특징은 없었다.

어느새 나는 그 동상 옆에 서 있었다. 땅에서 짧은 파이프를 주워 그것을 이리저리 찔러 보자, 불현듯 그것이 살아 움직였다. 내 손에 있던 파이프는 구겨진 채 날아가 콘크리트 벽 잔해에 부딪혔고, 둔탁한 소리를 냈다. 파이프는 도끼나 화살처럼 잔해에 박혀 있었다. 나는 달아나려 몸을 돌렸지만, 어찌 된 영문인지 그 동상이 이미 길을 막고 있었고, 나는 살아 움직이는 그것을 피해 어떻게 돌아가야 할지 혼란스러웠다. 관절을 삐걱거리며 그 동상이 두 손을 넓게 뻗어 내게 천천히 걸어왔다.

이쪽으로 들어오세요, 입은 어디에도 보이지 않았지만 그것은 그렇게 말했다. 그 말들은 마치 내 머릿속에 글자로 나타나는 것 같았다. 당신을 환영합니다. 당신은 우리의 손님입니다.

나는 뒤를 돌아보며 옆으로 슬그머니 움직이려 했지만, 그 동상은 마치 내 움직임을 예상하는 듯했다. 그렇게 나는 천천히 탑 깊은 곳으로 이끌려 들어갔다.

이쪽으로 들어오세요, 동상은 그렇게 말했다. 환영합니다! 환영합니다! 그러고는 잠시 뒤 내게 물었다. 예약은 하셨나요? 하셨나요? 괜찮습니다, 괜찮습니다. 예약할 방법을 찾아드리겠습니다.

그것은 탑 아랫부분의 거의 전체를 차지하고 있는 큰 방으로 나를 데려갔다. 중앙에는 크리스털 같은 기계 축과 튜브 두 개가 10미터 정도 되는 천장에 닿을 정도로 높이 솟아 있었다. 기계 축이 시작되는 곳 옆에는 작은 방이 각각 하나씩 자리 잡고 있었다. 그 동상은 몰아 가는 듯한 손짓으로 천천히 나를 그중 하나로 들여보냈다.

방 벽은 광택이 없는 금속이었고 유일한 장식은 입구 안쪽에 있는 직사각형 패널이었는데, 거기에는 1부터 16까지 번호가 매겨진 원 여러 개가 붙어 있었다.

*어떤 층? 그 동상이 물었다. 어떤 층?*

"층?" 내가 되물었다. 무엇을 물어보는 것인지, 무슨 말인지 알 수가 없었다.

하지만 그 말로도 충분했던 모양이었다. 동상은 그 작은 방 모퉁이로 손을 뻗더니 4라고 적힌 동그라미 하나를 눌렀다.

*즐거운 시간 보내세요.* 동상은 그렇게 말했다. *아주 즐거운 시간을 보내시기를!* 그러고는 몸을 돌려 다시 입구로 돌아갔다.


잠시 후 금속으로 만들어진 벽이 양옆에서 미끄러지며 나를 그 방 안에 가두었다. 그다음 무언가가 갈리는 듯한 짧은 소음이 들리더니 문이 다시 열렸고, 내가 있던 바로 그 방이 그대로 다시 눈앞에 나타났다. 4라고 쓰인 동그라미를 한 번 더 눌러 봤으나, 똑같은 상황이 반복될 뿐이었다. 무슨 일이 더 벌어질까 기다렸지만 아무 일도 일어나지 않았고, 그 작은 방 안에 있는 동그라미를 또다시 누르자 내가 처음 이 방에 들어왔을 때와는 달리 문이 닫히지도, 짧은 소음이 들리지도 않게 되었다.

결국, 나는 그 작은 방에서 나와 예의 동상에 가까이 가지 않으려 노력하면서 커다란 방을 가로질러 깨진 창문으로 향했다. 나는 그 동상이 또다시 살아 움직이며 나를 저지할까 봐 창문을 타고 재빨리 밖으로 나왔다. 다행히 그 동상은 다시 움직이지 않았다.

## 3.

그로부터 오 년 후, 마침내 해충까지 모조리 사라져 버리자 우리는 흐라븐디스의 도움 없이는 살아남을 수 없다고 인정하게 되었고, 나는 또다시 탑으로 보내졌다. 어릴 때, 아니 최소한 지금보다는 어렸을 때, 탑에 들어가고도 살아남았기 때문이다. 사람이든 낙오자든 그 탑에 들어가 살아 돌아온 존재는 오직 나뿐이었다. 그것이 내가 선택받았다는 증거는 아닐까?

"아뇨." 내가 말했다. "그건 아니에요."

"그렇다면 운이 좋은 거네." 다른 사람들, 그러니까 나를 뺀 우리에 속한 사람들이 말했다. "운이면 충분해. 우리가 가진 거라곤 운밖에 없잖아."

거절할 수도 있었다. 탑에 가지 않겠다고 저항하거나 탑에 갔다고 모두를 속이고 폐허로 다시 돌아올 수도 있었다. 하지만 사실 궁금하기도 했다. 그리고 어쩌면 흐라븐디스가 알고 있을지도 모른다고 생각했다. 그때는 너무 어렸지만, 그녀가 낙오자와 함께 구멍에 갇혔을 때 소리를 지르며 바위를 두드리고 마지막까지, 다른 사람들이 끌어낼 때까지 바위를 움직여 보려 했던 사람이 바로 나라는 사실을.

내가 정말 그랬던가? 내 기억으론 그런 것 같았다. 적어도 지금은 그렇게 생각한다.

게다가, 지금까지 내 삶은 어땠던가? 나는 이곳에 남아 다른 사람들과 함께 서서히 굶어 죽기를 바라는 것일까? 어쩌면 흐라브디스가 나를 죽일 수도 있겠지만, 정말 그게 더 나쁜 일일까?

　나는 입구 근처에서 그때 그 동상을 마주쳤다. 그것은 옆으로 누워 있었는데, 잠을 자는 것처럼 보이기도, 고장 난 것 같기도 했다. 목숨을 걸고 싶지는 않았기에 그것을 만져 보지는 않았다. 밟고 넘어가지도 않았다. 대신 예전과 변함없는 모습을 한 창문을 타고 올라갔다.

　나는 솟아오른 크리스털 기계 축들의 시작점에 있는 작은 방 두 개 중 하나에 들어가 예전에 동상이 그랬던 것처럼 버튼을 눌렀다. 아무 일도 일어나지 않았다. 무언가를 가는 듯한 소음도 들리지 않았고 문도 닫히지 않았다. 다른 방 하나도 마찬가지였다.

　나는 탑의 맨 아랫부분을 좀 더 둘러보기로 했다. 그 공간은 목소리가 울릴 정도로 커다란 방이었고, 크리스털 기계 축들과 작은 방 두 개를 제외하면 아무것도 없었다. 주변을 둘러보니 원형 방의 가장자리 벽에 나침반처럼 일정한 간격을 두고 움푹 패 있는 자국 네 개가 있었다. 한 곳은 벽감(벽이나 기둥 등을 움푹하게 뚫어 놓은 부분, 주로 장식품을 놓는다-옮긴 이)보다 살짝 더 들어가 있었고, 바로 맞은편에 있는 자국도 마찬가지였다. 하지만 나머지 두 곳에는 잡아당겨 문을 열 수 있는 주먹만 한 구조물이 달려 있었다.

　그중 하나를 열자 하늘을 향해 지그재그로 뻗어 있는 계단들이 보였다. 나는 그 계단들을 기어 올라갔고, 불현듯 계단이 무너져 내린 곳이 나왔다. 나는 무너진 계단을 이리저리 건드려 보았다. 금세 더는 앞으로 나아갈 수 없다는 사실을 알게 되었고, 그래서 왔던 길을 돌아가 다른 문을 열어 보았다.

이곳에서는 운이 좀 더 따라 주었다. 이쪽 계단 역시 중간쯤부터 부서져 있었지만, 완전히 길이 막힌 건 아니었다. 조금 더 이리저리 기어오를 수 있을 것 같았다. 그곳에는 끝부분이 매듭지어진 밧줄이 내려와 있었다. 일정한 간격마다 매듭이 있으니 맨 꼭대기까지 타고 오를 수 있을 것이다. 나는 밧줄을 잡고 조금씩 위로 나아갔고, 윙윙거리는 바람 소리가 귓가를 울렸다.

반쯤 올라갔을 때 나는 어지러움을 느끼며 잠깐 멈추었다. 그러다 깨달았다. 만약 흐라븐디스가 나를 죽일 작정이라면 내가 안정권에 들어서기 전에 그냥 이 밧줄을 끊어 버리면 되는 일이었다. 그랬다면 나는 그걸로 끝이었을 것이다. 여기에 생각이 미치자, 나는 다시 밧줄을 잡고 이전보다 빠르게 올라갔다. 마침내 꼭대기 층에 다다른 나는 몸을 굴려 안전한 곳에 내려선 다음, 숨을 헐떡이며 눈앞이 빙빙 도는 느낌이 가라앉기를 기다렸다.

어지러움이 가라앉은 뒤 나는 일어서서 문으로 향했다. 손잡이를 돌려 보니 문은 잠겨 있지 않았다. 거의 문을 열 뻔했지만, 그 순간 더 나은 생각이 떠올랐다. 나는 조심스럽게 문을 두드렸다.

"들어와." 흐라븐디스가 곧바로 대답했다. 목소리에는 놀란 기색도, 망설임도 없었다.

나는 문을 열고 안으로 들어갔다.

흐라븐디스는 화려하게 장식된 의자에 앉아 있었다. 투른의 팔과 함께 사라졌던 그날보다 더 창백했다. 그리고 상태가 매우 안 좋아 보였는데, 마치 피와 살이 아닌 뼈로만 만들어진 사람 같았다. 그녀 뒤쪽에 있는 닫힌 문에서는 낙오자가 다른 낙오자를 물어뜯는 듯한 소리가 들렸다. 흐라븐디스는 나를 보고는 입을 다문 채 살짝 미소 지었다.

"너를 기다리고 있었어." 흐라븐디스의 목소리에는 기묘한 울림이 있었는데, 마치 물속에서 말하는 듯한 소리가 났다. 말하는 게 익숙하지 않은 것처럼.

"기다리고 있었다고요?" 나는 자리에 앉았다. 그녀 뒤쪽에 있는 문에서 눈을 뗄 수가 없었다. 소리는 이전보다 작아졌지만, 완전히 그치지는 않았다.

"사실, 지금까지 계속 기다렸어. 내가 이 위에 살고 있으니 너에 관해 아무것도 모른다고 생각하겠지. 하지만 아니야. 나는 모든 것을 알아. 너는 도움을 구하러 이곳에 왔잖아." 흐라븐디스가 말했다. "도움이 필요한 건 너희 모두인데, 이곳에는 너만 왔지."

"저는 선택됐어요. 모두를 대신해서."

"예전에 탑 아래에 있는 그 화학물질을 살펴보라면서 네가 선택됐을 때처럼 말이지." 그녀가 받아쳤다. "왜 항상 너만 오는 거야?"

"화학물질이요?" 내가 물었다. "아, 그 동상 말이군요."

흐라븐디스는 마치 새처럼 높은 목소리로 즐거워하며 웃었다. "네가 그렇게 부르고 싶다면."

흐라븐디스는 의자에서 일어나 맞은편에 있는 책상으로 향했다. 걷는 모습이 어딘가 이상했는데, 걸음을 내디딜 때마다 몸이 한

쪽으로 기울었고 신발 앞쪽은 마치 발가락이 없는 것처럼 기묘하게 찌그러져 있었다.

그녀는 책상 위에 엎어져 있던 도자기 컵 두 개를 바로 세우고는 귀퉁이에 있던 주전자를 들어 컵을 채웠다. 아니, 정확히 주전자는 아니었다. 설명하기 힘든 형태를 한 무언가였다. 흐라븐디스는 김이 나는 컵 하나를 내게 가져다준 다음 자신의 의자로 돌아갔다.

"앉아," 그녀가 말했다. "그리고 마셔."

나는 자리에 앉지도, 컵에 든 것을 마시지도 않았다. 흐라븐디스는 의자에 앉아 동상처럼 미동도 없이 나를 바라보았다.

마침내 그녀가 움직였다. "넌 내게 무언가를 부탁하러 왔어," 그러고는 이어서 말했다. "그런데도 내 호의를 받아들이질 않네."

그래서, 나는 그녀에게 원하는 것이 있었고 다른 방법으로는 나아갈 길이 보이지 않았기 때문에, 결국 그 자리에 앉아 그녀가 준 것을 마셨다.


흐라븐디스는 차를 다 마시고는 그 컵을 의자 옆 바닥에 두었다. 나도 똑같이 했다.

"솔직히 말할게." 그녀가 말했다. "나는 그 사람들을 돕지 않을 거야. 그들도 나를 도와주지 않았으니까. 왜 나만 그들을 도와줘야 하지?"

"당신이 도와주지 않으면 우리는 모두 죽을 거예요." 내가 말했다.

"그들은 내 도움이 없으면 죽겠지." 그녀가 말했다. "*너를* 도와주지 않겠다고는 말하지 않았어." 흐라븐디스는 내 상식을 넘어설 정도로 많은 치아를 드러내며 미소 지었다. "네가 후회할 수도 있겠지만."

나는 무언가를 말하려 했지만 아무 말도 할 수 없었다. 자리에서 일어나려 했지만 움직일 수도 없었다.

"너무 걱정하지 마," 흐라븐디스가 말했다. "잠깐이야. 금방 괜찮아질 거야." 그녀는 내 의자 옆으로 걸어와 컵을 집어 들었다. "네게 이 차를 마시게 해야 했어. 속여서 미안해."

잠시 후 나는 의자에서 미끄러져 바닥에 쓰러졌다. 눈을 뜨고 있었기 때문에 아직 주변 상황을 모두 볼 수 있었다.

"길지는 않을 거야." 흐라븐디스가 말했다.

나는 그녀의 다리가, 신발이 가까워지는 모습을 보았다. 그녀는 비틀거리며 다가오더니 내 두 팔을 잡고 방 뒤쪽에 있는 문으로 끌고 갔다. 그녀가 문을 열자 안에서 들려오던 소리가 커졌다. 낙오자가 자기보다 약한 낙오자를 물어뜯는 듯한 소리였지만, 안이 너무 어두워 아무것도 보이지 않았기 때문에 정확히 어떤 상황인지 알 수 없었다.

흐라븐디스는 나를 안으로 끌고 갔다. 불현듯 소리가 멈췄다. 그녀는 미소 짓더니 나를 내려놓았다.

"마비는 곧 풀릴 거야." 그녀가 말했다. "아마 팔다리는 조금씩 풀리고 있을지도 모르겠네. 만약 시간이 충분히 지나고 난 뒤에도 네가 살아 있다면, 문밖으로 나오게 해 줄게."

밖으로 나간 흐라븐디스는 천천히 문을 닫은 다음 그 문을 잠가 버렸고, 나는 어둠 속에 홀로 남겨졌다.

나는 그곳에 며칠, 아니 몇 주 동안 방치되어 있었다. 그 안에서 일어났던 일은 너무 끔찍했고, 지금도 여전히 끔찍하다. 빛과 소음이 뒤섞였고, 날개가 아닌 날개들이 펄럭였으며, 나이자 내가 아닌 한 남자가 비명을 질렀다. 다른 생명체들이 내 사지를 잡아당겼고, 한 피부가 다른 피부에 스며들었으며, 한쪽 발을 거의 모두 잃은 뒤 다른 쪽 발도 대부분 잃게 되었고, 한 남자가 문을 두드리며 자신의 목소리가 아닌 낯선 목소리로 문을 열어 달라고 애원했다.

하지만 결국 그 문을 연 것은 흐라븐디스가 아니었다. 문을 연 것은 바로 나였고, 그녀가 구멍을 막은 바위를 부쉈던 것처럼 아주 쉽게 문을 부숴 넘어뜨렸다. 이 이야기를 하는 지금은 나 자신을 연기하는 법을 배웠지만, 그때의 나는 내가 아니었다.

나는 문을 넘어뜨린 뒤 밖으로 나와 흐라븐디스를 죽이려 했다. 그러나 막상 그녀를 보자, 그 같은 열망은 사라지고 그 대신 경이로움이 가득 찼다. *어쩌면,* 나는 생각했다. *지금의 나를 이해할 수 있는 유일한 존재일지도 몰라.*

그렇게 우리는, 뼈처럼 새하얀 우리는 그곳에 서서 서로를 응시했다. 내 뒤로 열린 문 너머의 방은 이제 흠 하나 없이 마치 누군가가 핥아 낸 듯 깨끗했다.

내가 너무 잘 알고 있는 그 모습처럼, 그렇게 깨끗했다.

흐라븐디스와 나는 탑을 내려가지 않았다. 그렇다고 다른 사람들, 또 내가 한때 알던 사람들이 식량과 도움을 구하기 위해 이 위로 올라오지 않았다는 말은 아니다. 나와는 완전히 다른 이유이긴 하지만, 그 사람들은 탑에서 내려가지도 않았다. 당신은 그들을 찾

을 수 없을 것이다. 이곳 어디에도 그 사람들이 왔다는 흔적 같은
건 남지 않았으니까.

# 구멍

I.

루릭을 마지막으로 본 것이 언제였냐는 의료 사무장의 질문에, 우리는 대답을 망설였다. 무언가를 숨기고 있어서가 아니라, 그녀의 관점에서 루릭이 더는 루릭이 아닌 시점이 언제인지 알지 못해서였다.

"루릭이 살아 있었을 때를 말하는 건가요?" 우리는 고민 끝에 대답했다.

"살아 있을 때요," 보안 장교가 고개를 끄덕였다. 사무장도 이에 덧붙여 말했다. "움직이고 있을 때."

이 질문을 듣자 우리는 더 혼란스러웠다. 적어도 루릭에 관해서는 살아 있는 것과 움직이는 것이 같지 않았기 때문이다.

"우리는… 저는 잘 모르겠습니다." 우리는 느릿하게 대답했다.

사무장이 보안 장교를 흘깃 쳐다봤다. 보안 장교는 자신의 장비를 잠시 쳐다보고는 사무장만 볼 수 있도록 살짝 고개를 끄덕였다. 하지만 나는 그 몸짓을 알아챘다.

"대충이라도 좋아요." 사무장이 말했다.

"왜 저는 그런 고생을 했는데도 지금까지 구금되어 있는 겁니까?" 우리는 이유를 알면서도 물었다. "왜 저를 가둬 두는 거죠? 질문이 있다면 기꺼이 대답할 거예요. 굳이 저를 가둘 필요 없어요."

"당신을 보호하기 위해에요." 사무장이 거짓말을 했다.

"제가 무엇으로부터 보호받아야 하는데요?"

사무장은 대답하지 않았다.

"다른 선원들은 어디 있죠?" 우리는 답을 알면서도 물었다.

"밖에서 루릭을 찾고 있어요." 사무장이 말했다. "당신도 찾고 있죠. 이제 질문 몇 개만 더 대답해 주면 돼요." 그녀가 이어서 말했다. "그 뒤에는 풀어 줄 겁니다." 우리는 이 말이 거짓말일 거라고 생각했다.

"좋습니다." 우리는 대답했다. "질문하시죠."

"루릭을 마지막으로 본 지 얼마나 됐죠?" 사무장이 다시 물었다.

"이틀이나 사흘 전쯤이요."

"며칠 전이요?" 사무장이 놀라며 말했다. "뭔가 착오가 있는 것 같군요. 루릭의 재순환 시스템은 그렇게까지 오래 버티지 못해요. 그때까지 살아 있지 못했을 겁니다."

"그런가요?" 우리는 실수했다는 사실을 알아차리고 대답했다. "아마 그 말이 맞을 거예요. 밖에 있으면 시간이 얼마나 흘렀는지 인지하기 힘드니까요."

사무장은 다시 보안 장교를 바라봤고, 그는 거의 보이지 않을 정도로 미세하게 고개를 저었다. "루릭을 어디에서 봤죠?" 사무장이 물었다. 이전보다 냉정하고 단호한 목소리였다.

우리는 망설였지만, 계속 말할 수밖에 없었다.

"루릭은 구멍 안에 있었어요."

"구멍이요."

우리는 고개를 끄덕였다.

"어떤 구멍이었죠?" 사무장이 물었다.

"깊은 구멍이요."

"루릭은 살아 있었나요?"

그녀는 또다시 보안 장교를 쳐다봤지만, 그는 고개를 젓지도 끄덕이지도 않았다.

"당신이 구멍 안에 있는 루릭을 봤던 그때, 루릭이 살아 있었다고 확신할 수 있어요?" 사무장이 물었다.

우리는 다시 주저했다. 어떻게 대답해야 할까? 그녀와 루릭에게 '살아 있다'라는 말의 의미가 어떤지에 따라 달라질 것 같았다. 혹은 그녀가 말한 *당신*이 누구인지에 따라서.

우리는 어깨를 으쓱했다. "루릭은 움직이고 있었어요."

## 2.

이후 사무장에게 그 구멍이 아주 깊었다고 말하긴 했지만, 사실은 그 이상이었다. 그 구멍은 거의 떨어지기 직전까지 가장자리로 다가가야 겨우 안을 볼 수 있는 그런 곳이었다. 나는 루릭을 찾아

헤매다 바로 그런 식으로 그 구멍을 찾아냈다. 아니, 어쩌면 그 구멍이 나를 찾아냈을 수도 있다. 그리고 의식하지 못하는 사이, 나는 구멍 밑바닥에 떨어져 있었다.

루릭이 사라졌을 때는 우리가 그곳에 겨우 도착했던 시기였고, 엔진은 거의 제 기능을 하지 못하는 상태였다. 그 누구도 루릭이 없어졌다는 사실조차 알아채지 못했다. 루릭은 그냥 한순간에 사라져 버렸다. 보안 카메라에는 루릭이 자신의 우주복을 입고 헬멧을 쓴 뒤 출구로 나가는 장면만 찍혀 있을 뿐이었다. 그의 우주복에 부착된 추적 장치는 제대로 기능하지 않았거나 아니면 누군가가 일부러 고장 낸 것 같았다. 루릭은 그냥 그렇게 가 버렸다.

남겨진 우리 열 명은 어떻게 해야 할지 논의했다. 루릭이 이상한 행동을 한 적이 있었나? 무언가 잘못됐다는 신호가 있었나? 몇몇은 그렇다고, 또 몇몇은 그렇지 않다고 생각했다. 하지만 우리 모두 그 어떤 상황에서도 루릭을 두고 갈 수는 없다고 결론지었다. 그가 선장이었으니까. 그래서 의료 사무장과 보안 장교가 함선을 지키고 우리는 모두 흩어져 루릭을 찾기로 했다.

우리는 각자 수색할 방향을 정하고 예비 재순환 장치를 추가로 받았다. 나는 루릭의 이름을 부르며 함선에서 북동쪽으로 걸어가기로 했다. 그렇게 이틀간 루릭을 찾다가 다시 돌아오기로 되어 있었다. 계속 촉각을 곤두세워야 했고, 이 회색빛 풍경 속에서 뭐라도 보이면 그것이 루릭과 조금이라도 관련이 있는지 알아내야 했다.

그렇게 나는 출발했다. 처음에는 다른 선원들이 루릭을 부르는 소리가 들렸지만, 각자 다른 방향으로 멀어지면서 그 소리는 점차 희미해졌다. 아마 그때 나는 루릭이 죽었을 거라고, 우리는 절대 그를 찾지 못할 거라고 생각했던 것 같다. 루릭의 재순환 장치는 아무리 길어도 닷새를 넘기지 못할 테니까. 그가 사라진 지 이미 이틀이 지났지만, 아무런 흔적도 찾아낼 수 없었다. 그에게 무슨 일이 생긴 게 분명했다.

이곳의 풍경은 온통 잿빛인 데다 큰 변화 없이 밋밋했고, 화산재로 이루어진 두터운 지면이 내 발소리를 삼켰다. 루릭을 부르는 내 목소리 역시 인공적으로 증폭시켰지만, 토양 때문인지 기세가 꺾인 것 같았다. 게다가 이곳에는 우리가 도착했을 때부터 안개가 서려 있었다. 그렇게 자욱하지는 않았지만, 오 분 정도 걷다 보면 우리가 타고 온 함선이 희미한 형태로만 보일 정도의 안개였다. 오 분 뒤에는 함선의 모습이 완전히 사라졌다.

여섯 시간쯤 걸었을까. 처음 한 시간이 지났을 때 내 목은 이미 쉬어 버렸고, 그 이후부터는 간간이 그의 이름을 부르며 주위를 살폈다. 루릭의 흔적은 어디에도 보이지 않았다. 아주 드물게 땅이 살짝 패여 있거나, 무엇인지 모를 장비에서 이름 모를 누군가가 쓰던 녹슨 장치가 보인다거나, 내 키를 훌쩍 넘는 넓적다리뼈가 반쯤 묻혀 있다든가 하는 것처럼 이 단조로운 풍경과 다른 무언가가 나타나면 이따금 경로를 벗어나 조사하기도 했다.

어둠이 내리면 수색을 멈췄다. 그리고 보온 담요를 몸에 감고 잠을 청하려 애썼다.

내가 잠이 들었던 것일까? 그랬던 것 같다. 꿈도 꿨다. 그 꿈들이 사실은 내가 직접 경험한 일이 아닐지 의문이 들기도 하지만. 어느 날 꿈에서는 내가 발견했던 거대한 넓적다리뼈의 주인이 내 주위를 맴돌면서 코로 냄새를 맡다가 으르렁거리며 돌아섰다. 다른 꿈에서 나는 루릭이 되었다. 어디를 가든 끊임없이 이어지는 목소리들을 들으며 함선에 돌아와 있었다. 그 목소리들은 아주 부드럽게 속삭였다. 잘 들리지 않을 정도로 작은 소리였지만, 어째서인지 무슨 말을 하는지 알 수 있었다. 마지막 꿈(적어도 내가 기억하는 것 중에는)은 최악이었다. 꿈속에서의 나, 그때의 클림은 혼자 끝없는 쓰레기 더미 사이에 똑바로 난 길을 걷고 있었다.

그날 아침 나는 소스라치게 놀라며 꿈에서 깨어났다. 몸은 뻣뻣했고 안개가 낀 듯 머릿속이 갑갑했으며, 순간적으로 내가 어디에 있는지, 누구인지 알 수 없었다. 그러다 다음 순간 자리에서 일어나 담요를 갠 뒤, 헬멧에 연결된 관으로 나오는 무언가를 먹으며 내 재순환 장치가 제대로 작동하고 있는지 확인했다. 그러고는 잠시 후 다시 출발했다.

500미터쯤 걸어갔을 때, 나는 내 바로 앞에 있는 땅이 진짜 땅이 아니라 색이 거의 비슷한 구멍이라는 사실을 알아차렸다. 하지만 미처 걸음을 멈추기도 전에 나는 구멍 속으로 곤두박질쳤다.

얼마나 시간이 흐른 건지 모르겠다. 나는 꽤 오랫동안 의식을 잃었고, 정신을 차렸을 때는 표면이 울퉁불퉁한 어떤 곳에 등을 대고 누워 위로 높이 솟아 있는 매끄러운 구멍 벽면을 마주하고 있었다. 그 벽면은 너무 고르게 정리되어 있어 자연적으로 만들어진 것 같지 않았다. 나는 내 우주복을 살펴봤다. 재순환 장치는 망가지지 않고 제대로 작동하고 있었다. 가방 안에 있는 예비 장치도 손상되지 않은 듯했다.

처음에는 이렇게 생각했다. 이렇게 평탄하고 똑같은 풍경이 이어지는 곳에서 어떻게 구멍에 빠질 수가 있지? 이곳은 지금까지 걸어오면서 내가 언뜻이라도 본 유일한 구멍이었고, 이마저도 구멍 안으로 떨어지면서 본 것이 다였다.

하지만 이런 생각들은 내 밑에서 무언가가 움직인다는 사실을 인지하자마자 순식간에 사라졌다.


나는 최대한 재빠르게 움직여 가능한 한 그것으로부터 멀리 떨어지려 했지만, 그렇게 멀리 가지는 못 했다. 무기를 더듬어 찾았지만, 손에 잡히지 않았다. 잃어버린 것 같았다. 나는 손전등을 켰고, 그 빛 속에 루릭이 있었다.

아니, 루릭의 껍데기가 있었다. 부러진 두 다리의 뼈가 비쳐 보였고, 구멍 바닥은 끈적이는 피로 가득했다. 루릭의 다리는 이미 시커멓게 썩어 가고 있었다. 헬멧을 쓰고 있지 않았더라면 분명 그 악취를 견딜 수 없었을 것이다. 루릭의 헬멧은 한쪽에 산산조각이 난 채 버려져 있었다. 그의 몸은 이미 생명을 잃은 지 너무 오래되었고, 완전히 검게 부패하지 않은 부분도 전부 곪아 있었다. 나는 루릭이 움직인 것이 아니라고 속으로 되뇌었다. 그는 절대 스스로 움직일 수 없는 상태였으니까. 분명 내 무게 때문에 휩쓸려 옮겨진 것이다.

나는 계속해서 그렇게 되뇌었다. 루릭의 두 눈, 아니, 왼쪽 눈이 나를 향하고 나머지 눈이 다른 쪽을 향할 때까지도 계속.

"아," 루릭의 부러진 이 사이로 소리가 새어 나왔다. "클림. 이렇게 보니 정말 반갑네."

나는 비명을 질렀다. 울부짖으며 도움을 청했다. 당연히, 아무도 오지 않았다. 나는 루릭과 거리를 유지하며 그에게서 눈을 떼지 않으려 필사적으로 노력했다. 그는 아주 느릿하게 몸을 일으켜 그 몸을 질질 끌고 간 뒤 구멍 벽면에 등을 기대고 앉았다.

루릭이 나를 해치지 않을 것 같다는 확신이 든 뒤에야 나는 그에게 등을 돌릴 수 있었다. 그렇게 나는 벽면을 잡고 올라갈 무언가가 있는지 오랫동안 살폈다. 하지만 벽면은 매끈했다. 아무것도 찾을 수 없었다.

"그래. 찾아봐, 클림." 내 등을 향해 루릭은 그렇게 말했다. "마음껏 찾아. 혼자서는 빠져나갈 방법이 없다는 걸 알게 될 거야. 그래도 우리가 거래하기 전에 네가 해 볼 수 있는 건 다 해 봤다는 생각이 드는 편이 나으니까."

"당신은 살아 있는 게 아니야." 나는 루릭의 부서진 헬멧을 가리켰다. "그럴 수 없어."

"그래도 이렇게 대화하고 있잖아. 하지만 물론 네 말이 맞아. 따지고 보면 살아 있는 건 아니지."

그다음 몇 시간 동안 일어난 일을 설명하기는 쉽지 않다. 직접 경험하지 않고는 이해할 수 없는 일이기 때문이다. 나 역시 맨 처음에는 믿지 않았다. 떨어지면서 머리를 부딪쳤으니 아직 의식이 없을 것이고, 그래서 머릿속으로 이 모든 상황을 만들어 낸 것일지 모른다. 아니면 나는 아직 이곳과 500야드 떨어진 곳에서 보온 담요를 뒤집어쓴 채 꿈을 꾸고 있는 것일 수도 있다.

"아니," 루릭이 말했다. 나는 소리 내어 말한 적이 없는데도. "너는 지금 꿈꾸는 게 아니야."

그렇다면 나는 구멍 바닥으로 떨어질 때 다리가 부러지는 바람에 정신이 혼미한 것이다.

"네 다리는 멀쩡해." 또다. "운 좋게 루릭이 있어서 부러지지 않았어."

그 구멍 안에서 그는 이런 식으로 말했다. 이따금 자기 자신을 제삼자처럼 지칭하기도 하고, 복수형으로 말하기도 했으며, 아주 드물게 '나'라고 가리키기도 했는데, 마치 자기 자신이 정확히 누구인지, 자신이 어디에서 시작하고 끝났는지를 정리하려는 것 같았다. 혹은 언어가 익숙하지 않아 대명사를 사용하는 방법을 새롭게 배우고 있는 것 같기도 했다.

"그렇다면 내 정신이 이상해진 거네." 내가 말했다. "미쳐 버린 거야."

"아니야, 클림." 루릭이 말했다. "네 정신은 언제나처럼 멀쩡해."

우리는 오래도록 이야기했다. 이야기 말고 무엇을 할 수 있었겠는가? 그는 종종 루릭과 똑같이 이야기했는데, 마치 내게, 혹은 스스로에게 자신이 루릭이라는 사실을 증명하려는 것 같았다. 그렇게 시간이 흐른 후, 내게 벌어진 일을 더는 부정할 수 없었던 나는 그에게 오직 루릭만 알 수 있는 이야기를 물어보며 조사하기 시작했다.

"이제 알겠지?" 내 시험을 전부 통과한 그가 말했다. "아직도 내가 루릭이 아니라고 의심하는 거야?"

"하지만 어떻게 살아 있는 거야?"

그가 미소 짓자 입술이 벌어졌다. "이미 말했지만, 우리는 살아 있는 게 아니야."

"우리?" 내가 말했다. "내가 죽었다는 거야? 나는 이미 죽었고 당신과 함께 지옥 같은 곳에 온 거야?"

루릭이 고개를 저었다. "루릭의 말을 이해하지 못한 것 같군." 그러고는 잠시 뒤 살짝 고쳐 말했다. "*내* 말을 이해하지 못한 것 같네. 난 살아 있는 게 아니야."

"대체 이곳은 뭐야?"

"구멍이지," 그가 어깨를 으쓱했다. "그냥 구멍."

나는 일어서서 벽면을 다시 살펴봤다. "이곳에서 나갈 방법을 찾아야 해."

"나갈 수 없어," 그가 고개를 저었다. "적어도 나 없이 혼자서는 못 나가."

내 앞의 죽은 남자, 그러니까 살아 있지 않았을 뿐만 아니라 실제로 죽은(내게는 이 두 가지의 차이가 아직 모호하지만) 남자는 잠시 동안 끊임없이 내가 이해할 수 없는 말들을 쏟아 냈다. 육체가 육체인 이유는 뭐지? 또 이렇게도 물었다. 육체를 살아 움직이게 만드는 것이 무엇인지는 왜 중요하지? 만약 우리의 기억이 곧 루릭의 기억이라면, 우리를 루릭이 아니라고 할 수 있을까? 치통이 있을 때 손톱으로 손바닥 살을 파고들어 치아의 고통을 손으로 옮길 수 있는 것처럼 우리가 보기에 변하지 않는 것, 살로 싸여 있고 움직이지 않는 것처럼 보이는 존재의 본질은 사실 아주 순간적인 거야.

"무슨 말인지 모르겠는데." 내가 말했다.

그가 한숨을 내쉬었다. 적어도 내 생각에는 그랬다. "너도 이곳을 나가고 싶고 나도 마찬가지야. 이 몸으로, 이 부러진 팔다리로." 그가 몸짓했다. "불가능한 일이지. 루릭은 이제 얼마 남지 않았어. 하지만 너는 달라, 클림. 너에게는 많은 것이 남아 있지. 그리고 감히 말하지만, 너에게는 네게 남은 것 전부가 필요하지 않아. 넌 마치 채워지기만을 기다리는 구멍과 같지."

"무슨 소리를 하는 거야?" 내가 물었다.

"두 형제가 빵을 나눠 먹으면 두 사람 다 충분히 먹지는 못 하겠지만, 둘 다 굶주리지는 않아." 루릭은 자신이 구멍 속에 빠진, 살아 있지 않은 남자가 아니라 우리 배의 선장이었을 때 내게 들려줬던 이야기를 제멋대로 바꿔 말했다. "내가 함께할 수 있게 너를 나눠 달라고 부탁하는 거야."

"나눠 달라고?"

"루릭은 거의 마지막이 다 되어서야 동의했어. 남은 공간이 있었거든." 그가 미소 지으며 말했다. "네게는 공간이 아주 많아."

그가 벽면에서 미끄러지듯 내려와 몸을 일으키려 하자 그의 손에 남아 있던 살점이 허물어지듯 떨어졌다. 결국, 완전히 일어서지 못한 그는 벽면에 몸 한쪽만 기대고 서 있었는데, 마치 섬뜩한 꼭두각시 인형 같았다.

"너도 알겠지만, 우리는 너를 죽일 수도 있어." 자신이 루릭이라고 주장하는 생명체가 축 늘어진 채 말했다. "하지만 그러고 싶지 않아. 그보다는 우리를 네 안으로 들어가게 해 줬으면 좋겠어. 함께 힘을 합치면서 서로를 도울 수 있을 거야. 너는 우리와 함께할 수 있고, 우리도 너와 함께할 수 있지. 그건 우리 모두에게 기쁜 일이 될 테고, 훨씬 생산적일 거야."

멀리 떨어진 벽면에 밀어 붙여진 나는 아무 말도 하지 않았다.

"하지만 네가 죽기를 바란다면 기꺼이 네 뜻을 따를 거야."

"내가 너를 죽인다면?" 내가 물었다.

그가 소리 내 웃었다. "재밌네, 클림." 그는 한 번 더 말했다. "정말 재밌어. 내가 살아 있던 건 오래전 일인데 어떻게 날 죽일 수 있다는 거지?"

나는 며칠을 더 버텼다. "너무 오래 끌지는 마." 그 생명체가 경고했다. "네 예비 재순환 장치를 다시 충전하려면 전력이 충분해야 하잖아."

이렇게 말하기도 했다. "우리는 네게 좋은 친구들이 될 거야. 아주, 아주 좋은 친구들." 혹은 "너는 끔찍한 일이라고 생각하겠지. 그냥 상상이 잘 안 돼서 그럴 뿐이야"라고 말하기도 했다.

그는 말을 멈추지 않았다. "너는 속으로 죽는 것이 나을지 이 기회를 잡는 게 나을지 생각하고 있겠지. '어쩌면 그렇게 나쁘지 않을 수도 있어. 죽는 것보다는 나을지도 모르잖아. 어쩌면 그 기회가 정말 끔찍한 상황으로 이어지더라도 이곳에서 언젠간 나가게 될 수 있을 거야'라고."

비록 그가 죽었더라도, 내가 그를 죽일 수 없더라도, 어쩌면 저 입을 막을 수는 있을 것이다. 나는 달려들어 그를 발로 차 넘어뜨린 뒤 옆구리에 있는 구멍을 가격했다. 그 구멍에서는 채찍처럼 긴 무언가가 나왔는데, 마치 신경조직 다발처럼 얇지만 단단하고 뻣뻣했다. 그것은 내 손목을 감쌌고, 내가 손으로 당겨 풀어내려 하자 두 개로 갈라지더니 남은 손목까지 칭칭 감아 움직이지 못하게 만들었다. 내가 애쓰며 풀어내려 할 때마다 그것은 더욱 여러 갈래로 나뉘었다. 이내 그것은 그물처럼 내 온몸을 단단히 휘감고는 무릎을 꿇렸다.

루릭의 얼굴을 하고 나를 묶어 놓은 그것이 내 바로 앞으로 다가왔다. 그는 이제 완전히 죽은 사람 같았다. 마치 살아 있었던 적이 없었던 것처럼.

다음 순간 나를 묶고 있던 덩굴 같은 그것 하나가 풀리더니 내 코 안으로 들어오기 시작했다. 그것은 이리저리 몸을 비틀며 점점 더 안쪽으로 밀고 들어왔고, 그 모든 상황이 벌어지는 동안에도 나를 조금도 움직이지 못하도록 휘감고 있었다.

루릭은 몸을 떨더니 찌그러진 한쪽 눈을 떴다.

"시간이 됐어." 루릭이 말했다. "이제 우리와 함께하게 될 거야. 어때, 기쁘게 받아들일 수 있겠어?"

## 3.

우리는 다른 종과 소통하는 방법을 배우는 수단으로 활용하기 위해 의료 사무장과 보안 장교에게는 손을 대지 않을 수 있기를 바랐다. 그래서 마치 길을 잃어 혼란스러웠고 이곳으로 돌아올 수 있어 기쁜 것처럼 행동하며 다시 함선으로 들어가기로 했다. 심지어 마지막까지 그들이 우리를 풀어 주도록 설득하고 우리를 인간으로서 받아들이게 만들 수 있다고 생각했다. 하지만 그들은 무기를 들고 클림의 몸을 위협했고, 우리는 결국 그들을 죽일 수밖에 없었다. 우리는 클림의 몸이 아주 마음에 들었다. 클림과 종이 같은 여러 개체 안에서 지내 보았지만, 살아 있는 개체 안에 들어갔던 건 클림이 유일했기 때문일 수도 있다. 하지만 단지 그 이유 때문만은 아닐 것이다.

우리는 우리 중 두 부분을 내보내 합류할 수 있을 만한 것들을 데려왔다. 루릭에 이어 클림이 들어왔고, 마침내 나머지 선원 여덟 명까지 유인하고 회유해 한 명씩 구멍으로 끌어들였다. 그렇게 선원들의 시체를 차지해 탑을 쌓은 뒤 구멍 밖으로 빠져나왔다.

그래서 지금 우리, 그, 나는 홀로 이 배에 있다. 홀로라는 말이 적당한지는 모르겠지만. 그는 무엇이든 할 수 있다. 나는 어디든 갈 수 있다.

우리는 그렇게 할 것이다.

# 실종

## I.

아내가 실종된 지 삼 주가 지난 뒤인 십일월 말, 제라드는 시내에 있는 아파트를 팔고 시골 외딴곳에 있는 작은 집으로 이사했다. 아파트는 아내가 사라지기 전부터 그가 내놓으려던 것이었다. 아니, 그는 빠르게 정정했다. 그건 두 *사람의* 계획이었다. 아내가 사라지기 오래전부터 제라드 혼자가 아닌 둘이 함께 생각해 온 일이었다. 시간이 지나며 두 사람은 점차 교외에서의 삶에 회의를 느꼈고, *평화롭고 단순한 삶*이 살고 싶어졌다. 그래서 원래 지내던 아파트를 팔고 시골에 있는 작은 집을 사기로 마음을 모았다. 마지막으로 지난날을 돌아보며 해안가로 여행을 다녀온 후에 아파트를 팔고 이사할 계획이었다. 아내가 사라진 지금, 제라드는 알고 싶어 했다. 늘 함께하자고 했던 일들을 혼자 진행한다고 해서 그가 비난받아야 할까?

나는 아니라고, 절대 아니라고 말했다. 나는 제라드를 비난하지 않았다.

하지만 물론 속으로는 그를 탓하고 있었다. 어떻게 탓하지 않을 수 있을까? 애초에 그녀를 해안으로 데려간 사람도 제라드이고, 결국 그녀가 사라지게 만든 여러 사건의 도화선에 불을 붙인 사람도 제라드였다. 자신보다 한참 어린 아내와 함께 해안가에 간 사람도, 아내 없이 혼자 돌아온 사람도 그였다.

제라드는 아내의 실종과 관련된 자세한 내용을 제대로 기억하지 못했다. 파도 속에서 자신과 함께 있던 아내가 한순간 사라져 버렸다고 했다. 제라드는 아내의 이름을 부르며 해변을 이리저리 뛰어다녔고, 가슴 깊이가 넘는 파도 속에 잠수해 가며 아내를 찾아다녔다고 주장했다. 하지만 아내를 찾아 돌아오지는 못 했다.

"그래서, 아내가 물에 빠져 죽었다고 생각하는 거네요?" 내가 말했다.

"그걸 어떻게 알겠어요?" 그는 외려 이렇게 되물었다. "아내는 죽은 걸까요? 살아 있을까요? 대체 어디에 있을까요?" 제라드는 어쩌면 아내가 익사했을 수도 있다고, 갑작스러운 파도 때문에 깊은 곳으로 휩쓸려 갔을 수도 있다고 인정했다. 하지만 어쩌면 살아 있을 수도 있다고 생각했다. 자신의 코앞에서 누군가에게 순식간에 납치됐을 수도 있다고. 어쨌든 시신은 발견되지 않았으니 그녀가 살아 있을 가능성도 없지는 않았다.

나는 고개를 저었다. "그럴 가능성은 없을 것 같아요."

제라드는 오랫동안 나를 응시했다. 마치 나를 겹겹이 둘러싼 층이 서서히 벗겨져 버리는 듯한 눈빛이었다. 티 내지는 않았지만, 나는 약간 당황스러웠다.

"그래요," 마침내 그가 말했다. "아마 그렇겠죠."

제라드의 아내처럼 나 역시 그보다 한참, 거의 스무 살 정도 어렸다. 내가 제라드와 친해진 이유는 오직 *그의 아내 때문*이었는데, 그녀와 내가 제라드를 만나기 몇 년 전까지 우리는 친구 사이였다. 우리는 함께 자랐고, 같은 학교에 다녔으며, 어디든 함께했다. 남매가 아니냐고 자주 오해받을 정도였다. 남매가 아니라는 사실을 알게 되면 사람들은 우리가 사귀는 사이가 아닌지 궁금해했고, 내가 오랜 친구 사이라고 설명하면 그들은 마지못해 수긍하곤 했다.

제라드가 자신의 아내가 될 여자를 처음 만났을 때 나 역시 그를 처음 봤다. 제라드의 미래의 아내와 나는 식당 야외 테이블에서 술을 마시고 있었고, 내가 화장실에 갔을 때 제라드가 우리 테이블로 다가왔다.

"실례합니다," 제라드가 미래의 아내가 될 여자에게 말을 걸었다. "혹시 방금 자리에서 일어난 분하고 진지한 사이는 아니시겠죠?"

"남자 친구 아니에요." 그녀가 재빨리 대답했다. "그냥 친구예요."

내가 테이블로 돌아왔을 때쯤 제라드는 그녀 옆에 앉아 그녀의 팔꿈치를 가볍게 쓰다듬고 있었다. 나는 그녀 맞은편이었던 내 자리에 다시 앉았다. 그러고는 얼마 후 그 자리를 떠났다.

두 사람은 한 달 뒤 결혼했다.

**2.**

이삿날, 제라드의 유일한 친구인 나는 그를 도우러 갔다. 올 사람은 나뿐이었다. 아내가 미심쩍은 상황에서 사라진 뒤, 그에게 남은 친구는 내가 유일했을 것이다.

나는 제라드가 짐을 싸는 것을 도왔고, 이삿짐센터 직원들이 헷갈리지 않고 새로운 집에 짐을 둘 수 있도록 색이 다른 테이프로 상자를 구별해 두었다. 직원들이 도착하자 제라드는 책임자에게 어떤 색 테이프가 어떤 방으로 가야 하는지 설명했다. 제라드가 설명을 끝내자 책임자는 투덜거리더니 상자 하나를 집어 들었다. "우리 일은 한 집에서 다른 집으로 짐을 옮기는 거요." 남자는 억센 억양으로 말했다. "그러라고 돈을 받는 거지." 그런 뒤 남자는 방을 나갔다.

우리는 신경 쓰지 않고 계속해서 짐을 정리하고 상자를 분류했다. "그런데 그 애가 돌아오면 어떡하죠?" 어느 순간 내가 물었다. 제라드가 뭐라고 대답할지 궁금해서였다. "당신이 떠난 걸 알면 그 애가 뭐라고 생각할까요?"

제라드는 짐 싸는 것을 멈추고 손에 들고 있던 테이프를 내려놓았다. 그 테이프는 애매한 색이었다. 제라드는 청록색이라고 말했는데, 일반 청 테이프와 나란히 두고 보아야 겨우 구분할 수 있는 정도였다. 나는 이삿짐센터 직원들이 그 차이를 알아줄 가능성은 거의 없다고 확신했다.

"글쎄요," 그가 느릿하게 말했다. "당신은 이사하지 않을 거잖아요? 제가 이사한 것을 알면 아내는 당신을 찾아갈 거라고 생각해요."

내가 그의 말에 너무 많은 의미를 부여했기 때문일 수도 있지만,

나는 그 말이 마음에 걸렸다.

트럭이 모든 짐을 싣고 떠날 때까지 나는 그곳을 떠나지 않았다. 그런 뒤에도 이때를 위해 제라드가 냉장고에 남겨 둔 맥주가 모두 바닥날 때까지 조금 더 그 집에 머물렀다.

"이사한 집까지 운전해서 갈 거예요?" 나는 술을 꽤 마신 그를 걱정하며 물었다.

"안 될 것 같아요." 제라드가 고개를 저었다. "차 뒷좌석에서 자고 내일 아침에 가려고요."

"차 뒷좌석이요?" 내가 물었다.

"네." 그가 고개를 끄덕였다. "안 될 거 있나요?"

"왜냐하면," 내가 말했다. "길게 말할 것도 없어요. 그건 자동차잖아요." 잠시 후 내가 제안했다. "우리 집에서 자고 가는 건 어때요?"

"아니요," 제라드는 고개를 저었다. "부담을 드릴 수는 없죠." 나는 부담이 아니라고 말했지만, 그는 내 제안을 받아들이지 않았다.

우리가 마지막 병을 비울 때쯤, 제라드가 질문을 던졌다. 그가 내게 물을까 봐 두려웠던 질문은 아니었지만, 그래도 취하지 않았다면 내게 묻지 않았을 질문이었다.

"당신은 내가 그랬다고 생각하죠?" 그가 말했다. "내가 아내를 죽였다고."

나는 예의상 부정하며 들고 있던 맥주병만 쳐다봤지만, 그는 말을 이어 갔다. "저도 알아요." 그가 말했다. "모두 내가 아내를 죽였다고 생각한다는 걸 당신도 알잖아요. 왜 내 친구들이 오늘 한 명도 안 왔겠어요? 그런데 당신은 왜 온 거죠? 내가 아내를 죽였다고 생각하지 않는 건가요?"

"저는 잘 모르겠어요," 그러고는 이렇게 덧붙였다. "어떻게 생각해야 할지." 나는 이렇게 아주 조금 거짓을 말했다.

그 이후로 나는 한동안 제라드를 보지 못했다. 다음 날 아침 그 아파트를 지나칠 때 제라드의 차는 없었고, 나는 생각했다. *그래, 시골 외딴집에 혼자 내버려 두고 나도 그도 서로를 잊는 게 낫겠지.*
몇 달이 지나갔다. 열 달, 아니 열한 달이 흘렀다. 제라드에게서는 아무 소식이 없었다. 그는 내가 있는 곳에서 350킬로미터도 더 떨어진 시골 어딘가에 살고 있을 터였다. 나는 속으로 생각했다. 그를 잊고 마치 아무 일도 없었던 것처럼 살아갈 수 있을 거라고. 내 가장 친한 친구인 그의 아내를 잃었을지라도.
그러던 어느 날, 제라드가 침묵을 깨고 내게 연락해 왔다. 짧은 편지였는데, 고작 몇백 킬로미터 떨어진 곳에서 온 편지인데도 종이처럼 얇은 항공우편 봉투에 담겨 있었다. 나는 칼로 봉투를 열었다.
―한번 들러요.
그건 주소와 전화번호 이외에 그 편지에 쓰여 있는 유일한 내용이었다.

나는 봉투에 적힌 번호로 전화했다. 아무도 받지 않았다. 나는 전화를 걸고 또 걸었다. 마침내 그가 전화를 받았을 때는 연결 상태가 좋지 않았고, 잡음이 너무 컸다. "여보세요?" 그가 말했다. "여보세요?" 그리고 내가 이미 무언가를 말하고 있었는데도 그는 계속해서 말했다. "누구세요? 들리세요?" *저예요, 당신 아내와 제일 친한 친구요,* 나는 그렇게 말했다. 그에게는 들리지 않는 것 같았다. "지금 장난치는 겁니까?" 제라드는 이렇게 말한 뒤 전화를 끊었다.

*다음 편지를 기다려야겠어,* 나는 생각했다. *다시 편지가 오면 그 주소로 그를 찾아가야지.*

하지만 다음 편지는 오지 않았다. 한 달이 지나고 또 한 달이 지났다. 나는 이전에 온 편지에 적힌 주소로 그를 찾아가고 싶다는 내용의 편지를 보냈지만, 역시나 답장은 없었다. 다시 전화를 걸어 봐도 없는 번호라는 안내만 들려올 뿐이었다.

당신이라면 이런 상황에 어떻게 대처하겠는가? 친구지만 따지고 보면 친구는 아니고, 그의 아내와 아는 사이이기 때문에 친구가 된 사람이 사라져 버린 이런 상황에서, 이렇게 이해할 수 없는 상황에서, 당신이라면 그냥 묻어 두고 서서히 잊히도록 놔둘 것인가? 지금은 아니지만 언젠가는 연락이 닿을 거라고 생각할 것인가? 아니면 내가 그랬던 것처럼 그의 집 앞으로 찾아갈 것인가?

그 작은 돌집은 평범한 데다 몇 세기 전, 아니 그보다 더 오래전에 지어진 것 같았지만, 튼튼해 보였다. 나는 문을 두드렸다. 대답이 없었다. 나는 다시 문을 두드리며 그의 이름을 불렀다. 꽤 긴 시간이 흘렀지만 아무 일도 일어나지 않았고, 그를 만나지도 못 한 채 다시 350킬로미터를 운전해 돌아가는 내 모습이 머릿속에 그려졌다.

그때, 문이 열렸다. 제라드가 빛에 눈을 깜빡이며 나를 응시했지만, 누군지 알아보지는 못 하는 것 같았다. 나는 몇 번이고 그의 이름을 불렀다. 마침내 그가 표정을 바꾸며 말했다. "아, 당신이군요." 현관문을 살짝 열어 둔 채 그는 몸을 돌려 어두운 집 안으로 다시 걸어 들어갔다.

집 안은 엉망이었다. 이사 온 지 거의 일 년이 지났지만, 이삿짐은 아직도 그대로였다. 반쯤 열린 상자들이 집 안 곳곳에 널려 있고 그 위로 옷가지와 수건이 아무렇게나 걸쳐져 있었다. 침대조차 보이지 않아 잠은 어디에서 자는지 묻자, 그는 힘없이 창고를 가리켰다. 창고 문을 열자 역시 상자 안에 그대로 있는 짐들이 보였다. 형형색색 테이프가 붙은 그 상자들은 여기저기 구겨진 채 쌓여 있었고, 그 틈에 간이침대가 간신히 놓여 있었다.

"침대는 어디 갔어요?" 내 물음에도 그는 어깨만 으쓱했다.

나는 그를 따라 거실로 향했다. 그는 내게 무언가 마실 것이 필요하냐고 물었고, 내가 물을 부탁하자 화장실로 가더니 치약 얼룩이 묻은 유리잔을 들고 나왔다. 그러고는 싱크대에서 잔을 씻은 다음 희뿌연 물을 채워 가져다주었다. 내가 물을 다 마시자 그는 그 잔을 다시 화장실에 가져다 두었다.

"무슨 일이 있었던 거예요?" 내가 물었다.

"아내가 사라졌죠." 그가 어깨를 으쓱했다.

"거의 일 년이 다 됐잖아요."

"아내가 와서 결정하기 전까지는 짐을 풀고 싶지 않아서요."

"제라드, 그 애는 돌아오지 않아요."

"돌아올 수도 있죠," 그가 말했다. "돌아올 수도 있어요."

"아뇨," 내가 말했다. "바보같이 굴지 마요."

그는 몸을 돌려 나를 바라봤다. 이전에 나를 흠칫하게 했던 그 눈빛이었다. "알고 있는 게 있나 보죠?"

"아뇨, 아무것도 몰라요. 하지만…"

"질문 하나 해도 돼요?" 그가 내 말을 끊으며 물었다.


## 3.

물론 나는 그가 내게 무엇을 물을지 알고 있었다. 그의 아내가 사라지기 오래전부터 내가 두려워한 질문이었고 지금보다 훨씬 이전에 들을 거라 생각했던 질문. 솔직히 조금 늦은 감도 없지 않았다. 시골 한가운데에서 혼자 시간을 보내며 생각만 하다 보니 이제야 그 질문이 떠오른 듯했다.

그를 죽인 후 나는 칼을 어떻게 처리해야 할지 생각했다. 일 년 동안 나는 내가 위협받지 않는 한 그를 죽이지 않아도 전혀 상관없다고 생각했다. 그렇다 해도 항상 무기는 준비하고 있었다. 나는 그 칼을 없애야 했다. 다른 선택지가 없었음에도, 이 칼이 이전에 어떻게 쓰였는지를 생각하니 정말 없애야 하나, 고민되었다.

하지만 우선은 잠을 자야 했다. 제라드의 집에 오려고 한밤중에 거의 네 시간을 운전해야 했으니까. 나는 높게 풀이 자란 흙길에 자동차를 숨기고 진흙으로 번호판을 가렸다. 돌아가기 전에 약간의 위험을 무릅쓰고 몇 시간이라도 잠을 청하는 편이 나을 것 같았다.

그래서 나는 제라드의 시체를 돌려 얼굴을 아래로 향하게 한 다음, 창고로 들어가 그의 간이침대에서 휴식을 취했다.

잠자는 동안 꿈을 꾸었다. 우리 셋, 나와 제라드와 그의 아내가 모두 살아 있었던 그때가 꿈에 나왔다. 제라드와 나의 가장 친한 친구가 결혼 생활을 시작하고 행복했던 몇 달이 아니라 그다음, 그녀가 나를 찾아와 자신이 엄청난 실수를 저질렀고 자신이 사랑하는 사람은 제라드가 아니라 나이며, 너무 오랜 시간 친구로 지내 왔기 때문에 이제야 깨달았다고 고백하던 그때가. 그녀는 그동안 우리가 *친구였기* 때문에 몰랐던 것 같다고 말했다.

꿈에서도 현실에서도 나는 그 말에 깜짝 놀랐다. 그녀가 내게 마음이 없다고 생각하면서도 오래도록 그녀를 짝사랑하고 있었으니까. 꿈에서도 현실에서도 나는 그 고백을 거부할 수 없었고, 그렇게 나는 그녀의 '내연남'이 되었다.

꿈속에서 우리는 계속 연인으로 남아 있었다. 자연스럽게 그렇게 되었는지 우리가 죽인 건지 분명하진 않지만, 꿈속에서 제라드는 죽고 우리 둘은 그 후로 행복하게 살아간다. 남자아이도 한 명 낳고 행복한 삶을 산다.

말할 필요도 없이 현실은 그렇게 흘러가지 않았다. 일어났을 때는 이미 대낮이었다. 나는 마른세수를 했다. 밖이 어두워질 때까지 기다렸다가 출발하는 편이 현명하리라는 생각이 들었다. 그러면 잡힐 가능성이 줄어들 테니까.

나는 침대에서 일어나 기지개를 켠 다음 창고에서 나와 집으로 들어갔다. 제라드는 여전히 자신의 피에 잠겨 바닥에 누워 있었다. *자비를 베푼 거야*, 나는 생각했다. 이제 제라드의 주위에는 날벌레들이 꼬이며 웅웅거리는 소리를 내고 있었고, 주의가 흐려지자 그 소리가 누군가의 속삭임처럼 들리기 시작했다. *그냥 시체일 뿐이야*, 그렇게 스스로 되뇌었지만 결국 나는 도망치듯 창고로 다시 돌아왔다.

간이침대 한 귀퉁이에 앉아 나는 그녀를 생각했다. 어느 날 그녀는 내게 자신이 제라드와 함께 해변에 갈 것이라고 말했다. 그녀는 나도 그의 눈을 피해 몰래 그곳에 오라고 말했다. 방법을 찾아 나를 보러 나오겠다고. *그게 맞는 일일까?* 나는 그녀에게 물었다. 하지만 당연하게도 그건 맞고 틀리는 것과 전혀 상관없는 일이었다. 그리고 당연히 나는 그 여행에 따라갔다.

우리는 그곳에서 며칠간 즐겁게 지냈다. 그녀는 제라드에게 시내나 다른 곳에 다녀오겠다고 둘러대고 해변에서 1킬로미터 정도를 걸어와 내가 묵고 있던 오두막에서 몇 시간을 보냈다. 그녀는 심지어 한밤중에 몰래 나오기도 했다. 제라드가 그녀를 의심했을까? 물론 그녀가 사라진 이후로 계속 궁금하긴 했지만, 나는 그렇지 않았을 거라고 생각했다.

그렇다. 나는 그가 의심했을 거라 생각하지 않았다. 그가 시골에 있는 그 작은 돌집에서 마지막으로 내게 던졌던 질문으로 보아 만약 나와 자신의 아내가 만나고 있었다는 생각이 들었다 하더라도, 그건 아주 최근에 떠오른 생각임이 틀림없었다. 그게 아니라면, 적어도 그는 그 순간 마치 그 사실을 최근에 알았던 것처럼 보이도록 아주 능숙하게 연기했음이 분명했다.

그가 내게 던진 질문은 이랬다. "내 아내랑 만나고 있었어요?" 제라드는 마치 그 생각이 막 떠오른 것처럼 물었다. 답은 물론 '그렇다'였고, 나는 당연히 그렇지 않다고 대답했다. 분노가 치밀었다. 그는 어떻게 그런 생각을 하게 된 것일까? 하지만 나는 알았다. 그 질문 뒤에 다른 질문들이 이어질 것이고, 얼마 지나지 않아 그는 자신의 아내가 그냥 사라진 것이 아니라는 사실을 알게 될 것이다. 그도 그럴 게 그의 아내가 돌아오지 못한 건 나 때문이니까. 내가 그녀를 죽였기 때문이니까.

그날은 해변에서 보내는 네 번째 날이었던 것 같다. 어쨌든 우리가 네 번째 만났을 때, 그녀는 자신과 제라드가 해변으로 여행 온 이유는 곧 이들 부부가 도시를 떠나 이사할 계획이기 때문이라고 털어놓았다.

"이사라고." 내가 되뇌었다.

그녀는 그렇다고 대답했다. 시골에 있는 작은 집으로 이사해 결혼 생활에 조금 더 전념할 것이라고. 두 사람은 서로에게 다시 헌신하며 새로 시작할 거라고 말했다.

"이것 참," 나는 우리 옆에 구겨진 침대 시트를 가리키며 말했다. "대단한 헌신이네."

그녀는 잠시 눈썹을 치켜 올렸다가 이내 표정을 풀었다. "아," 그녀가 말했다. "난 네가 이 여행이 마지막이라는 사실을 알고 있을 줄 알았어. 난 지금 마지막 인사를 하려는 거야."

그 말은 진실이었다. 다만 그녀가 이런 식으로 나온 건 한두 번이 아니었다. 그러니 어떻게 진지하게 받아들일 수 있었겠는가? 하지만 두 사람이 떠난다는 계획을 알게 된 이후로, 어쩌면 이번에는 그녀가 정말 헤어질 결심을 한 것일 수도 있다는 생각이 강하게 머리를 스쳤다.

나는 뭐라고 말했던가? 정확하게 기억나지는 않지만, 그때의 애원과 절망감, 그리고 수치심은 잊히지 않았다. 그녀는 자신도 *이런 식으로 끝내고 싶었던 것은 아니라고* 항변했다. 나는 그녀가 결혼 생활에 '다시 헌신할 수 있도록' 이 부정한 관계를 아름답게 정리하고 싶어 한다는 사실을 깨달았다. 그렇게 모든 것이 갑작스럽게 끝났다. 아니, 그녀가 끝냈다. 그녀는 입을 굳게 다물고 아무 말 없이 급하게 옷을 입은 다음 도망치듯 오두막을 나가 버렸다.

그녀가 떠난 뒤 나는 침대에 누워 천장을 응시했다. 그리고 생각했다. 내가 느낀 수치심의 정도를 생각했다. 그러다 궁금해졌다. 만약 내가 기다린다면 그녀의 결혼 생활은 끝나게 될까? 그녀가 말한 이 마지막 시도가 틀어지면 그녀는 나에게 돌아올까? 나는 누군가에게 빌린 이 숙소 안에서 침대에 누워 내 삶과 그녀의 삶을, 지난 몇 년간 이따금 방황하며 잠깐씩 제라드를 떠나 내게서 안정을 찾으려 하다가도 늘 그에게 다시 돌아가던 그녀의 모습을 생각했다. 그리고 내 머릿속에서 그녀는 설사 그가 죽는다고 하더라도 내가 아닌 다른 사람, 제라드와 비슷한 사람을 찾아갔다. 나는 내가 그녀와 함께할 수도, 그녀에게서 벗어날 수도 없으며, 해가 갈수록 서서히 메말라 가는 삶을 살다가 결국 아무것도 아닌 사람이 될 것이라는 사실을 깨달았다. 어떤 식으로일지는 알 수 없으나 그녀가 목숨을 잃는 그런 행운이 따라 자유를 얻기 전까지, 나는 결코 자유로워질 수 없을 것이다.

그렇게 아주 천천히, 아주 조금씩 내 안에 분노와 수치심이 자라났고, 나는 결국 그녀를 죽이기로 했다.

생각했던 것보다는 훨씬 수월했다. 나는 스노클링 장비와 가면을 쓰고 그 두 사람의 숙소 근처에 있는 언덕에 숨어 기다렸다. 그렇게 한두 시간쯤 기다렸고, 두 사람이 수영복을 입고 숙소를 나서는 모습이 보이자 바다에 들어가 그들에게 다가갔다. 얼마 지나지 않아 물 밑에서 창백한 두 다리가 보였고, 나는 그 다리의 주인이 그녀라는 것을 바로 알아보았다. 나는 최대한 주의하며 자리를 잡았다. 그녀 남편의 다리가 구부러진 것처럼 보일 만큼 커다란 파도가 부서지자 두 사람은 등을 돌려 해변으로 향했고, 나는 그 순간 그녀의 다리를 잡아채 바닷속으로 끌어 내렸다. 처음에 그녀는 너무 놀라 저항도 못 했다. 잠시 뒤 그녀가 정신을 차리고 막 도망가야겠다고 생각했을 때, 나는 다시 그녀를 끌어당겨 아래쪽으로 누르며 숨을 쉬지 못하게 막았다. 그녀는 거세게 저항했고, 거의 빠져 나갈 뻔하기도 했다. 그녀는 몸부림치다 손으로 내 가면을 목까지 끌어 내렸다. 하지만 그녀는 가면이 있었다는 사실보다 내가 누구인지 알아보고 더 큰 충격을 받았고, 나는 숨이 모자라기 직전까지, 그녀가 숨이 다해 익사할 때까지 스노클링 장비를 입에 물고 있었다. 그다음 그녀의 시체를 잠시 내버려 둔 채 가면을 다시 고쳐 쓰고, 스노클링 장비에 고인 물을 비운 다음 그녀를 천천히 물 밖으로 끌어내 암초 한구석에 올려놓았다. 그러고는 칼로 그녀의 목을 그었다. 일 년 뒤 그녀의 남편을 죽일 바로 그 칼이었다. 나는 상어들을 몰려들게 할 그녀의 피가 물속에서 꽃처럼 천천히 피어나는 모습을 바라보다가 그녀의 시체가 그대로 어두운 바닷속으로 서서히 가라앉게 놔두었다.

나는 그날 다시 집으로 돌아왔다. 그리고 그곳에서 제라드가 상실감에 빠진 채로, 아내에게 무슨 일이 생긴 것인지 알지 못한 채로 돌아올 때까지 기다렸다. 그다음 제라드를 위로하며 안심시켰다. 물론 이는 말할 필요도 없이 그가 나를 의심하지 않는다는 확신을 얻고 싶어서였다. 결국, 마지막까지 나는 그의 아내가 제라드에게 우리 관계에 관해 어떤 내용을 발설했는지 알 수 없었다.

하지만 오랫동안 나는 그가 아무것도 모른다고 확신했다. 다만 그가 보냈던 그 눈빛, 그가 나를 바라보며 생각에 잠겼던 그 짧은 순간들이 내게서 확신을 앗아 갔다. 그 순간들 때문에 지금 나는 이 집 창고 안 간이침대에 앉아 그의 시체가 누워 있는 방문을 바라보게 되었다.

나는 최대한 주의를 기울여 흔적을 정리했다. 물 묻힌 천으로 집 안 곳곳을 전부 닦아 내어 지문을 지웠다. 그리고 집을 떠나기 직전, 벽난로에 불을 붙인 다음 가스레인지를 약하게 틀어 두었다. 그러고는 차를 타고 아주 느릿하고 여유로운 속도로 운전해 시내로 돌아왔다. 제라드의 집이 불길에 휩싸였을 때쯤 나는 이미 그곳으로부터 수 킬로미터쯤 떨어져 있었다.

그 이후로 나는 이곳에 혼자 있다. 누구에게도 의심받지 않고, 한 명이 아니라 두 명의 친구를 배신한 채로. 나는 후회하는 것일까? 그렇지 않다. 하지만 그렇기도 하다. 사실 내 감정이 어떤지 잘 알지 못한다. 그들이 나오는 꿈을, 그들의 죽음과 관련된 꿈을 자주 꾸긴 하지만. 바닷물에 천천히 번지는 그녀의 피가, 칼로 목을 그었을 때 벽에 흩뿌려지던 그의 피가 꿈에 나오긴 하지만. 나는 침대에 누워 꿈을 꾸고 귀까지 울리는 심장박동을 들으며 깨어난 뒤 생각한다. *상황이 지금과 달라질 수 있었을까? 우리 모두가 살아 있을 수 있었을까? 모두 행복하게?*

그러나 아침이 밝아 올 때쯤 나는 생각한다. 그렇지 않았을 것이다. 모든 일은 분명 이렇게 흘러갔을 것이다. 그들이 했던 그대로.

# 심장들

　그 남자는 막대기로 상자의 윗부분을 열고 미끄러지듯 손을 집어넣었다. 검은색으로 칠해진 상자 윗부분에는 힘차게 뛰는 심장 반쪽이 그려져 있었다. 우리는 그의 머리와 가슴, 경련하듯 움직이는 어깨, 눈 한 번 깜빡이지 않는 공허한 시선을 바라보았다. 그의 두 손이, 그다음으로 두 팔의 팔꿈치 부분이 상자 안으로 사라졌다. 그리고 마침내 굽혔던 몸을 폈을 때, 그의 손과 팔은 피에 흠뻑 젖어 있었다.

　무언가가 잘못됐음을 우리는 언제 깨달았던 걸까? 내가 말할 수 있는 것은 내 생각뿐이다. 나는 이 순간까지도 모든 게 그저 연극의 일부이고 극적인 효과를 위한 것이라고 믿고 있었다. 심지어 그가 자신의 팔에 흐르는 피를 멍하니 바라보고 있었을 때도, 지원자 다섯 명이 무대 위에서 심장을 움켜쥐고 한 명씩 쓰러질 때까지도 나는 그렇게 믿었다.

그로부터 한참 뒤까지 그는 못 박힌 듯 움직이지 않았다. 그러다 몸을 돌렸고, 여전히 바로 눈앞에 고정된 자신의 두 손을 움직이지 못한 채 피로 끈적해진 손가락 사이로 쓰러져 있는 지원자들을 바라보았다. 그는 우리가 놀라지 않도록 천천히 다시 상자 쪽으로 몸을 돌려 그 안으로 기어 들어갔다. 그러고는 막대기를 발로 차 그대로 상자 뚜껑을 닫았다.

아무도 움직이지 않는 짙은 침묵이 몇 분간 흐른 뒤, 우리는 무대로 올라가 뚜껑을 열었다. 상자 안에는 아무것도 없었고, 마치 누군가 핥아 낸 것처럼 살짝 축축했다. 피도, 그의 흔적도 전혀 찾아볼 수 없었다.

우리가 지원자들을 묻고 상자를 불태우고 나서도 한참이 지난 뒤. 내가 할 수 있는 일은 하나뿐이었다. 그 모든 것을 믿지 않는 것, 언제라도 내 바로 뒤에 나타나려 하는 그를 느끼지 않는 것.

# 얼룩

1.

악셀은 함선 안쪽에 있는 얼룩을 보았다. 눈을 깜빡여도 보고 비벼도 보았다. 얼룩은 그대로였다.

"쿼리," 그가 이어서 물었다. "지금 내가 보고 있는 게 뭐지?"

목소리가 응답했다. *저는 당신이 무엇을 보고 있는지 모릅니다. 당신의 눈앞에 있는 것이 무엇인지만 알 수 있습니다.*

"그래 알았어," 그가 고쳐서 말했다. "그래서 지금 내 눈앞에 있는 게 뭐야?"

목소리는 대답하지 않았다. 왜 대답하지 않는 것일까? 분명 그가 무슨 말을 하는지는 알아들었을 것이다. 그러다 그는 절차를 기억해 냈다.

"쿼리, 지금 내 눈앞에 있는 게 뭐야?"

목소리가 바로 대답했다, *칸막이 벽입니다.*

"아니, 그거 말고. 바로 저기 있는 거. 뭔가 더 있어."

머릿속에서 목소리가 대답했다, *당신의 헬멧 내부 화면입니다.*

"아니야," 악셀이 고개를 저었다. "그것도 아니야." 그는 함선에 자신의 헬멧을 벗겨 달라고 명령했다. 그러자 칸막이 벽에서 크롬으로 된 갈고리가 튀어나와 그의 머리에서 재빠르게 헬멧을 벗겨냈다. *왜 이런 식으로 하는 걸까? 그는 의아했다. 집중 자기장 같은 것을 설치하면 훨씬 쉽지 않을까? 자신을 불안하게 만드는 것이 함선의 의도인 걸까?*

악셀이 다시 함선을 쳐다봤다. 얼룩은 여전히 칸막이 벽 바로 앞, 그의 머리 위에서 불과 몇 인치 떨어진 곳에 있었고, 길이 1미터에 폭은 50센티미터 정도였다. 그는 손을 뻗어 얼룩을 만져 보려 했지만, 벨트로 묶여 있어 얼룩에 다가갈 수 없었다. "쿼리," 그가 다시 말했다. "지금 내 눈앞에 대체 뭐가 있는 거지?"

*칸막이 벽입니다,* 목소리가 단언했다.

"아니, 나랑 칸막이 벽 사이에 있는 것 말이야."

오랜 시간 동안 목소리는 아무 대답도 하지 않았다. 질문 방식이 잘못되었던 것일까? 쿼리라고 다시 말해야 했을까? 그러던 그때, 마침내 목소리가 주저하는 듯 말했다.

*대상을 제대로 보고 있습니까? 해당 대상이 시야 중심에 와 있습니까? 대상이 시야 중심에 오지 않았다면 그것을 보고 있는 것이 아닙니다. 당신은 단지 그것을 기억하고 있는 것입니다.*

악셀은 그 얼룩이 시야 중심에 올 때까지 자신의 의자를 재조정할 것을 함선에 지시했다. 그러고는 얼룩에 초점을 맞춰 바라보았다. 그는 그렇게 눈도 깜빡이지 않고 얼룩을 응시했다.

"쿼리," 악셀이 다시 말했다. "지금 내 눈앞에 있는 게 뭐지?"

칸막이 벽입니다, 목소리가 말했다.

"아니야," 그가 짜증 섞인 목소리로 대답했다. "칸막이 벽 앞에 있는 것 말이야."

당신의 눈과 칸막이 벽 사이에는 아무것도 없습니다.

하지만 그곳에는 무언가가 있었고, 그의 눈은 그것을 보고 있었다. 살짝 투명해 보이긴 해도 분명 얼룩이 존재했다. 그는 자신이 그것을 보고 있다고 확신할 수 있었다. 대체 그건 무엇이었을까?

당신의 눈앞에 있는 것이 무엇인지는 알려 드릴 수 있지만, 당신이 무엇을 보고 있는지는 알려 드릴 수 없습니다. 묻지도 않았는데 목소리가 갑자기 말했다. 악셀은 그 목소리가 생각했던 것보다 머릿속 깊은 곳까지 들어와 그의 생각까지 읽게 된 것은 아닐까 궁금해졌다.

### 2.

함선이나 목소리와 관련된 문제를 떠나 악셀은 아주 오랜 시간 혼자 있었다. 그는 함선에 끈으로 묶여 있었으며, 함선은 그를 죽게 하지 않으려고 며칠간 천천히, 하지만 엄청난 속도가 될 때까지 가속했다.

악셀은 함선을 영원히 떠날 때까지 의자에서 일어나지 못한 채 그대로 묶여 있어야 했다. 이제 의자는 그의 몸과 거의 완전히 한 몸이 되어 자신의 몸이 어디까지고 어디부터가 의자인 건지 기억하기 힘들 지경이었다. 정신이 들었을 때, 그는 자신에게 육체가 없는 것 같은 느낌을 받았다. 팔다리는 말할 것도 없고, 아주 조금만 몸을 움직이려 해도 엄청나게 힘을 쏟아야 했다.

함선은 악셀의 헬멧 안 화면에 감속이 시작되기 전까지 몇 달, 며칠, 몇 분, 몇 초가 남았는지를 나타내는 카운트다운 화면을 띄워 두고 있었다.

*화면 종료,* 그가 속삭이자 함선은 카운트다운 화면을 작은 붉은색 픽셀로 바꾸었다.

그는 왜 깨어난 것일까? 원래 깨어나기로 되어 있던 것일까? 그는 여전히 혼미하고 어지러운 상태였다. 어쩌면 정신이 든 게 아닌 아직 꿈을 꾸고 있는 것일 수도 있다. 그는 절대 이 함선 안에서 깨어나서는 안 되었다.

*내가 왜 깨어난 거지?* 그가 속삭이자 헬멧 내부 화면에 마치 누군가가 글을 쓰는 것처럼 단어들이 곧바로 나타났다. 함선이 대답하는 것이었다.

*보존 장치에 예상하지 못한 문제가 생겼습니다,* 화면에 나타난 문장이었다.

*무슨 문제?* 그가 물었다.

*보존 장치 컴포넌트 3/9aOxV.*

*뭐라고?* 그가 말했다. 함선은 그가 전혀 이해할 수 없는 도식들을 화면에 띄웠다.

그러니까 그는 이 여정이 끝날 때까지 보존되지 못할 것이라는 의미였다. 그가 죽게 될까? 함선은 악셀이 죽지 않을 것이라고 단언했다. 함선은 외부에 있는 분자를 영양분으로 바꾸어 의자를 통해 그에게 영양분을 공급할 것이다. 그렇다면 배변도 의자에 앉아서 해결해야 하는 걸까? 함선은 아니라고 말했다. 그가 장치에 의해 보존되는 동안 함선이 대신 수행해 왔던 근육과 신경 자극을 계속할 것이기 때문이었다. 다시 말해 그의 몸은 끊임없이 경련하듯 움직여 왔고 근육은 수축과 이완을 반복했지만, 이는 그가 한 것이 아니었음을 의미했다. 함선이 그 모든 걸 해 주고 있었다.

악셀은 머리를 식힐 무언가를 부탁했다. 함선은 헬멧 내부에 작은 화면을 띄워 현재 지나고 있는 우주 공간을 보여 주었다. 검은 어둠 속 점 같은 빛 몇 개가 보였다. 그는 음악이라든지 드라마 같은 것은 없냐고 물었다. 그런 것은 없었다. 그는 절대 깨어나서는 안 되었다. 아니, 그뿐만 아니라 그 누구도 이 함선 안에서 깨어나서는 안 되었다. 함선이 그에게 보여 줄 수 있는 것은 바깥의 우주와 도식들뿐이었다.

악셀은 혹시 자기가 어떤 이야기를 들려주지는 않았을까, 함선이 그 이야기를 기억하고 다시 그에게 들려줄 수 있지는 않을까 기대했다.

실제로 함선은 그가 한 이야기들을 다시 들려주었다. 그가 해 줬던 말 그대로. 그가 이야기를 만드는 방법을 가르쳐 주자 함선은 그가 들려준 이야기들을 기묘하게 섞어 말이 안 되는 이야기를 만들어 냈다.

그래서 악셀은 그저 도식들을 응시하고, 헬멧 안에 펼쳐지는 우주 공간을 바라보고, 칸막이 벽의 곡선을 눈으로 훑었다. 그는 자고, 일어나고, 다시 잠을 잤다. 한 번도 음식을 먹지 않았지만, 정맥으로 영양분이 주입되고 있었기에 굶주리지 않았다. 적어도 처음에는 그랬다. 그는 자신의 몸이 쇠약해지는 것을, 지방 한 움큼도 남지 않고 말라 가는 모습을 보았다. 슈트도 점점 헐거워졌다.

*내가 죽지 않을 만큼 영양분을 충분히 공급받고 있다고 생각해?* 그가 물었다.

*엄밀히 말하면,* 함선이 대답했다. *당신은 생존에 충분한 영양분을 공급받고 있습니다.*

목소리는 그가 이 함선에서 혼자 깨어난 지 몇 주가 지났을 무렵부터 들려왔다. 맨 처음에는 목소리를 들었다기보다 느낀 것에 가까웠는데, 무언가가 그에게 말하고 있는 것 같다는, 아니 그에게 말을 걸려는 것 같은 기묘한 느낌을 받았다. 함선의 목소리였을까? 처음에는 함선이 맞다고 생각했다. 하지만 말투가 달랐다. 게다가 그 목소리에 관해 묻자 함선은 어딘가 당황스러워하는 것 같았다.

며칠, 아니 몇 주 동안 악셀은 가만히 듣기만 했다. 그는 함선의 소음을 걸러 내는 법을 터득하고 그저 기다리며 귀를 기울였다. 목소리는 일반적인 소리와 달리 마치 그가 들을 수 있는 주파수를 살짝 벗어나 그의 고막을 미세하게 울리는 것 같았다. 그는 말을 걸면서 목소리가 다시 그에게 말을 걸도록 유도했고, 그러다 놀랍게도 불현듯 목소리가 대답해 왔다.

그 목소리와 대화하려면 반드시 따라야 하는 정형화된 규칙이 있었고, 목소리가 대답하게 만드는 패턴도 있었다. 악셀은 충분히 헤매며 천천히, 조금씩 그 규칙을 배워 갔다. 목소리는 그가 알고자 하는 것을 항상 대답해 주지는 않았다. 그가 알지 못하는 것은 아직도 많았다.

## 3.

*함선,* 악셀이 속삭였다. *내 헬멧 좀 다시 씌워 줘.*

창백하고 긴 팔에 달린 크롬 갈고리가 경이로울 만큼 섬세한 움직임으로 바닥에 있던 헬멧을 주워 그의 머리에 다시 씌워 주었다. 헬멧이 제대로 고정되자 그의 눈에 다시 얼룩이 보였다. 여전히 그자리에 그대로 있는 얼룩이. 그 목소리가 하는 말은 중요하지 않았다.

그는 다시 한번 얼룩에 관해 물었다.

*그곳에는 아무것도 없습니다,* 대화 프로토콜을 따르지 않았는데도 목소리가 다시 말했다. *이미 얘기했잖아요.*

"너한테 물어본 거 아니야." 악셀이 말했다. "함선에 말한 거지."

하지만 함선은 응답이 없었다. 그의 눈앞에 있는 내부 화면에는 아무것도 뜨지 않았다.

"내 인터페이스를 망가뜨린 거야?"

함선도, 그 목소리도 대답하지 않았다.

"쿼리, 내 인터페이스를 망가뜨렸어?" 그가 물었다.

*쿼리,* 그 목소리가 대답했다. *인터페이스라는 건 뭐죠?*

인터페이스, 인터페이스. 이상한 단어라고 그는 생각했다. 인트

*라페이스intraface*라고 하면 얼굴face의 안쪽intra이라는 뜻이니 말이 된다. 하지만 *인터페이스interface*는 얼굴 사이라는 뜻이다. 얼굴 사이라니, 그게 대체 무슨 뜻이란 말인가?

"쿼리," 악셀이 입을 뗐지만, 그 목소리가 곧바로 말을 끊었다. *물어보지 마세요.*

이제 그 목소리에는 어조가 있었다. 이전에도 그랬던가? 이전에도 이렇게 비웃는 듯한 어조로 말한 적이 있었던가? 대체 그 목소리는 뭐란 말인가? 그와 무슨 관련이 있는 것일까? 왜 그는 목소리가 하는 말을 들을 수 있는 것일까? 왜 그는 겁에 질리지 않은 것일까?

하지만 아무리 노력해도 그는 두려움을 느낄 수 없었다. 어쩌면 그 목소리가 그렇게 만든 것일 수도 있었다.


그의 팔은 이제 피부로 감싼 막대기보다 조금 나은 정도였다. 눈으로 보고 있어도, 그 팔이 자신의 것이라고는 도저히 믿어지지 않았다. 사실 보면 볼수록 전혀 팔처럼 보이지 않았다.

그런데 슈트는 언제 벗은 것일까? 왜 그는 맨 팔을 보고 있었던 것일까? 그리고 왜, 슈트를 입지 않는데 헬멧은 쓰고 있었던 것일까?

*잠깐. 애초에 헬멧을 쓰고 있긴 했나?*


그의 시선이 미끄러지듯 얼룩에 닿는가 싶더니 이내 길을 잃었다. 곁눈질로 보면 그 얼룩은 정말 존재하는 것 같았고, 거의 익숙하게 느껴질 정도였다. 악셀은 그 얼룩을 보면서도 동시에 보지 않으려 해 봤다. 마치 처음 그 목소리를 들었던 때처럼 무언가를 느끼는 것 같으면서도 그렇지 않은 듯한 느낌. 그것이 무엇이든 간에 우연히 이 세상에 나쁜 영향을 미치게 되었고, 어떤 이상이 생겼기 때문에 보이게 된 것 같았다.

*만약 그 이상이 나라면?* 그는 생각했다.

*아니, 이건 그 목소리의 생각인가?*

좀 더 가까이 가면 보일 수도 있다. 어쩌면, 어떤 방향으로 비스듬히 시선을 틀면 보일 수도 있다.

*함선*, 악셀이 속삭였다. *의자를 앞으로 움직여 줘.*

하지만 의자는 움직이지 않았다. 함선은 그에게 응답하지 않고 있었다. 어쩌면 함선은 그 얼룩과 마찬가지로 더는 그의 존재를 인지하지 못하는 것일 수도 있다.

악셀은 눈을 떼지 않고 계속해서 눈앞의 얼룩을 응시했다. 그는 마음 한구석에서 그 얼룩 역시 자신을 바라보고 있다는 느낌을 받았다. 얼룩도 그를 응시하고 있다는 느낌. 정말 그런 것일까? 아니다. 그것은 그냥 얼룩일 뿐이다. 얼룩은 무언가를 응시할 수 없다.

악셀은 조금만 더 가까이 다가갈 수 있다면 그 얼룩을 분명히 볼 수 있을 거라고 확신했다. 거의 확신했다.

시간이 흘러갔다. 몇 년 정도, 실제로는 아니라고 하더라도 몇 년처럼 느껴지는 시간이 지났다. 악셀은 다시 자신의 팔을 바라봤고, 여전히 그의 팔은 팔처럼 보이지 않았다. 그는 갈고리를 들어 올리고 잠금장치를 푼 다음 자신을 구속하던 벨트들이 분리될 때까지 밀어냈다. 그러자 그의 팔은 더욱더 팔이 아닌 것처럼 보였다.

그는 엄청난 노력 끝에 겨우 의자에서 벗어날 수 있었다. 그리고 그보다 더 애를 써서 겨우 갑판까지 기어갈 수 있었다. 몸을 돌려 위쪽을, 그 얼룩을 바라보기 위해서는 그보다도 더 큰 노력이 필요했다.

그 얼룩은 그곳에 있었을까? 얼룩은 그곳에 있었다. 각도가 달라져 조금 더 크게 보이기는 했지만. 얼룩은 어떤 얼굴 같았다. 인간의 얼굴에 가까웠다. 그는 조금 더 가까운 곳으로 기어가 다시 올려다보았다. 기묘하게 왜곡된 모양이었지만, 여전히 얼룩져 있었다. 그래, 이건 얼굴이다. 아마도. 그는 머리가 칸막이 벽에 닿을 때까지 기어가 다시 위쪽을 쳐다봤다. 그래, 얼굴이다. 그것도 그와 아주 비슷하게 생긴 얼굴. 아니, 그것은 그의 얼굴이다. 그는 혼란스러워하며 그것을 응시했다.

잠시 뒤 그 얼굴이 미소 지었다. 이를 다 드러내는 딱딱한 미소였다.

아니, 정확히는 입 안에 있는 것이 치아였다면 그랬을 것이다.

4.

그들은 그 작은 우주선을 꼼꼼히 살폈다. 해로운 물질도, 이전에는 보지 못했던 이상 생명체도, 특별히 주의해야 할 것도 없었다.

그래도 그들은 사람들을 들여보내기 전 그 우주선을 정박시킨 다음 계속해서 주의를 기울이며 몇 주간 격리했다.

그 남자는 의자에서 벗어나 눈을 크게 뜨고 함선의 칸막이 벽 윗부분을 응시하고 있었다. 의자에서 자신을 구속하던 벨트들을 끊어 낸 것 같았고, 두 다리에는 튜브와 전선들이 엉켜 있었는데, 그 중 대다수는 아직 남자의 몸에 연결되어 있었다. 말라붙어 색이 바랜 액체가 남자의 뒤쪽으로 길게 이어졌다. 남자의 목은 인간의 신체 구조상 도저히 불가능한 각도로 꺾여 있었고, 시체는 피 한 방울 없이 미라처럼 건조했다.

"슈트는 어디 있는 거지?" 기술팀 직원 하나가 말했다.

다른 한 명이 어깨를 으쓱했다. "모르겠어."

"팔은 대체 어디로 간 거야?"

"팔? 이건가?"

그것은 일그러진 데다 뼈보다 약간 살이 붙은 정도였다. 남자가 가까이 다가가 신발로 그 팔을 눌러 보았다. 한쪽으로 기울어진 그 시체는 거의 비어 있는 것 같았다. 그가 발을 떼자 시체는 앞뒤로 흔들리다가 서서히 멈추었다.

그가 앓는 소리를 냈다. "이 남자는 어떻게 하지?"

"소각해야지."

"우주선은?"

다른 한 명이 오랜 침묵 끝에 대답했다. "그건 부술 필요 없어. 우리가 인양하자."

남자는 그렇게 말하면서도 다른 곳을 보고 있었다. 그는 칸막이 벽 아주 위쪽, 벽이 천장과 이어지는 굴곡 근처를 응시하는 듯했다. 남자는 앞으로 한 발자국 걸어가 무언가를 만지려는 것처럼 허공으로 손을 뻗었다. 그러다가 다시 뒤로 물러나 장갑 낀 자신의 손을 가만히 바라봤다.

"왜 그래?" 팀원이 물었다.

"아무것도 아니야." 남자가 혼란스러워하며 대답했다. "뭔가 있는 것 같아서. 내 헬멧 안쪽에… 뭐가 묻었나 봐."

팀원은 고개를 끄덕였다. 그러고는 에어 로크로 향했다. 그러다 남자가 따라오지 않는다는 사실을 깨닫고는 멈춰 서서 뒤를 돌아봤다.

"안 와?" 팀원이 물었다.

"잠시만," 남자가 말했다. 남자는 한쪽 팔을 소매에서 빼내어 슈트 안쪽 가슴 위에 둔 상태였다. 그는 슈트와 헬멧이 만나는 곳으로 손가락을 올려 안쪽에서 헬멧 내부를 닦으려 하고 있었다.

"얼른 가자고." 팀원이 재촉했다.

"먼저 가." 남자가 애쓰며 말했다. "바로 따라갈게."


남자는 그곳에 혼자 서서 목과 헬멧 가장자리 사이에 손을 끼운 채 기다렸다. 분명 무언가를 봤다고 그는 확신했다. 거의 확신했다. 펄럭이는 띠 같은 무언가가 눈에 보였다고.

그게 뭐였지? 그는 생각했다.

아니, 그게 아니다. 정확히는 '쿼리: 그것이 무엇이었는가?'라고 생각했다. 그는 의아했다. 그래, 머릿속에 떠올랐던 생각은 분명 그것이었다. 이상한 사고방식이었다.

그는 손가락을 움직이며 마른침을 삼켰다. 그리고 가만히 기다리며 귀를 기울였다.

# 빛나는 세계

렉스 마설에게

**I.**

늦은 저녁 어느 순간, 던은 누군가가 자신을 따라온다는 사실을 깨달았다. 사실 정확하게 *깨달은* 것은 아니었다. 던은 술을 꽤 마셨고, 평소처럼 상황을 명확하게 판단할 수는 없었다. 하지만 자신들이 가는 곳마다 계속 똑같은 남자가 보였다.

"저 남자 또 있네." 던은 친구 카린에게 말했다.

"같은 사람인지 어떻게 알아?" 카린이 술에 취해 흐릿한 목소리로 물었다. "닮은 사람일 수도 있잖아."

"아니, 아니야." 던이 말했다. "그 사람이야. 금색 정장을 입은 남자. 금색 정장을 입은 사람이 또 있겠어?"

"금색 정장?" 카린이 말했다. "금색 정장을 입은 사람은 못 봤는데."

그녀의 말대로 던이 주변을 돌아봤을 때 그 남자는 보이지 않았다. 하지만 그는 금색 정장을 입고 그곳에 있었다. 이전에 갔던 술집에서도 마찬가지였다. 던에게 가까이 오지도, 그렇다고 멀리 떨어져 있지도 않았으나, 분명 거기 있었다. 그녀를 보지도 않은 채 먼 곳에 시선을 두고 있었기 때문에 던이 볼 수 있었던 것은 반짝이는 정장과 그 남자의 뒤통수뿐이었다. 대체로 잘 보이지 않았지만, 한 번씩 주위를 둘러보면 그가 있었다.

두 사람은 다음 술집으로 향했다. 던은 카린과 함께할 때면 늘 이렇게 시간을 보냈다. 술집 여러 개를 옮겨 다니며 술을 마시고, 기다리고, 주위를 둘러봤다. 가끔은 다른 사람들이 말을 걸 때도, 그렇지 않을 때도 있었다. 두 사람은 의자에 앉아 술을 주문했다. 술을 다 마시고 난 후에는 다른 술집으로 자리를 옮겼다.

다시 그 남자가 보였다. 반짝이는 옷을 입고 사람들 사이에 숨은 듯 숨지 않은 채로 고개를 돌리고 있었다. 남자는 고개를 살짝씩 끄덕였는데, 시끄러운 음악을 따라 부르는 것 같기도, 그렇지 않은 것 같기도 했다. 던에게는 남자의 얼굴이 보이지 않았으니 확실히 알 수 없었다. 남자는 누구와도 대화하지 않고 그저 그곳에 서 있었다. 던은 카린의 팔을 툭툭 치며 몸을 돌려 남자를 보게 하려 했지만, 카린은 그녀보다 나이가 많고 딱히 못생기지는 않은 어떤 남자와 이야기하느라 던에게 신경 쓸 겨를이 없었다. 카린이 마침내 몸을 돌렸을 때, 금색 정장을 입은 남자는 이미 사라진 후였다.

"그 남자를 또 봤어." 던이 말했다.

"금색 정장을 입은 남자?" 카린은 주위를 둘러보는 척했다. "너 정말 헛것 보는 거 아니야?" 이렇게 말하고서 카린은 몸을 돌려 예의 그 남자와 이야기를 이어 갔다.

*내가 헛것을 보는 것일 수도 있지,* 던은 생각했다. 어쨌든 이 술집에서 정장을 차려입은 남자는 없었고, 심지어 캐주얼한 업무 복장을 한 남자조차 찾아볼 수 없었다. 금색 정장을 입은 남자가 왜 이런 곳에 오겠는가?

던은 옆 사람과 이야기하는 카린을 내버려 두고 천천히 의자에서 일어나 금색 정장을 입은 남자가 있던 곳까지 술집을 가로질렀다. 남자는 흔적조차 없었다. 안쪽에 공간이 있는 것일까? 아니, 그런 것 같지는 않았다. 남자가 이곳을 떠났다면 자신의 바로 옆을 지나야 하지 않은가? *그냥 내 상상일지도 몰라,* 던은 그렇게 생각해 보려 했다.

"죄송하지만," 던은 자신이 마지막으로 남자를 봤던 곳 근처에 서 있던 여자 둘에게 말을 걸었다. "혹시 금색 정장을 입은 남자 못 보셨어요?"

"금색 뭐요?" 여자 하나가 말했다.

"지금 장난하는 거예요?" 다른 한 명이 가세했다. "그쪽은 누군데요?"

던은 천천히 자리로 다시 향했다. 자리에 돌아왔을 때 카린은 사라지고 없었다.


화장실에 갔을 수도 있다. 아마 곧 돌아올 것이다.

카린이 돌아오지 않자 던은 전화를 걸었다. 카린은 받지 않았다. 문자도 보내 두고 답장을 기다렸다. 카린이 그냥 떠나지는 않았을 것이다. 던은 술을 한 잔 더 주문해 몇 모금 마셨다.

그러던 중 누군가가 옆자리에 앉아 살짝 고개를 끄덕이며 인사했다. 그녀보다 나이가 많은 남자였고, 숨소리가 거칠었다. 잘생기진 않았지만, 딱히 못생기지도 않은 남자. 카린이 이야기하던 남자와 매우 닮은 남자였다. 이 남자가 그 남자일까?

"뭐 마셔요?" 남자가 물었다.

"아까 여기 있지 않았어요?" 던이 물었다. "제 친구랑 얘기하면서?"

남자는 던이 원하는 답이 무엇인지 모르겠다는 듯 혼란스러운 표정이었다. 마치 정답이 있기라도 한 것처럼. 하지만 그 질문에 정답은 없었다. 던은 그저 사실을 알고 싶었을 뿐이다.

남자는 이내 방향을 정한 듯했다. "글쎄요," 유혹하듯 능청스러운 목소리였다. "제가 그랬나요?"

던은 곧바로 자리에서 일어나 그 술집을 나갔다.


던은 옆 술집으로 걸어 들어가 그곳에서 카린을 찾아보았다. 그녀가 보이지 않자 그 옆에 있는 술집을 살펴보았다. 주변 술집을 모두 살펴본 후에는 반대로 돌아오며 이미 갔던 술집들에 다시 들어가 카린을 찾으려 했다.

그럴 계획이었다. 길 저 먼 곳에서 금색 정장을 입은 남자를 보지 않았다면. 다른 사람일 수도 있지만, 남자는 낯익은 정장과 뒷모습을 보이며 저만치 걸어가고 있었다. 하지만 한 도시에 금색 정장을 입은 남자가 몇 명이나 있을 가능성이 얼마나 될까? 던은 지금 보고 있는 남자가 다른 사람일 리는 없다고 생각했다. 그럴 수는 없었다.

던은 남자의 뒤를 쫓았다. 늦은 시간이었음에도 술집은 사람들로 붐볐고, 거리에는 아무도 없었다. 남자는 빠른 속도로 걷고 있었다. 던은 남자를 따라잡으려고 거의 뛰듯이 걸어야 했다.

술집의 창문과 열린 문 사이로 번쩍이는 불빛과 소음이 흘러나왔다. 그러다 조용하고 어두운 거리에 들어서자 소음과 빛이 점차 희미해졌다. 남자는 아직 그녀보다 약간 앞서 있었다. 가로등이 적어서 반짝이는 남자의 옷이 잘 보이지 않았다.

*지금 내가 뭐 하는 거지?* 던은 생각했다. *이건 위험해.* 하지만 그녀는 계속 남자의 뒤를 쫓았다.

그러다 남자가 속도를 줄인 건지, 그녀가 빨라진 건지, 둘 다인지는 몰라도 어느 순간 남자는 손을 뻗으면 닿을 정도로 가까워져 있었다. 모르는 사이에 어떻게 이렇게나 가까워진 것일까? 그렇게까지 취한 것일까? 던은 손을 뻗었다. 그녀의 손이 남자의 옷에 닿았고, 매끄러우면서도 서늘한 천이 손가락 사이로 스쳐 지나가자 그녀는 손을 더 길게 뻗어 남자의 어깨를 붙잡았다.

남자가 걸음을 멈추더니 그녀 쪽으로 얼굴을 돌렸다. 남자에게 얼굴이 있다면 그랬을 것이다. 얼굴이 있어야 할 자리에는 매끄러운 표면뿐이었다.

그것만으로도 충격적이었지만, 다음 순간 남자가 미소 지었다. 얼굴이 없는데도 미소를 짓는다는 사실은 훨씬 더 충격적이었다.

## 2.

그다음 무슨 일이 벌어졌던 것일까? 던은 확신하지 못했다. 어떻게 확신할 수 있겠는가? 그 남자가 미소 지었을 때, 원래는 불가능해야 하는데도 얼굴이 없는 채로 미소 지었을 때, 그녀 안에 있는 한 부분, 생각하는 능력이라는 한 부분이 날아가 버린 듯한 느낌이었다. 던에게 남은 것이라곤 이성적으로 이해할 수도, 서로 연결할 수도 없는 여러 인상의 파편들뿐이었다.

남자는 그녀에게 손을 뻗지 않았다. 그저 그녀를 바라보기만 했다. 얼굴이 없었으니 정확하게 그녀를 본 것은 아니었지만. 남자는 던이 있는 방향으로 머리를 돌렸다가 도망가듯 뒷걸음질 치기 시작했다. 던은 마치 최면에 걸린 것처럼 남자를 쫓아갔다.

남자는 조금도 주저하지 않고 순조롭게 나아갔다. 길을 모른다면 불가능한 움직임이었다. 던은 남자에게 얼굴이 아예 없는 것인지, 아니면 머리카락 아래처럼 잘못된 곳에 숨겨져 있는 것은 아닌지 궁금했다.

남자는 마치 앞이 보이는 것처럼 지체 없이 뒷걸음질로 거리를 따라 내려갔다. 어쩌면 길을 외우고 있는 것일 수도 있다. 남자는 뒤로 걸으며 어느 건물의 문으로 향했다. 그러고는 문에 등을 기대며 두 손을 뒤로 옮겼다. 던은 남자가 잠금장치를 여는 소리를 들었다. 잠시 후 문이 안쪽으로 열렸다.

남자의 뒤쪽으로 비좁은 입구와 계단이 보였다. 남자는 계속해서 뒷걸음질로 미끄러지듯 계단을 올랐다. 어느새 남자는 계단 맨 위에 있는 복도에 다다랐고, 던은 그 뒤를 쫓아갔다. 그녀는 자갈처럼 울퉁불퉁한 유리 창문이 있고 문에는 회사 이름이 적힌 사무실들을 지났다. 다음 순간, 남자가 화장실로 보이는 문 앞에 멈춰 섰다. 문에는 사람 형상을 한 이미지가 그려져 있었다. 남자는 문을 열고 그녀가 들어올 수 있도록 문을 잡아 주었다.

던은 남자의 팔 아래로 몸을 숙여 문 안쪽으로 들어갔다. 안쪽은 조명이 흐릿해 거의 어둠에 잠겨 있는 것처럼 보였다. 그녀는 남자도 방 안으로 따라 들어올 줄 알았지만, 남자는 방으로 들어오지 않았다. 남자는 방 안에 그녀를 혼자 둔 채 문이 서서히 닫히게 놔두었다.

눈이 어둠에 적응하자 던은 그곳이 화장실이 아니라는 사실을 깨달았다. 더 정확히는 이곳이 방인지도 확신할 수 없었다. 벽이 곧지 않고 굽어 있었고, 수축과 이완을 반복하는 것 같았다. 마치 방이 숨을 쉬기라도 하는 듯이. 던은 몸을 돌려 나가려고 했지만, 문은 사라지고 없었다. 그녀 뒤에 있는 벽은 금색 정장을 입은 그 남자의 얼굴처럼 아무것도 없이 매끄러웠다.

던은 알코올 속을 헤엄치는 머리를 붙잡고 가만히 서서 기다렸다. 계속해서 기다렸다. *뭔가 일이 벌어질 거야*, 그녀는 생각했다. *분명히 무슨 일이 일어날 거야.* 하지만 아무 일도 일어나지 않았고, 던은 바닥에 앉았다.

아마 잠깐 잠이 들었을 수도, 그저 어딘가를 응시하고 있었을 수도 있다. 마침내 던은 자신의 주위에 무언가가 소용돌이치듯 지나다닌다는 사실을 다시 한번 깨달았다. 그것들은 실체가 없었지만,

그녀가 주의를 기울일수록 점점 실체를 갖춰 갔다.

한참 동안 그것들은 그저 생생한 색들이 섞이고 부딪히는 모습이었다. 그러다 실제로 그랬는지 그녀가 그렇게 보는 것이었는지 모르겠지만, 그것들은 점점 날카로워졌다. 던은 자신의 눈에 보이는 것이 사람 형상이라는 사실을 깨달았다. 한 형상이 그녀 앞에서 미끄러지듯 균형을 잃었고, 그러다 뒤따라오던 두 번째 형상이 첫 번째를 따라잡고는 껴안듯 감쌌다. 첫 번째 형상은 몸을 돌려 포옹을 받아들이는 것처럼 보였지만, 그 순간 두 형상 모두 밀려나며 두 번째 형상이 첫 번째 형상 위로 엎어졌다. 두 형상은 서로의 위에 올라타며 꿈틀거렸다. *운 좋네, 카린.* 왜 그 형상이 카린일 것이라고 확신했는지는 모르겠지만, 던은 그렇게 생각했다.

잠시 후, 던은 자신이 너무 속단했다는 사실을 깨달았다. 그녀는 형상들이 포옹한다고 생각했지만, 전혀 아니었다. 한 형상이 다른 형상을 죽이고 있는 것이었다.

던은 비명을 질렀다. 형상들은 그녀를 알아차리지 못했는데, 한 형상은 이미 움직임을 멈춘 채 바닥 전체에 퍼진 빛의 웅덩이 속에 쓰러져 있었기 때문이고, 다른 한 형상은 그녀의 목소리를 듣지 못했기 때문이었다. 던은 일어서서 벽인지 모를 벽을 두드리며 나가게 해 달라고 소리쳤지만, 아무도 대답하지 않았다. 그녀는 벽을 더듬어 문을 찾으려 했다. 그 험악한 무언극이 다시 시작되는 모습을 최대한 보지 않으려 노력했다. 잠시 후, 던은 무릎 사이에 얼굴을 묻은 채 숨을 고르고, 생각을 정리하고, 자신이 무엇을 할 수 있을지 계획을 세워 보려 애썼다.

그 순간, 어떤 생각이 그녀의 머릿속에 떠올랐다. 그녀는 그 즉시 자리에서 일어나 방 중앙으로 향한 다음, 최대한 자연스럽게 벽쪽으로 뒷걸음질 쳤다. 두 손으로 뒤쪽을 더듬어 보자 손잡이가 느껴졌고, 다음 순간 그녀는 문밖으로 나와 있었다.

## 3.

그래서였다. 던이 카린의 시신이 발견되기도 전에 그녀의 죽음을 알았던 것도, 몇 분 뒤 화장실이 아닌 그 화장실에서 뒷걸음질 치며 넘어졌을 때 충격받거나 놀라지 않았던 이유도, 여섯 블록 떨어진 자신의 차로 돌아가 카린의 집까지 운전해 간 뒤, 칼에 찔려 죽은 채로 바닥에 쓰러져 있던 친구의 시신을 발견한 이유도 모두 그 때문이었다. 하지만 던은 카린의 집에 도착하기까지 수 마일이 남았는데도 경찰을 부를 수밖에 없었다. 알고 있어서였다. 이미 알고 있었기 때문이었다.

던은 그 사실을 경찰에 말하지 않았다. 아무것도 말하지 않았다. 아니, 던은 경찰에 그저 카린이 자신과 함께 놀던 중 사라졌고, 그래서 카린을 찾아 온갖 곳을 살펴보다가 결국 그녀의 집에 가게 된 것이라고 설명했다.

*하지만,* 던은 말하면서도 궁금했다. *만약 금색 정장을 입은 그 남자를 따라가지 않고 카린의 집에 먼저 갔으면 어땠을까?*

그렇게 했다면 친구를 구할 수 있었을까? 아니, 둘 다 죽었을 것이다. 던은 확신했다.

그리고 그 후 몇 달 동안 눈을 감을 때마다 던은 볼 것이다. 금색

정장을 입고 완벽하게 뒤로 걷는 그 남자를. 얼굴이 없는데도 그녀
를 바라보며 자신을 죽음에서 구해 주려 하는 그 모습을.

# 방랑의 시간

맨 처음 그 강력한 충동을 느꼈을 때, 라스크는 좋은 직장에 다니고 있었고, 결혼을 약속한 사랑스러운 여자 친구이자 약혼자가 있었으며, 멋진 아파트에 살았다. 회사에서 자신이 속한 과의 분기별 평가를 입력하고 있던 라스크는 불현듯 누군가가 자신을 쳐다보는 듯한 느낌을 받았다. 몸을 돌려 주위를 확인해 보았지만, 아무도 없었다.

그는 다시 뒤돌아 분기별 평가서를 작성했다. 그러다 잠시 후 그 느낌을 또 받았다. 목 뒤의 털이 바짝 서는 듯한 느낌. 직장 동료일까? 이번에는 재빨리 뒤돌아 고개를 획획 돌리며 주변을 살펴봤지만, 여전히 이쪽을 보는 사람은 아무도 없었다. 오히려 동료들은 그가 왜 부산스럽게 주위를 둘러보는지, 무슨 일이 생긴 건지 궁금해하며 그 쪽을 쳐다보고 있었다.

라스크는 자리에서 일어나 화장실로 향했다. 그러고는 빈칸에 들어가 문을 닫고는 문 뒤쪽에 있는 작은 외투 걸이를 응시했다. 그는 기다렸다. 그때도 그가 자기 뒤에 따라붙는 시선을 느꼈을까? 그렇지는 않았다.

볼일을 보지는 않았지만, 그는 형식적으로 변기 물을 내렸다. 그런 뒤 세면대로 가서 얼굴에 찬물을 끼얹었다. 거울 속에는 평소의 그가 있었다. 어쩌면 평소보다 조금 더 초췌하고 조금 더 지쳐 보이기는 했지만, 여전히 분명 그 자신, 라스크였다. 그는 그대로 서서 거울 속 자신과 시선을 마주하며 머뭇거렸다.

그 순간 그는 다시 한번 느꼈다. 누군가의 시선이 목 뒤에 닿는 듯한, 감시당하고 있는 듯한 그 느낌을. 그는 거울을 통해 자신의 뒤쪽에 일렬로 늘어선 닫힌 문들을 살폈다. 문 밑으로 발이 보이지도, 움직임이 있지도 않았고, 인기척도 없었지만, 그런데도 그는 누군가가 자신을 보고 있다고 느꼈다.

라스크는 그 이상한 느낌을 떨쳐 버리려 했다. 다시 찬물로 세수하고는 자리로 돌아가 남아 있던 커피를 단숨에 마셨다. 눈으로 피가 쏠리는 것을 느꼈다. 감시당하는 느낌은 여전했다. 천장 구석에 감시 카메라가 있긴 하지만, 제대로 작동하는 카메라는 아니었다. 불도 들어와 있지 않았고, 끊겨 있는 전선이 훤히 눈에 보였으니까. 그런데도 그는 기다렸다. 그러다 자신이 관찰당하고 있지 않다는 생각이 든 잠깐을 틈타 카메라 렌즈에 종이를 붙였다. 그런데도 그 느낌, 누군가가 자신을 보고 있다는 느낌은 조금도 사라지지 않았다.

그는 모두가 떠날 때까지 기다렸다. 이제 사무실에 있는 사람이라곤 그 혼자뿐이었지만, 누군가에게 감시당하고 있는 듯한 느낌은 여전했다. 그는 사무실을 돌아다니며 바닥을 확인했다. 사무실에 있는 모든 컴퓨터의 전원을 끄기도 했다. 직원들의 책상에 놓인 가족, 남자 친구, 여자 친구의 사진들도 전부 뒤집어 놓았다. 라디오와 카세트 플레이어는 코드를 뽑아 책상 서랍에 넣었다. 그다음 자신의 자리로 돌아가 앉았다. 컴퓨터 전원은 꺼졌지만, 그는 무언가 타이핑할 것처럼 키보드 위에 손가락을 올려 두었다. 그리고 기다렸다.

잠시 후, 다시 시선이 느껴졌다.


*말도 안 돼*, 라스크는 생각했다. *나는 지금 정상이 아니야.* 하지만 이렇게 생각해도 감시당하는 느낌은 덜해지지 않았다.

집으로 돌아가자, 여자 친구가 팔짱을 낀 채 식탁 앞에 앉아 있었다.

"먼저 먹어야 할지 기다려야 할지 몰라서." 그녀가 말했다. "그래서 기다렸어."

"먼저 먹지 그랬어." 라스크가 말했다.

"늦으면 전화라도 해 줄 줄 알았지, 평소처럼."

"이렇게 늦은지 몰랐어. 시간 가는 걸 잊어버려서. 미안해."

두 사람은 미지근하게 식은 라자냐를 먹었다. 저녁을 먹은 후 여자 친구는 식탁 위에 카탈로그 몇 개를 펼쳤다. 그녀는 이런저런 웨

딩드레스, 테이블 세팅, 냅킨 접는 방법들을 보여 주며 라스크의 생각을 물었다.

"좋네," 그는 반쯤 정신이 나간 채 대답했다. "좋아, 좋아 보이네."

"오늘 왜 그래?" 참다못한 여자 친구가 물었다.

하지만 그것은 라스크조차 어떻게 대답해야 할지 모르는 질문이었다. 누군가가 나를 감시하고 있어, 같은 말도 이상했고 내가 계속 감시당한다고 망상하는 것 같아, 같은 말은 더더욱 이상했다. 정확한 것은 알 수 없겠지만, 진실은 그사이 어디쯤 있을 것이고, 그는 이것을 어떻게 설명해야 그녀가 이해할 수 있을지 갈피를 잡을 수 없었다.

그녀는 여전히 그를 쳐다보며 대답을 기다리고 있었다.

"피곤해서 그래." 라스크는 결국 이렇게 얼버무렸다.


그날 밤 여자 친구 옆에 누워 천장을 올려다보던 라스크는 감시당하는 느낌이 더 심해졌다는 사실을 알아차렸고, 서서히 두려움이 고개를 들기 시작했다. 그는 할 수 있는 한 두려움을 눌러 내고 침대에서 일어났다. 여자 친구는 살짝 뒤척였지만, 잠에서 깨지는 않았다.

라스크는 거실로 향했다. 가만히 앉아 책을 읽으려 했지만, 그 느낌이 끈질기게 뒤따랐다. 그는 자리에서 일어나 거실 한쪽에서 다른 쪽까지 서성거렸다. 조금은 기분이 나아지는 듯했지만, 그것도 잠시뿐이었다. 이번에는 주방까지 걸어가 보았다. 얼마간은 도움이 됐지만, 충분하지는 않았다. 얼마 지나지 않아 그는 현관문을 열고 복도로 나갔고, 성큼성큼 아파트를 걸어 나간 뒤 엘리베이터에서 다시 돌아왔다. 이내 그는 자신이 무엇을 하고 있는지 제대로 깨닫기도 전에 옷을 챙겨 입고 비상계단을 내려가 문밖으로 나갔다. 그렇게 아파트 근처에 있는 거리를 왔다 갔다 하는가 싶더니 다른 도시로 도망치듯 넘어가 버렸다.

## 2.

모든 일이 지나고 난 이후 그가 '방랑의 시간'이라고 부르게 된 날들은 그렇게 시작되었다. 그는 한 도시에서 다른 도시로 옮겨 다니며 같은 도시에 일주일 이상 머무르지 않았고, 음식은 훔치거나 구걸했으며, 다리 아래나 공원에서 잠을 청하면서 자신이 감시당하지 않는다는 생각이 들 때만 움직였다. 라스크가 정말 *감시당하고 있었을까?* 그로서는 알 수 없었다. 하지만 그는 무언가를 느꼈고, 그 느낌이 그의 불안감을 증폭시켰다. 그 불안을 완화하는 유일한 방법은 움직이는 것, 멈추지 않고 걷는 것, 즉 방랑하는 것이었다.

여러 도시를 옮겨 다니며 얼굴과 손이 햇빛과 바람에 상해 거칠어지고, 신발 밑창이 닳아 얇아지고, 옷은 땀과 얼룩에 절어 악취를 풍기게 되면서 그는 세상을 달리 보게 되었다. 그가 지금까지 지나온 도시는 수십 개에 달했고, 더 많은 곳에 가 볼수록 각 도시의 차이가 모호해졌다. 마치 같은 도시가 끊임없이 재배치되는 것처럼 도시의 인상이 점점 더 똑같아졌다. 내슈빌에 있으면서도 어떤 골목을 보며 *시카고*를 생각하기도 했다. 하지만 그는 거의 확신할 수 있었다. 이 골목은 그가 시카고에서 본 적 있는 곳이었다. 솔트레이크시티와 앨버커키에 있는 한 고가도로는 비슷하기만 한 것이 아니라 생각하면 할수록 완전히 똑같아 보였다. 심지어 이런 순간도 있었다. 누군가가 쓰레기통에 부러진 브로치, 가족사진 한 묶음, 구멍 뚫린 모자 같은 물건들을 버렸는데, 막상 쓰레기통을 열어 보았더니 아무것도 없었다. 그러다 며칠 뒤 다른 도시에서 다른 쓰레기통을 열었는데, 그 물건들이 그대로 나왔던 것이다.

모든 곳은 결국 *하나야*, 라스크는 그렇게 생각하기 시작했다. 얼마간은 그저 이론에 가까웠지만, 이제는 이론 그 이상처럼 보였다. 그는 자기 자신을 굳게 믿을 수만 있다면 이 공간의 조각들을 이용해 그 조각이 원래 존재하던 곳으로 이동할 수 있다고 확신하게 되었다. 그렇다면 허드슨 하이츠의 서쪽 180번가에 있는 한 쓰레기통에 들어가 사우스비치의 어느 나이트클럽 뒷골목으로 나올 수 있을 것이다. 그저 다른 도시에서 본 조각이 원래 어디에 있었는지만 잘 기억하면 된다. 눈을 감고 앞으로 나아간 뒤, 눈을 뜨면 다른 곳에 가 있을 것이다.

이 모든 일이 실제로 벌어지기 시작했지만, 라스크 내면의 한 부분이 제동을 걸었다. 이 상황이 현실일까, 아니면 스스로 만들어 낸 상상일까? 원래 도시는 그렇게 돌아가는 게 아니지 않나? 한 도시에서 다른 도시로 넘어갈 때 스스로 어떤 최면에 걸려 히치하이크를 했던 기억을 지운 걸까? 하지만 그가 누군가의 존재를 느낄 때마다, 또다시 감시당하는 느낌이 들 때마다, 그는 도시라는 직물 속 작은 결함들을 찾아냈고, 그것들을 통해 다른 도시로 갈 수 있었다.

그는 이따금 자신의 삶에 관해 생각했다. 지금까지 어떤 삶이었고, 앞으로 어떻게 흘러갈까 하는 것들을. 그는 자신이 아무 이유 없이 떠나왔다는 사실을 이따금 떠올렸다. 그리고 지금은 아무 이유 없이 방랑하고 있다. 그는 일, 여자 친구, 삶까지 모든 것을 포기했다. 하지만 그런 생각이 들기 시작할 때마다 그는 재빨리 자기 자신에게 집중했다. 그리고 생각했다. *아니야, 나는 떠나야 했어. 달리 내가 뭘 할 수 있었겠어?*

그래서 여정은 계속되었다. 라스크는 때로는 걸어서, 때로는 서로 겹치는 조각들, 한 도시와 다른 도시가 이어진 공간들을 이용해 여러 도시로 옮겨 다녔다. 아무 데서나 쓰러져 자고, 눈앞에 있는 것을 먹었다. 그는 언제든 자신을 찾아낼 수 있을 것만 같은 그 시선에 딱 한 발자국 앞서며 끊임없이 움직였다.

## 3.

그날 밤이 아니었다면 이런 생활이 영원히 계속되었을 것이다. 그는 샌프란시스코 베이뷰에 있는 죽은 나무 밑에서 잠을 청하고 있었다. 마치 쓰레기로 정성 들여 꾸민 것 같은 나무였다. 주위를 경계하던 그는 길 건너편에서 눈에 익은 무언가를 보았다.

당연히 눈에 익겠지, 그는 생각했다. 나흘 동안 이곳에서 저 건너편을 매일 봤으니까. 이제 다른 데로 옮겨야겠어.

하지만 얼마 안 되는 짐을 챙겨 쇼핑 카트에 실으려는 순간, 라스크는 불현듯 무언가를 기억해 냈다. 지금까지 그가 그것을 보지 못했던 이유는 그것이 이전에는 거기에 없었기 때문이다. 그것은 그날 밤에 그곳에 나타났다.

라스크는 그것을 조금 더 가까이에서 보기 위해 다리를 절며 카트를 끌고 길 건너편으로 향했다. 그것은 건물이었는데, 주변에 있는 다른 건물들과는 달랐다. *새로 지은 건가.* 맨 처음 그는 그렇게 생각했다. 하지만 건물을 손으로 만져 보고는 생각이 바뀌었다. *아니야.* 그 건물은 지어진 지 오래되었고, 벽돌은 여기저기 긁히고 닳아 있었으며, 벽돌 사이의 회반죽도 부서져 내리고 있었다. 그는 분명 이전에 본 적이 있는 건물이라고 다시 한번 생각했지만, 언제 어디서 본 것인지는 확신하지 못했다.

바로 그 순간, 라스크의 머릿속에 문득 그 건물을 언제 어디서 보았는지가 떠올랐다.


그는 문을 열고 들어가 건물 내부를 이리저리 돌아다녔다. 밖은 이미 밤이었지만, 건물 안쪽은 창문을 통해 들어온 햇빛으로 환했다. 그래서일까. 라스크는 그 어느 때보다 긴장하고 있었다.

그가 절뚝거리며 엘리베이터에 올라탔다. 엘리베이터 안에는 사람들이 있었지만, 그들은 라스크를 쳐다보지도 않았고 아예 인지하지도 못 했다. 어쩌면 그의 행색과 악취 때문일 수도, 혹은 뭔가 더 큰 이유가 있었을 수도 있다.

라스크는 엘리베이터에서 내린 뒤 칸막이 사무실로 가득한 방을 가로질러 이전에 자신이 앉던 자리를 찾아갔다. 어떤 면에서는 여전히 사용하는 자리이기도 했다. 그 자리에는 그가, 지금보다 젊은 그가 등을 돌린 채 컴퓨터 앞에 앉아 있었기 때문이다.

라스크는 가만히 서서 그 모습을 응시했다. *이제 누가 나를 보고 있었던 건지 알겠군.* 그러다 젊은 그가 짜증스럽게 몸을 돌려 지금의 라스크를 정면으로 응시했고, 그는 분명히 깨닫게 되었다. *나였구나.*

라스크는 자기 자신을 따라 화장실로 들어가며 젊은 그가 두려움에 집어삼켜지는 모습을 지켜보았다. 눈을 뗄 수가 없었다. 그는 집까지 자기 자신을 따라갔다. 그리고 자기 자신이 여자 친구와 저녁 먹는 모습을 지켜보았다. 이제는 몇 년이나 지난 일이었지만, 아직도 그 미지근한 라자냐의 맛이 입에 맴도는 듯했다. 그는 계속 바라보았다. 자신의 집에 계속 머무르며 침대에 기대어 지금보다 젊고 온전한 자신이 잠을 이루지 못하고 이리저리 서성이다가 결국 아파트를 떠나는 모습을 지켜보았다. 다시 돌아오기까지 몇 년이 걸릴 것이다. 지금의 라스크는 이를 잘 알고 있었다.

그 이후의 일은 다르게 흘러갈 수도 있었다. 라스크는 자기 자신을 따라다니며 계속 지켜볼 수도 있었지만, 그의 여자 친구가 잠에서 깨어 침대 밖에 나와 있었다. 그녀는 그를 보고 비명을 질렀다.

그는 그녀에게 다가가 어떻게 된 일인지를 설명하려고, 자신이 라스크이고 이는 그저 십 년 뒤의 모습일 뿐이라는 사실을 이해시키려고 했지만, 그녀는 이미 손에 집히는 모든 물건을 그에게 던져 대고 있었다. 그는 날아오는 물건들을 참아 내며 계속해서 설명하려했다. 그 순간 그녀가 던진 빈 와인 병이 라스크의 머리를 강타했다. 병은 깨지지 않았지만, 그 타격으로 그는 바닥에 쓰러졌다. 머리가 윙윙 울렸다. 일어나려 했지만, 바닥에 누워 있을 수밖에 없었다. 그는 그녀가 911에 전화하는 소리를 들으며 다시 한번 일어서려 애썼다. 무언가에 머리를 세게 맞아 정신을 잃을 때까지도 그는 계속해서 노력하고 있었다.

4·

평정을 찾기까지는 꽤 오랜 시간이 걸렸다. 처음에 그는 혼란스럽고 두려웠다. 더는 방랑하지 못한다는 사실을 견딜 수 없었다. 그동안 병원 직원 한 명과 라스크 사이에 어떤 사고가 있었고, 그다음 여러 직원과 더 큰 사건이 벌어진 후, 그는 구속복이 입혀진 채 비명을 지르며 수용실에 갇혀 꼼짝없이 누워 있어야 했다. 그는 확신했다. 움직이지 않는다면 죽게 될 거라고. 그는 계속해서 방랑하며 자신을 바라보는 그 시선보다 한 걸음 앞서 있어야 했다.

하지만 라스크는 서서히 평정심을 찾았다. 그리고 곰곰이 생각해 보았다. 이곳에서 누군가의 시선을 느꼈나? 아니, 그렇지 않았다. 게다가 이제는 자신을 지켜보는 사람이 다름 아닌 자기 자신이라는 사실을 알았으니, 상황은 완전히 달라질 것이다.

약을 먹으니 계속 정신이 혼미했다. 그렇게 나쁘지 않았다. 정신이 혼미해도 크게 상관없었고, 자신이 이곳에 있음으로써 젊은 자신에게 갈 수 없다면 과거의 자신을 괴롭힐 수도 없을 것이다.

싱 박사는 주기적으로 찾아와 라스크의 상태를 평가했다. 박사는 그에게 이곳에 처음 왔을 때 자신에게 들려준 이야기를 천천히 잊어버리려 노력하면서 다른 무언가, '믿을 만한' 무언가를 떠올려 보라고 지시했다. 그는 라스크가 아니었고, 라스크였던 적이 없었다. 그는 라스크보다 훨씬 나이가 많았다. 사실 여기까지도 받아들일 수 있었다. 하지만 그렇다면 과거의 그는 누구였을까? 왜 기억이 나지 않는 것일까?

"라스크에게 어떤 일이 일어났는지 아세요?" 싱 박사가 물었다. "그에게 무엇을 했습니까?"

그는 고개를 저었다. "라스크는 괜찮습니다," 그러고는 이렇게 덧붙였다. "안전해요."


"언젠가는 이곳에서 나가고 싶습니까?" 박사가 물었다.

"아뇨," 그가 대답했다. "이곳이 더 안전합니다."

"더 안전하다고요? 무엇으로부터요?"

"바깥보다요."

"무엇을 두려워하는 겁니까?"

그는 어떻게 대답할까 고민하며 한참 동안 박사를 응시했다. "저는 저 자신이 두렵습니다." 마침내 그가 대답했다.

"하지만 당신은 지금 이곳에 있잖아요."

"그렇기도 하고, 아니기도 하죠."

하지만 결국 그가 병원에 계속 머물 근거는 없었다. 그가 라스크에게 무언가를 했다고 생각할 만한 이유도, 증거도 없었으며, 의사에게도 경찰에게도 화를 내거나 흐트러진 모습을 보이지 않았지만, 그들은 그저 그가 "불안해한다"라는 이유로 병원에 있게 두었을 뿐이다. 그렇지만 그는 모범적인 시민이었고, 심각한 상황도 전혀 아니었다. 약만 제대로 먹으면 다른 사람들에게도 보이는 것들만 보았다. 약을 먹으면 그는 멀쩡했다.

"이곳에 영원히 있을 수는 없어요." 싱 박사가 말했다.

"왜죠?" 그가 물었지만, 의사는 이미 마음을 정한 후였다.

라스크는 사회 복귀 훈련 시설로 보내졌다. 그곳에서 그는 독방을 썼고, 욕실과 주방은 다른 사람들과 함께 사용했다. 낮에는 공공 도서관에서 살균제를 뿌린 천으로 반납된 책 표지를 닦는 일을 했다. 그저 반복적으로 팔을 움직이는 일일 뿐이었지만, 그는 이 일을 하며 하루를 버텨 낼 수 있었다. 그는 종이봉투에 점심을 싸 갔다. 밀가루 빵 두 덩이 사이에 아메리칸 치즈, 사과, 씻은 후 껍질을 벗기지 않은 당근을 끼운 샌드위치. 언제나 같은 메뉴였고, 그렇게 하는 것이 편했다.

방랑하던 날들은 이제 끝났다고 생각했다.

하지만 라스크는 알고 있었다. 젊은 자신은 아직도 멈추지 못하고 방랑하고 있다는 사실을. 만약 그 자아가 방랑을 멈춘다면, 그 이유는 오직 그 *자아*의 젊은 자아가 대신 방랑하고 있어서일 것이다. 젊은 자신은 늘 방랑할 것이다. 그것을 피할 방법은 없다.

그는 반납된 책의 표지를 닦아 냈다. 그러고는 천에 살균제를 더 뿌렸다. 그다음 닦은 책을 한쪽에 두었다.

다음 책을 닦기 전, 그는 잠시 기다리며 목덜미를 간질이는 듯한 시선이 느껴지는지, 감시당하는 듯한 느낌이 드는지 살폈다.

아무런 느낌도 없었다.

그는 다음 책을 집어 들고, 닦고, 한쪽에 내려놓았다. 그리고 기다렸다.

여전히 아무 느낌도 없었다.

여전히 아무 느낌도 없었다.

여전히 아무 느낌도 없었다.

# 마지막 캡슐

1.

"기록을 위해 이름을 진술해 주세요." 빌라드가 말했다.

….

"이름을 진술해 주세요. 기록 목적입니다."

*무슨 기록?*

"이름이 기억나지 않습니까?"

*아니야, 나는… 아니야….*

"이름을 진술해 주세요—"

*—여기가 어디지? 왜 아무것도 안 보이는 거야?*

빌라드가 한숨을 내쉬었다. "당신은 부상당했습니다."

*제가 눈이 멀었다는 건가요?*

"그렇습니다."

*영원히 앞을 못 보는 거예요?*

"아니요," 빌라드가 말했다. "그렇지는 않습니다."

*그렇지는 않다고요? 그게 무슨 말이에요?*

"곧 당신은 볼 수 없다는 사실도 잊어버리게 될 거라고만 말해
두죠."

그의 뒤에 있던 에스비외른이 입을 뗐다. 빌라드는 대상이 그 말
을 듣지 못하도록 재빨리 마이크를 손으로 가렸다. "정말 이 방법
이 최선이라고 생각하는 거야?" 에스비외른이 물었다. "저 남자에
게 거짓말을 하는 게?"

"엄밀히 말하면 거짓말하는 건 아니지." 빌라드가 대꾸했다. "그
리고, 남자가 아니라 여자야." 빌라드는 마이크에서 손을 뗐다. 무
언가를 말하려는 듯 입술을 마이크에 가까이 붙였다가 뒤로 물러
나 다시 마이크를 가렸다. "잊었나 본데," 그가 낮은 목소리로 에스
비외른에게 말했다. "저 여자는 더는 인간이 아니야."

*저기요,* 책상 중앙에 고정된 스피커에서 단조로운 목소리가 흘
러나왔다. *저기요, 거기 누구 있어요?*


"우리는 당신의 이름이 '시그네'인 것으로 알고 있습니다." 대상
이 여전히 이름을 말하지 못하자 결국 빌라드가 물었다. "맞습니까?"

*저는… 저는 잘 모르겠어요.* 그 목소리가 말했다.

빌라드가 앓는 소리를 냈다. "질문이 몇 개 있습니다. 무슨 일이
일어났는지에 관해서요."

*무슨 일이 있었나요?*

에스비외른은 몸을 앞으로 기울이며 빌라드에게 빨리 진행하

라는 몸짓을 보였다. 책상 반대편에 있는 콜비외른은 침착한 태도를 유지하며 어떤 움직임도 보이지 않았다.

*무슨 일이 일어난 건가요?* 그 목소리가 다시 물었다.

"당신이 말해 주시죠." 빌라드가 대답했다.

*저는… 저는….* 목소리가 차츰 잦아들었다. 빌라드는 기다렸다. *마지막으로 기억나는 건….*

*…*

*…*

*제 기억력에 문제가 있는 것 같아요,* 목소리가 마침내 말했다.

"기억력에 문제가 있다고요?"

"그러니까 소용없을 거라고 말했잖아." 에스비외른이 속삭였다. "뇌가 너무 손상됐다고."

*구멍들과… 틈들이… 있었어요….*

"트라우마 후유증으로 기억력이 손상되는 일은 흔하니까요." 빌라드가 말했다.

책상 건너편에 있던 콜비외른이 얼굴을 찌푸렸다.

*트라우마요?* 목소리가 물었다.

"서두르지 않으셔도 됩니다." 빌라드가 콜비외른의 시선을 피하며 말했다.

꽤 오랫동안 목소리는 아무 말도 하지 않았다. 그러다 그녀, 혹은 그것이 말했다. *아무것도 느껴지지 않는 것 같아요. 왜 아무것도 느낄 수가 없죠? 제가 약에 취한 건가요? 아직 제가 캡슐 안에 있는 건가요? 제가 의식을 차릴 정도로만 온도를 높인 건가요?*

빌라드는 콜비외른을 바라봤다. 콜비외른은 잠시 망설이다가 입을 열었다. "말해 줘."

*뭘 말해 줘요?* 목소리가 물었다.

"당신은 동면 캡슐 안에 있는 게 아닙니다." 빌라드가 말했다.

*그럼 어딘가요?*

"사고가 있었습니다."

*사고라고요? 무슨 사고인데요?*

"당신은 어디에도 없습니다." 빌라드는 그렇게 말했다. "엄밀히 말하면 살아 있는 것도 아닙니다."

*제가… 제가… 엄밀히 말하다니요?*

"당신은 무언가에게 살해당했습니다. 당신의 몸은 선체가 부서진 이후에 얼어붙었는데, 꽤 온전한 상태로 보전될 만큼 그 과정이 빠르게 진행된 것 같습니다. 그래서 당신의 뇌를 스캔할 수 있었죠. 당신의 생각을요."

*제가 스캔본이라는 말인가요?*

"그날 목숨을 잃은 건 당신뿐만이 아닙니다." 에스비외른이 말했다. "모든 선원이 살해당했고 캡슐도 많이 파괴됐어요. 선체 내 시스템도 대부분 마비됐습니다. 선체에 길게 균열이 생겼죠. 혹시 원인이 무엇이었는지 목격했습니까? 우리는 그 원인을 알아내야 합니다."

"그리고 그것이 아직 이곳에 있는지도요." 콜비외른이 말했다.

"그것이 아직도 이곳에 있는지." 에스비외른이 동의했다.

"아직도 우리를 위협할 여지가 있는지," 콜비외른이 덧붙였다.

"아직도 위험한지 말입니다."

"우리를 도와주실 수 있습니까?" 빌라드가 물었다.

...

"시그네,"

...

"시그네?"


## 2.

몇 번이나 그녀를 불러도 대답이 없자 빌라드는 마이크를 껐다. "어떻게 해야 하지?" 그가 다른 두 사람에게 물었다.

에스비외른이 어깨를 으쓱했다. "우리가 뭘 할 수 있겠어? 선체가 그렇게 찢어져 버린 이유가 뭔지도 모르잖아. 어쩌면 의도적인 공격이라는 우리의 가정이 틀렸을 수도 있어. 유성이라든가 천체 파편 때문일 수도 있지."

"글쎄," 빌라드가 회의적으로 말했다. "그렇다고 하기에는 손상 흔적이 달라. 게다가 정말 그런 거라면 함선이 먼저 감지하고 우리를 깨웠겠지."

에스비외른이 말했다. "그래도 유성의 접근 속도가 너무 빨랐다면…"

"선체 손상을 보면 무언가가 뚫고 들어간 흔적은 있지만, 나온 흔적은 없었어." 빌라드가 말했다. "그리고 무언가가 부딪힌 흔적도 없지. 왜일까? 그건 뭔가 다른 원인이 있었다는 거 아닐까?"

"어쩌면 어떤 천체가 이동하면서 벌어진 일일지도 몰라." 에스비외른이 입을 뗐다. "그러니까 불안정한 천체가…"

콜비외른이 그 말을 끊었다. "아니," 그가 말했다. "빌라드 말이 맞아."

에스비외른이 자신의 쌍둥이 형제를 쳐다봤다. 빌라드는 에스비외른의 입술 끝이 말려 올라가는 것을 보면서 그가 곧 소리를 질러 댈 것이라 생각했지만, 돌연 에스비외른의 표정이 풀어졌다. "그래," 그가 말했다. "알았어. 뭐가 됐든 시그네는 아무것도 모르는 것 같아."

"아니," 빌라드가 말했다. "뇌 손상 때문일 거야."

"아니면 알아차리기도 전에 그것이 시그네를 붙잡았을 수도 있지. 시그네가 그것을 아예 보지 못했을 가능성도 고려해야 해."

에스비외른은 뒤이어 이렇게 덧붙였다. "시그네를 지우는 편이 나을 것 같아."

콜비외른이 다시 한번 쌍둥이 형제의 말에 반대했다. "혹시 모르니 지금은 시그네를 남겨 두자."

빌라드가 고개를 끄덕였다.

"그러면 우린 뭘 해야 하지?" 에스비외른이 물었다.

"우리가 직접 찾아봐야지."

"우리 중에 누가 갈 건데? 제비뽑기라도 해야 하나?"

"함교에는 종이가 없을 것 같은데." 콜비외른이 대답했다.

"그럼 가위, 바위, 보?"

"그게 뭔데?" 빌라드가 물었다.

"가위, 바위, 보를 몰라?"

"내가 갈 거야," 빌라드가 말했다. "내가 갈게."

"왜 네가 가?" 에스비외른이 물었다.

"나는 살아 있으니까."

"그럼 나는 죽었고?"

빌라드가 그에게 몸을 돌렸다. "응, 넌 살아 있지 않아."

"그럼 나는 뭔데?" 에스비외른이 팔짱을 끼며 물었다.

"의식이지." 빌라드가 대답했다.

에스비외른이 큰 소리로 웃음을 터뜨렸다. "시그네처럼?"

빌라드는 고개를 저었다. "아니, 시그네는 최근에 스캔해서 의식이 불완전해. 반면에 너는 저장되기 전과 똑같이 완전한 의식이지." 빌라드는 앞으로 몇 발자국 나아가 에스비외른의 홀로그램에 손을 뻗었고, 그의 손가락이 에스비외른의 몸체를 통과했다. 홀로그램은 거의 그대로였다.

"그럼 왜 우리를 활성화한 거야?" 콜비외른이 물었다. "우리는 그 사고에 관해서 아무것도 모르는데."

빌라드가 어깨를 으쓱했다. "다른 시야가 필요했어. 누군가 생각 정리를 도와줬으면 해서."

"그럼 그냥 우리를 깨우면 되잖아?" 콜비외른이 말했다. 그러나 바로 다음 순간 그의 얼굴이 와락 구겨졌다. "이런," 그가 말했다.

"유감이야." 빌라드가 말했다.

"뭐야? 왜 그래?" 에스비외른이 영문을 모르겠다는 표정을 지었다.

"우리는 죽은 거야." 콜비외른이 말했다. "맞지?"

"유감이야." 빌라드는 다시 한번 이렇게 대답할 수밖에 없었다.

에스비외른과 콜비외른이 무언가 말하려 했지만, 빌라드는 이미 제어반에서 두 사람의 의식을 둔화시켰고, 이내 멈춘 다음 완전히 사라지게 했다. 곧 그는 함교 위에 혼자 남았다.

## 3.

지난 일주일 동안 빌라드는 보라그호에 홀로 깨어 있었다. 일주일 전, 부유액에 잠겨 있었던 그는 그 안에서도 들리는 사이렌 소리 때문에 불현듯 캡슐 안에서 깨어났다. 막 정신을 차렸을 때, 그는 얼핏 자신의 캡슐 앞을 지나는 검은 형체를 보았다. 원래 그가 깨어나기로 되어 있었던 것일까? 아니, 그렇지는 않았을 것이다. 예감이 좋지 않았다. 그래도 어쨌든 깨어날 수밖에 없었다.

그 순간 그 검은 형체, 아니 그것의 일부가 빌라드의 앞으로 다시 지나갔다. 어두워서 자세히 보이지는 않았지만 다리나 촉수 혹은 그 중간에 있는 무언가인 듯했다. 그는 자신의 캡슐이 옆쪽으로 뉘어져 있다는 사실을 알아차리고는 천천히 호흡하기 시작했다. 터질 듯한 경보음은 이제 우주선뿐만 아니라 그의 캡슐 안쪽으로까지 울리고 있었다. 과호흡이 왔고, 숨이 너무 가빠져 튜브에서 공급해 주는 산소로는 제대로 숨 쉴 수 없었다. 그는 굴곡지고 투명한 캡슐 안쪽을 손으로 세차게 두드렸지만, 아무 일도 일어나지 않았다. 캡슐 벽은 너무 단단했고, 부유액에 점성이 있어 주먹에 힘이 실리지 않았다. 그는 캡슐을 다시 두드려 보았다. 시야가 흐려지며 어둠이 서서히 몰려왔고, 그는 자신이 곧 다시 의식을 잃을지도 모른다고 생각했다. 어쩌면 그는 깨어나지 않았을 수도 있다. 어쩌면 이 모든 것이 그저 꿈일 수도 있다.

하지만 그 순간 이해할 수 없는 일이 벌어졌다. 별안간 성에가 살아 있는 촉수처럼 캡슐의 두꺼운 유리 위를 뒤덮었다. 그리고 순식간에 균열이 생겼다. 빌라드는 다시 한번 유리를 가격했고, 다음 순간 캡슐이 산산이 부서지며 그의 몸이 부동액과 함께 갑판으로 쏟아져 나왔다. 빌라드는 숨이 막히고 온몸이 떨렸다. 그의 바로 옆에 함교로 이어진 에어 로크가 있었는데, 운 좋게도 빌라드의 캡슐은 에어 로크와 가까웠고 그가 캡슐에서 굴러떨어지는 바람에 그 거리는 더욱 가까워졌다. 그는 쓰러진 채 겨우 반 바퀴를 굴러 에어 로크 안으로 기어 들어갔고, 떨리는 몸으로 속을 전부 게워 내 가며 에어 로크의 문을 잠갔다.

송풍기가 작동되며 바람이 쏟아졌다. 빌라드는 기침하며 부동액을 토해 냈다. 누군가가 웅얼거리는 소리가 들렸고, 이내 그는 그 소리가 자기 자신이 낸 것이라는 사실을 알아차렸다.

잠시 뒤 떨림이 잦아들었다. 또 얼마간 시간이 지나자 그는 힘겹게 일어설 수 있게 되었다.

극저온의 대기에 노출되었던 시간은 불과 몇 초에 지나지 않았지만, 그는 자신이 어떻게 살아 있을 수 있는지 놀라울 따름이었다. 그를 감싸고 있던 부동액이 조금이지만 보호막 역할을 한 것 같았다. 손가락에 감각이 없었다. 아마 한쪽 청력을 잃게 될 것이고, 일주일이 지나도 팔다리의 감각은 온전히 돌아오지 않을 것이다.

빌라드는 일어나 에어 로크 중앙에 있는 둥글고 두꺼운 창을 통해 안쪽을 들여다보았다. 비상등의 희미한 불빛만 남아 있었다.

"*보라그, 에어 로크 조명을 꺼 줘.*" 그가 말했다.

에어 로크가 어둠에 잠겼다. 눈이 어둠에 적응하자 창문 너머로 끔찍한 피해 광경이 희미하게 보였다. 안쪽에 있던 캡슐 여러 개가 부서진 채 뒤집혀 있었고, 시체들은 겁에 질린 표정으로 딱딱하게 얼어 있었으며, 찢겨 벌어진 선체 너머로 낯선 천체들이 보였다.

빌라드는 비틀거리며 함교로 향했다. 그곳에는 아무도, 그들을 목적지로 데려다주어야 할 최소한의 선원 중 단 한 명도 보이지 않았다. 잠시 그는 그곳에 가만히 누워 숨을 고르다가 다시 힘겹게 일어나 제어반을 살펴보았다. 아직 71년 5개월 13일이나 더 가야 했다. 도착하려면 일평생을 기다려야 한다. 대체 왜 그들의 장치가 멈춘 것일까? 무엇이 선체를 찢어 버린 것일까? 보라그호는 그 이유를 모르는 것 같았다.

센서를 살펴본 결과, 캡슐들이 있는 객실 세 개는 전부 파괴되었다. 혹시나 싶어 센서를 조정해 봐도 생명 신호는 잡히지 않았다. 아니, 딱 하나가 잡혔다. 함교에 있는 그 자신의 생명 신호였다.

아마 착오일 것이다. 센서에 오류가 생겨서일 것이다. 남은 선원이 우주복도 입지 못한 채 어딘가에 있는 객실에 숨어 함교로 돌아올 기회를 기다리고 있을지도 몰랐다. 아니면 최소한 캡슐 몇 개는 멀쩡할 수도 있다. 캡슐 안은 생명 활동을 거의 멈춰 놓다시피 한 상태라, 센서가 생명 신호를 감지하지 못한 것이다.

그래, 그는 생각했다. *나만 남았을 리 없어.* 아마 센서에는 오류가 생긴 것이고, 선원들은 이 우주선 어딘가에 갇혀 있을 것이다.

마지막 캡슐

빌라드는 그들을 찾아볼 생각이었다. 그리고 그들과 함께 다음 계획을 짜 볼 생각이었다.

빌라드는 캐비닛에서 우주복을 꺼내 입었다. 아직 온몸이 부서질 듯 아팠다. 간신히 착용을 마친 우주복의 가슴 안감에는 비상식량 팩이 있었고, 그는 팔을 제대로 끼운 다음 팩을 열어 빨대를 입에 물었다. 빌라드는 반죽 형태로 된 그 음식이 너무 맛있어서 놀랐는데, 그러다 자신이 무언가를 먹은 지 수년이나 지났다는 사실을 깨달았다.

그는 다시 함교의 에어 로크로 돌아갔다. 그러고는 우주복 조명을 켠 후 에어 로크를 닫고 감압한 뒤, 다음 에어 로크로 향했다.

그의 숨소리, 그리고 자석이 달린 신발 밑창이 갑판과 붙었다가 다시 떨어지는 소리 말고는 아무 소리도 들리지 않았다. 그의 숨소리는 거칠었고, 밑창에서 나는 소리는 마치 먼 곳에서 들리는 것처럼, 그의 몸이 몇 마일이나 위에 있는 것처럼 흐리게 들렸다. 그곳에는 공기가 없었고, 그래서 미친 듯이 추웠다. 우주복의 역할이 바로 그 추위를 막는 것이었다.

피해는 빌라드가 생각했던 것보다 훨씬 컸다. 캡슐은 그 추위를 견디도록 설계되었지만, 어째서인지 그러지 못했다. 낡아서일 수도, 기온이 급격하게 변해서일 수도, 어쩌면 완전히 다른 이유 때문이었을 수도 있다. 어떤 객실에 있는 캡슐들은 금이 가기만 한 것이 아니라 완전히 뒤집혀 산산조각이 나 있었다. 시체들 역시 여기저기 나뒹굴며 마치 쓰러진 동상처럼 기괴한 모습으로 얼어 있었다.

시체들은 모두 나체였는데, 이는 그들이 캡슐 안에 있었다는 것을 의미했다. 옷을 입은 시체, 그러니까 깨어 있었던 최소 인원에 속하는 선원의 시체는 보이지 않았다. 대체 몇 명이나 깨어난 걸까? 열두 명 정도일까? 왜 아무도 보이지 않는 걸까?

그는 늘어선 캡슐 수천 개를 따라 아래쪽으로 내려갔다. 시체와 부서진 캡슐은 점점 더 많아졌다. 어떻게 멀쩡한 캡슐이 하나도, 단 하나도 없을 수 있다는 말인가? 그리고 선원은 왜 보이지 않는 것인가?

그곳에서 무언가, 알 수 없는 무언가의 나풀거리는 움직임이 느껴졌다. 급격하게 가빠진 그의 숨소리에 묻혀 그것의 소리는 거의 들리지 않았다. 아니, 그게 아니었다. 진동이, 신발 밑창을 통해 무언가가 느껴졌다.

아니, 어쩌면 아무것도 아닐 수도 있다. 아무것도 아닐 것이다. 아니, 아닌가?

빌라드는 그 느낌을 무시하려 애썼다. 마치 그 캡슐들의 왕이라도 된 것처럼 그는 캡슐을 하나씩 확인하며 자신이 활용할 수 있는 자원을 가늠해 보았다. 하지만 남아 있는 자원은 없었다. 확인이 끝난 후에는 다음 객실로 넘어갔지만, 그곳에도 희망은 없었다. 그리고 마침내 그는 마지막 칸으로 향했다.

빌라드는 마침내 마지막 칸으로 들어가는 문 바로 옆에서 한 선원의 시체를 발견했다. 이름표에는 살이라고 쓰여 있었지만, 남자의 오른팔과 상체 일부가 깨끗하게 잘려 나가 보이지 않았기 때문에 그것이 완전한 이름인지는 알 수 없었다. 우주선 밖으로 공기가 빠져나갈 때 출입구 쪽으로 빨려 들어갔을 수도 있다. 물론 일어날 리 없는 일이지만. 남자의 머리 역시 으깨진 채 얼음 결정과 함께 흩어져 있었다. 구조할 약간의 가능성도, 생각을 스캔할 수도 없었다.

반쯤 열려 있는 문을 지나 마지막 칸으로 들어가자, 처음 선원과 상태가 비슷한 선원이 한 명, 또 한 명, 총 세 명이 있었다. 모두 훼손되어 있었고, 특히 두개골의 훼손 상태가 심했다. 빌라드는 캡슐이 부서지거나 날아다니는 잔해에 부딪혔기 때문일 것이라고 계속해서 되뇌었지만, 시신을 하나씩 더 발견할 때마다 그 가능성은 점점 옅어졌다.

세 번째 칸 뒤쪽을 살펴보던 그의 우주복 불빛이 기묘한 반점을 비추더니 별안간 고꾸라진 인형 같은 무언가가 그를 덮쳤다. 물론 그것은 인형이 아니었다. 몸을 돌려 그 무언가에 빛을 비추기 전부터 그는 이미 알고 있었다.

바닥에는 매우 섬세하게 그려진 검은색 원이 있었다. 그 가운데에 한 여자가 무릎을 꿇은 채 꽁꽁 얼어 있었다. 엉망이 된 채 이곳저곳 어수선하게 널브러져 있는 다른 시체들과는 달리, 여자는 눈에 띄게 평온해 보였고 훼손되지 않았으며, 그 어떤 영향도 받지 않은 것 같았다. 그녀, 혹은 다른 누군가일지 모를 그 사람의 뒤쪽 벽에는 레이저 절단기로 무언가가 새겨져 있었다. 언뜻 단어처럼 보였지만, 가까이에서 보니 이해할 수 없는 글자들이었다.

Y'AI'NG'NGAH

YOG-SOTHOTH

H'EE-L'GEB

F'AI THRODOG

UAAAH ◆

빌라드는 속으로 글자를 읽어 보았지만, 여전히 무슨 말인지 알 수 없었다. 그는 원 가장자리로 걸어가 경계선을 건드려 보았다. 페인트인가? 확신할 수 없었다. 페인트가 아니라면 대체 무엇이란 말인가?

그는 원 안쪽으로 들어가 여자의 옆에서 허리를 굽혀 자세히 살펴보았다. 이상하게도 이름표가 없었다. 확실히 여자는 침착하고 편안해 보였다. 몸도 그대로였고, 머리도 멀쩡했다. 빌라드는 어쩌면 그녀의 머릿속을 스캔할 수도 있을 거라고 생각했다.

그는 여자의 머리를 자르기 시작했다.

4·

기계가 복사를 끝내기를 기다리며 빌라드는 앞으로의 계획을 생각했다. 줄을 연결해 선체 위를 살펴볼 수도 있다. 어쩌면 무언가를 발견할 수도 있으니까. 하지만 여자의 스캔본이 무엇을 알려 줄지 지켜보는 편이 나을지 모른다. 각 칸을 다시 조사해 볼 수도 있지만, 이미 꼼꼼히 살펴봤기 때문에 다른 누군가를 찾아낼 가능성

---

◆ 러브크래프트 작품들에 나오는 유명 외계어의 사례. 소금을 이용한 강령술에 사용되는 주문이다.

은 크지 않았다.

결국, 두뇌가 훼손되지 않은 승무원은 단 한 명뿐이었다. 스캔할 기회도 한 번뿐. 스캔에 성공한다 해도 그녀가 아무것도 보지 못했다면 그에게 알려 줄 수 있는 것도 없을 터였다.

빌라드는 승무원들의 사진을 훑어보았다. 그리고 그 안에서 그녀를 발견했다. *시그네 볼케.* 알 수 없는 원인으로 얼었던 머리가 녹으면서 그녀의 얼굴 한편에 마치 머리카락 같은 촉수들이 자라난 것처럼 되었으나, 그래도 그는 분명 그녀를 알아보았다.

빌라드는 잠을 청했다. 그는 보라그호에 음식을 달라고 명령했지만, 시스템에 문제가 생겼는지 음식은 나오지 않았다. 그는 다른 우주복에서 비상식량을 빼냈다. 그리고 우주복 다섯 개를 더 찾아 식량을 가져왔다. 식량 공급 시스템을 고칠 방법을 반드시 찾아야 한다.

빌라드가 잠든 사이에도 스캔은 여전히 계속되고 있었다. 이는 뇌가 얼 때 신경 회로가 손상되었을 수도 있다는 의미였다. 그는 일어나 당시 상황을 담은 화면을 띄웠다. 그러고는 선체 측면이 찢겨 벌어지는 순간까지 지켜보며 무언가 단서가 있는지 살펴보았다. 딱히 눈에 띄는 것은 없었다. 칸 내부의 조명이 희미해지면서 선체가 찢기는 순간, 영상이 끊어졌다. 그는 영상을 보고, 또다시 보고, 최대한 천천히 보며 아주 짧은 순간에 지나가는 무언가라도 찾을 수 있기를 바랐다. 하지만 아무것도 보이지 않았다.

영상에서 보이는 거라고는 오직 희미해지는 빛과 점점 짙어지는 어둠뿐이었다. 어쩌면 이것이 그 무언가일 수도 있다. 어쩌면 외부의 공격이 아니었을 수도 있다. 어쩌면 그가 보고 있는 것이 우주선 *안*에 있는 무언가, 실체가 거의 없는 무언가, *밖*으로 나가려는 무언가일 수도 있다. 어쩌면 그는 지금까지 모든 것을 잘못 짚었을 수도 있다.

빌라드는 시그네의 영상 기록을 살펴봤다. 시그네는 세 번째 칸으로 들어가 마치 적당한 구역과 그 경계를 찾는 것처럼 앞뒤로 서성이며 마침내 구석 한편에 자리 잡았다. 그러고는 무언가가 들어 있는 병을 꺼내 연 다음, 두 손가락으로 주위 갑판에 원을 그렸다. 그녀는 몸을 살짝 흔들기도, 고개를 끄덕이기도 했고, 입술을 움직이며 무언가를 말하는 것 같기도 했다. 자세히 보자 그녀는 레이저 커터로 뒤쪽 벽에 그 기묘한 글자들을 세심하게 새기고 있었다.

그런 다음에는?

아무 일도 일어나지 않았다. 시그네는 그가 발견했던 그 자세 그대로 무릎을 꿇고 가만히 앉아 있을 뿐이었다.

시그네는 그대로 몇 시간을 기다렸다. 빌라드는 화면 속 그녀를 응시했다. 특이하다고 할 만한 것은 전혀 보이지 않았다. 그러던 어느 순간, 기묘하고 어두운 그림자가 화면에 비쳤다. 처음에는 그 역시 그것을 확실하게 알아보지는 못 했는데, 어쩌면 빛 때문에 생긴 착시일 수도 있었다. 그리고 7분 6초 뒤, 눈에 보이는 뚜렷한 이유 없이 캡슐들이 뒤집히며 넘어지기 시작했다. 다른 승무원들이 나타나 소리를 질렀고, 몇몇은 그녀에게 돌진했지만, 왜인지 그대로 휩쓸리며 갈기갈기 찢겼다. 영상은 그 직후 끊겼다.

그가 이해할 수 없는 사실은 단 한 가지였다. 그 모든 상황이 벌어지는 동안 시그네는 어떻게 파편에도 맞지 않고, 그 무엇에도 영향을 받지 않은 채 무릎 꿇은 그 자세를 그대로 유지할 수 있었던 것인가?

빌라드는 쌍둥이 형제 에스비외른과 콜비외른의 스캔을 불러와 지휘실 중앙에 있는 책상 의자에 투영했다. 함께 대화하고 상의할 누군가가 필요했고, 그 둘은 그가 잘 알고 믿을 수 있는 사람들이었다. 두 사람은 그 누구보다 이 함선과 여정에 관해 잘 알았다. 그러니 둘을 불러낸 것은 합리적인 선택이었다. 빌라드는 한편으로 짜증이 났다. 보라그호는 이 두 사람의 스캔은 불러올 수 있으면서 왜 그에게 줄 음식은 만들어 내지 못하는 것일까?

처음에 그는 쌍둥이 형제에게 곧바로 그 둘이 죽었다는 사실을 말했다. 그러나 이내 그것이 둘의 소통 능력에 좋지 않은 영향을 미친다는 사실을 알게 되었다. 두 사람은 큰 충격을 받아 그에게 도움을 줄 수 없었다. 그래서 그는 두 사람을 초기화하고 다시 불러냈다.

"안녕." 빌라드가 말했다.

"벌써 다 온 거야?" 에스비외른이 물었다. "도착했어?"

"아니," 빌라드가 시인했다. "하지만 너를 깨워야 했어. 문제가 생겼거든."

빌라드는 두 사람에게 선체에 생긴 손상뿐 아니라 시그네, 그녀가 그린 기묘한 원, 그 안에서 언 채로 발견된 그녀의 시체까지 전부 설명했다.

"정상적인 행동은 아닌 것 같은데." 에스비외른이 말했다. "아마 정신이 이상해졌나 봐."

"무슨 의식 같기도 해." 콜비외른이 반박했다. "정신이 이상해졌을 수도 있지만, 어떤 종교의 광신도였을 수도 있어."

두 형제는 정신이상과 광신도의 차이를 두고 끊임없이 말싸움을 이어 갔다. 두 사람은 빌라드와 함께 선체가 찢기고 시그네가 원을 그리는 영상을 보았다. 둘은 말을 잃었고, 마침내 에스비외른은 세 사람 모두 밖으로 나가 손상된 선체를 살펴보자고 제안했다. 어쩌면 빌라드가 혼자서는 보지 못한 무언가를 찾아낼 수도 있으니까.

"아니," 빌라드가 재빨리 대답했다. "그럴 필요 없어."

하지만 에스비외른은 이미 자리에서 일어나 문으로 향하고 있었다. 그가 움직이자 삼차원으로 그의 몸을 투사하던 영상이 점점 더 작게 조각났다. 콜비외른은 그 광경을 보며 비명을 질렀고, 에스비외른은 자신의 손이 에어 로크 손잡이를 그대로 통과하는 모습을 목격했다.

빌라드는 두 사람의 단기 기억을 지우고 처음부터 다시 시작했다.

그리고 마침내 시그네의 스캔이 완료되었다. 빌라드는 콜비외른과 에스비외른의 투사체와 함께 책상에 둘러앉았고, 이번에는 두 사람에게 그들의 죽음을 알리지 않은 채로 겨우 상황을 진전시킬 수 있었다. 그는 두 사람에게 시그네의 스캔과 선체 손상에 관해 설명했고, 그런 다음 시그네의 두뇌를 모방하는 디지털 장치를 작동시켰다. 하지만 시그네는 아무것도 몰랐다. 혹은 우리에게 아무것도 말해 주지 않았거나. 게다가 마지막 즈음 에스비외른과 콜비외른이 자신들의 죽음을 알고 또다시 공황 상태에 빠지는 바람에 빌라드는 두 사람의 모방 프로그램을 꺼야 했다. 결국, 그는 아무것도 알아내지 못했고, 현재 상황도, 앞으로 어떻게 해야 할지도 알 수 없었다.

빌라드는 일곱 번째에 이어 마지막 우주복에서 식량을 꺼냈다. 분명 다른 칸에 우주복이 더 있을 것이었다. 어쩌면 그가 식량 배급기를 고쳐 이전처럼 컴퓨터가 음식을 만들어 내게 할 수도 있을 것이다. 그렇지 않으면 시체를 먹어야 하는 상황이 올 수도 있었다.

## 5.

비록 이미 육체는 죽어 없어진 데다 디지털로 만들어진 구조물일 뿐이었지만, *보라그호*의 컴퓨터 안에 있는 시그네는 여전히 의식과 자각이 있었다. 마치 어두운 방을 더듬어 나가는 것처럼 기묘한 의식이었다. 그녀의 주위로 데이터가 줄지어 이어졌다. 일부는 인지할 수 있었지만 대부분은 그렇지 못했고, 폭포처럼 맹렬하게 쏟아지는 데이터 속에서 의식을 붙잡고 있기는 매우 힘들었다. 그 중에는 에스비외른인 것 같은 데이터도 있었다. 또 에스비외른의 쌍둥이 형제도 있었다. 그리고 두 사람의 데이터 옆에서 시그네는 층층이 쌓여 있는 모든 선원과 캡슐 속에 있는 여행자들의 디지털 구조물을 발견했다. 생기 없고 흐릿한 상태였지만 알아볼 수는 있었고, 디지털 형태로 다시 살아나기를 기다리고 있었다. 그곳에는 빌라드도 있었다.

시그네는 걱정스러운 마음에 그들을 하나씩 당겨 분리했다. 데이터는 마치 액체처럼 분해되더니 빠르게 폐기되었고, 데이터가 있던 곳은 덮어쓰기가 된 것으로 표시되었다. 이 모든 일이 벌어지는 동안에도 선원들과 여행자들은 한 명도 깨어나지 않았고, 이내 영영 깨어날 수 없는 상태가 되어 버렸다.

시그네는 자신의 데이터 앞에서 걸음을 멈췄다. 왜 이곳에 자신의 데이터가 두 개나 있는지 알 수 없었다. 시그네는 또 다른 자신을 파괴해야 할지 이대로 거리를 둔 채 다른 곳으로 흘러가게 두어야 할지 망설였다. 결국, 그녀는 꿈틀거리며 마치 꼭 맞는 재킷을 입은 것처럼 또 다른 자신의 데이터 속으로 들어간 다음, 그 경계를 터뜨렸다. 자신을 복제해야 하는 순간들이 있긴 했지만, 걱정했던 것만큼 많지는 않았다. 구멍과 틈이 충분했으므로. 이제 시그네는 상황을 이해할 수 있었다. 이전의 자신이 맞았던 마지막 순간이 기억났기 때문이다. 벽에 새겼던 문장, 바닥에 그렸던 원, 무언가를 부르려 했던 기억이 되살아났다.

그 소환 의식이 성공했던가? 성공한 기억은 없었다. 시그네에게 이전의 자아와 지금의 자아는 완전히 다른 것이었다. 시그네는 지금의 자신이 이전의 자신 그 이상의 무언가라고 생각하고 있었다. 그리고 빌라드와 쌍둥이 형제가 그녀에게 했던 말, 또 그녀가 재빠르게 찾아냈던 영상으로 미루어 보아 확신할 수 있었다. 그렇다면 그때 그것은 어디에 있었을까? 이곳에 그녀와 함께 있었던 것일까? 아니, 무언가가 더 있을 것이다. 시그네는 최대한 빠르게 움직이며 더 많은 단서를 찾아다녔고, *보라그호* 내부와 내부에 남은 흔적, 모든 센서를 뒤져 보다가 마침내 그것을 감지했다. 그것은 마치 두꺼운 담요처럼 함선 전체를 감싸고 있었다. 적어도 시그네는 그렇게 느꼈다.

이제 어떻게 해야 할까? 임무는 완료했다. 이제 *보라그호*를 돌려 그것을 뒤덮은 담요와 함께 지구로 돌아가기만 하면 된다.

문제는 빌라드였다. 만약 그가 무슨 일이 벌어지는지 알게 된다면 함선을 멈추려 할 것이다. 시그네는 빌라드가 그렇게 하도록 내버려 둘 수 없었다.


6.

빌라드는 잠에 빠져들었다. 꿈속에서 그는 캡슐에 다시 들어가 부유액 속에서 의식 없이 떠 있었고, 함선은 우주 공간을 거침없이 날아갔다. 그는 캡슐 안과 밖에 동시에 존재했고, 부유하는 자신의 모습을 보는 동시에 부유하는 자신의 모습을 보는 자신을 자각했다. 그리고 그 순간, 잠에서 깨어났다.

그를 깨운 것은 어떤 소음이었다. 무슨 소리였을까? 경보음은 아니었다. 그래, 경보음은 이전에, 지난번에 들었던 소리다. 지금 이 소리는 컴퓨터에서 반복적으로 흘러나오고 있었다.

그가 설정해 놓은 알람 소리일까? 그런 것 같지는 않았다. 아마 선원 한 명이 모두에게 상기해 주려 했던 사소하지만 꼭 필요한 일이었을 것이다. 그들이 모두 죽기 전에.

빌라드는 할 수 있는 한 그 소리를 무시하려 애썼다. 하지만 소리가 계속되자 결국 그는 마른세수를 하며 겨우 자리에서 일어났다.

*생명체 감지,* 화면에는 그렇게 쓰여 있었다. 어쩌면 그가 설정해 두었을 수도, 또 어쩌면 보라그호가 지난 며칠간 그의 요청을 토대로 그가 무엇을 알고 싶어 하는지 알아차렸을 수도 있다.

*어떤 생명체지?* 빌라드가 물었다.

*인건입니다,* 함선이 대답했다.

*이상하네,* 빌라드는 생각했다. *컴퓨터가 글자를 틀릴 리 없는데.* 고장이나 결함, 혹은 버그가 생긴 걸까. 하지만 눈을 깜빡이자 글자는 다시 *인간*으로 바뀌어 있었다. 어쩌면 자신이 잘못 본 것일지 모른다.

*내 생각을 읽고 있을 수도 있어,* 빌라드는 생각했다. 하지만 이렇게 물었다. "생명체가 몇 개나 있지?"

*두 개입니다,* 함선이 말했다. 그러고는 그에게 지도를 보여 줬다. 함교 위 깜빡이는 점 하나는 그였다. 그리고 다른 하나는 선체 바깥쪽에서 깜빡이고 있었다.

하지만 어떻게 이런 일이 가능한 것일까? 어떻게 이 모든 일이 지나간 후에 선체 바깥에 누군가, 아니 무엇인가가 있을 수 있다는 말인가? 만약 누군가가 우주복을 입고 있었다고 해도 아마 일주일은커녕 하루도 버틸 수 없었을 것이다.

*센서가 고장 난 거 아니야?* 빌라드가 물었다.

*아닙니다,* 보라그호가 대답했다.

*보라그호에 이상이 생겼어,* 그는 생각했다. *뭔가 잘못됐다고.* 하지만 빌라드는 이미 우주복에 손을 뻗고 있었다. *나 이외에는 전부*

죽었어, 그는 이렇게 생각하면서도 확인하지 않을 수 없었다. 그는 안전줄을 묶고 선체에 난 상처를 통해 밖으로 나간 뒤 주변을 살펴보았다.

그때 그가 어떻게 행동했어야 했던 것일까? 그리고 그곳에 아무도 없다는 사실이 명확해진 후, 그를 다시 돌아오지 못하게 막은 것은 대체 무엇이었을까?

# 안경

    게이르는 평생 안경을 썼던 적도, 필요했던 적도 없었지만, 마흔이 되자 별안간 안경이 필요해졌다. 매일, 모든 순간에 써야 하는 것은 아니었지만, 책을 읽을 때는 꼭 있어야 했다. 안경을 써 버릇하자, 이전에 안경 없이 어떻게 책을 읽었던 것인지 놀라울 지경이었다.

    처음에는 약간 어지러웠고, 안경테 안과 밖의 세상이 다른 속도로 움직이는 것 같았다. 그래서 그녀는 안경을 쓰고 벗고, 안경집에 넣고 빼고를 반복했다. 하지만 이내 뇌가 안경에 적응하고 이전의 세상을 잊게 되자 더는 그 차이를 구별할 수 없었다. 시간이 더 지난 뒤에는 일상의 대부분을 안경을 쓴 채로 보냈다. 먼 곳을 볼 때는 고개를 숙여 렌즈 위쪽으로 보는 것이 더 편해졌다.

    "당신은 이중 초점 안경을 써야 해." 게이르의 남편이 말했다. "아니면 누진 다초점 렌즈나. 그러면 렌즈 위쪽으로 보지 않아도 돼."

남편은 이중 초점 안경을 쓰지 않았다. 그도 게이르와 마찬가지로 먼 곳을 볼 때 안경을 코끝까지 내린 뒤 렌즈 너머를 봤고, 게이르 역시 그에게 같은 말을 수없이 했다. 남편이 자신을 놀리는 걸까, 하는 생각도 들었지만 가만 보니 그건 아닌 것 같았다. 남편은 스스로 떠올린 생각을 말하고 있다고 여기는 것 같았다.

"안경 산 지 얼마 안 됐잖아." 게이르는 남편이 늘 했던 말을 그대로 했다. "다음에 새로 살 때 누진 다초점 렌즈로 사지 뭐."


게이르는 스스로를 자유주의자라고 생각했지만, 누군가 그것의 정확한 의미를 물어봤을 때 막힘없이 대답할 수 있을 정도는 아니었다. 어쨌든 그녀는 투표에 참여하거나 대의를 지지했고, 세상일을 신경 쓰며 걱정했다.

이 일도 그러한 대의에 속했다. 그녀는 어느 시장의 퇴진을 요구하는 집회에 참여하기 위해 기차에 몸을 실었다. 그는 도시 상수도가 산업 화학물질로 오염되는 상황을 묵인한 바 있었다. 남편은 직장에 가야 했으므로 함께하지 못했지만, 그렇지 않았다면 그녀와 함께 갔을 것이다. 남편 역시 게이르와 마찬가지로 스스로를 자유주의자라고 생각했다.

게이르는 홀로 집회로 향했다. 그녀는 이번 여정이 마치 파티와 같을 거라고, 기차 안이 자신과 같은 사람으로 가득할 것이라고 생각했다. 하지만 기차는 거의 비어 있었다. 한 객실에는 노인 몇 명이 마주 앉아 이해할 수 없는 자신들만의 보드게임을 하고 있었다. 다른 객실에는 직장인 남자 두 명이 있었는데, 한 명은 맨 앞, 다른 한 명은 맨 뒤에 앉아 똑같은 옷을 입고 똑같은 신문을 정확히 같은 속도로 넘기며 읽고 있었다.

게이르는 어깨에 현수막을 걸친 채로 기차 안 객실들을 돌아다니며 살펴보았다. 현수막을 들고 있는 사람은 그녀뿐이었다. 다른 사람들은 함께 차를 타고 오는 것일까?

결국, 그녀는 승무원에게 물어보았다. 그는 모자를 벗고 세심하게 머리를 매만졌다.

"집회요?" 승무원이 마침내 말했다. "대체 무슨 기차를 말씀하시는 거죠?"

게이르는 기차를 잘못 탄 것이었다. 그녀는 문 옆에서 초조하게 기다리며 다음 역에서 내려 돌아가는 기차를 탄 뒤 다시 다른 기차를 타야겠다고 생각했다.

그러나 마침내 다음 역에 도착했을 때는 이미 정오에 가까운 시간이었고, 게이르는 다시 돌아간다 해도 이미 집회의 끝자락에도 참여하지 못할 정도로 늦어 버렸다는 사실을 깨달았다. 게다가 그녀가 탄 칸에서는 승강장으로 내릴 수도 없었다. 너무 뒤쪽에 있어서였다. 그녀는 현수막을 내버려 둔 채 객실들을 가로지르며 급하게 달려갔다. 그렇게 그녀는 겨우 제시간에 도착해 기차 문이 닫힘과 동시에 밖으로 뛰어내렸고, 그 바람에 코끝에 걸려 있던 안경이 선로에 떨어져 버렸다.


기차가 떠난 뒤 그녀는 선로에 내려와 안경의 잔해를 살폈다. 안경은 완전히 부서져 가망이 없었다. 버려진 매표소 뒤에 붙어 있는 시간표로 보아 두 시까지는 기다려야 다음 기차를 탈 수 있을 것 같았다. 그녀는 자리에 앉아 기다렸다. 책은 있었지만, 안경이 없었다. 그래도 읽어 보려 했지만, 두 팔을 쭉 뻗어도 책에 있는 글씨를 정확히 알아볼 수 없었다. 그녀는 한숨을 내쉬며 가방에 책을 도로 넣은 뒤, 주변에 무언가를 먹을 만한 곳이 있는지 찾아보기로 했다.

마을은 작고 황량했다. 큰 거리는 하나밖에 없는 것 같았고, 건물은 모두 똑같이 빛바랜 붉은 벽돌로 지어졌다. 유일하게 먹을거리가 있는 곳은 약국 뒤쪽에 있는 판매대였는데, 작은 냉장고 안에 있는 우유, 사과 주스, 랩에 싸인 참치 샌드위치가 전부였다. 그곳의 주인은 깡마르고 두꺼운 안경을 쓴 노인이었고, 그녀를 보고 놀란 눈치였다.

게이르는 우유 한 병과 참치 샌드위치를 샀다. 둘 다 맛은 없었지만, 그래도 먹을 수는 있었다. 주인은 계속 계산대에 서서 그녀가 접시가 아닌 다른 곳에 부스러기를 떨어뜨릴 때마다 곧바로 닦아냈다. 자리를 지키고 서 있는 주인이 부담스러웠던 게이르는 그에게 말을 걸어 보기로 했다.

"저는 게이르예요." 그녀는 자신을 소개하며 샌드위치를 들고 있지 않은 손을 내밀었다.

"게이르," 힘없이 갈라지는 목소리였고, 외국 억양이 살짝 섞여 있었다. 노인은 그녀가 내민 손을 알아차리지 못했다. "게이르라… 그건 남자 이름 아닌가?"

"그런가요?" 그녀는 알지 못했다. 그녀가 아는 것이라곤 그것이 자신의 이름이라는 사실뿐이었다.

"병원에서 실수가 있었을 수도 있지," 노인이 고개를 끄덕였다. "간호사가 악의적으로 아이를 바꾼다거나 하는 식으로." 그가 인자한 표정을 지으며 너무 아무렇지 않게 농담처럼 이야기하는 바람에 그녀는 화를 낼 수조차 없었다. 게이르는 냉랭하게 어깨를 으쓱했다.

음식을 다 먹은 게이르는 계산을 끝낸 다음 문으로 향했다. 나가는 길에 그녀는 가게 벽 한 면에 전시된 안경들을 보았다. 생각보다 가격이 저렴했고, 안경알은 전부 빠져 있었다.

"맞춤 렌즈도 파세요?" 게이르가 물었다.

"어떤 렌즈를 찾으시는데?" 주인이 되물었고, 그녀가 뭐라 대답하자 고개를 끄덕였다. "돋보기안경 말이군. 스타일이 다양하지는 않지만 그래도 꽤 많이 있지."

게이르는 안경테 몇 개를 골라 주인에게 가져갔다. 그는 안경테를 자세히 보더니 고개를 끄덕였다. "돋보기안경."

그녀는 충동적으로 대꾸했다. "돋보기안경이 아니라 누진 다초점 렌즈요."

주인이 고개를 저었다. "누진 다초점 렌즈는 없어요."

"그럼 이중 초점 렌즈Bifocals(바이포컬스로 읽는다-옮긴이)로 주세요."

상자로 손을 뻗던 주인이 돌연 멈칫했다. "바이오포컬스Biofocals 렌즈라," 그는 모음을 하나 더 붙여 말했다.

"바이포컬스 렌즈요." 게이르가 정정했다.

하지만 남자에게는 들리지 않은 것 같았다. "바이오포컬스 렌즈로 달라고? 확실해요?" 지금은 돌아가신 게이르의 할머니 역시 늘

헬리콥터를 헬리오콥터라고 말했고, 정정해 줘도 차이를 잘 알지 못했다. 그래서 그녀는 그냥 그렇다고 대답했다.

계산대 뒤에 있던 주인은 무언가를 뒤적이며 혼잣말을 했다. "바이오포컬스, 저 여자는 바이오포컬스 렌즈를 달라는데…. 진짜일까?" 주인이 머리를 들어 게이르를 뚫어져라 쳐다봤다. 그러고는 다시금 이렇게 말했다. "거기, 이름이 남자 같은 여자분. 돋보기 안경으로 맞춰 줄게요."

"아뇨," 게이르가 고집스레 정정했다. "바이오포컬스 렌즈로 주세요."

주인은 고개를 젓더니 입을 꾹 다문 채 그녀를 응시했다. 하지만 그녀 역시 눈을 피하지 않았고, 결국 가게 주인 쪽에서 어깨를 으쓱하며 시선을 피했다. 그러고는 안경 진열대 옆에 있는 문 안쪽으로 사라졌다.

잠시 게이르는 주인이 아예 가 버린 것이 아닐지, 그녀에게 이중 초점 안경을 만들어 줄 바에는 그냥 나가 버리는 편을 선택한 것이 아닐지 생각했다. 게이르는 계속 손목시계를 쳐다봤다. 가게 안을 서성거리기도 했다. 주의를 끄는 것은 없었다. 그녀가 가게를 나가기 직전, 주인이 안경집을 손에 들고 나타났다.

"여기 있어요," 그가 말했다. "바이오포컬스 렌즈."

하지만 게이르가 받아 가려 하자 주인이 안경집을 잡아챘다. "명심해요. 당신은 그것을 보게 될 거고, 그것도 당신을 볼 거요. 그러니까 그냥 돋보기안경을 맞추는 게 어때요?" 그가 말했다. 하지만 다음 순간 주인이 안경집을 놓았고, 그녀는 안경을 받아 들고 다시 기차역으로 향했다.

이전과 달리 이번 기차에는 사람이 많았다. 좌석은 모두 차 있었고 복도 역시 좌석에 몸을 지탱한 채 서 있는 사람들로 가득했다.

자리에 앉지도, 책을 읽을 수도 없었기 때문에 게이르는 안경을 가방 안에서 꺼내지 않았다. 돌아오는 길은 말 그대로 지옥처럼 매우 고되고 더웠고, 마침내 역에 도착했을 때 그녀는 만약 제시간에 집회 장소에 도착했다 하더라도 자신은 참석하지 않았을 것이라는 사실을 깨달았다. 그녀는 녹초가 되어 있었다.

게이르는 기차에서 내려 자신의 아파트로 향했다. 거의 오후 네 시가 다 된 시간이었다. 남편은 아마 한 시간쯤 뒤에 집에 올 것이다.

그녀는 잠시 휴식을 취하려고 침대에 누워 눈을 감았다.

"게이르." 눈을 떴을 때, 남편은 게이르의 곁에 서서 그녀의 이름을 부르고 있었다. "게이르, 게이르."

"그건 남자 이름 아니야?" 반쯤 잠에서 깬 그녀가 말했고, 이내 그것이 자신의 이름이라는 사실을 떠올렸다. 잠시 남편의 얼굴에 표정이 완전히 사라졌다가 이내 말이 이어졌다. "장난은 그만하고. 저녁을 제대로 차려 먹을까, 아니면 나만 캔 수프로 간단하게 먹을까?"

게이르는 캔 수프를 선택했다. 그녀는 일어나서 스트레칭을 한 뒤 주변을 서성거렸다. 그다음 가방에서 안경과 책을 꺼낸 뒤 자리를 잡고 읽기 시작했다.

하지만 안경집을 열었을 때 그녀는 안경이 어딘가 이상하다는 사실을 알아차렸다. 그녀가 선택한 안경테가 아닌, 그보다는 살짝 더 화려한 바로크풍 모델이 들어 있었으니까. 렌즈를 이리저리 돌리며 살펴보자 마치 거의 보이지 않는 투명한 비늘로 덮인 것처럼 기묘하게 반짝였다. 안경다리에는 바이오포컬스라고 적혀 있었다. 브랜드 이름일까? 그래서 그녀가 바이오포컬스 렌즈를 달라고 했을 때 주인이 계속해서 바이오포컬스라고 말했던 것일까?

게이르는 안경을 똑바로 잡고 써 보았다. 그런대로 괜찮았다. 렌즈 배율도 잘 맞았다. 조금 흐릿하긴 했지만 다른 안경을 사기 전까지 그럭저럭 잘 쓸 수 있을 것 같았다. 하지만 분명 이중 초점 렌즈는 아니었다. 어디를 봐도 배율이 같았다.

책을 한 페이지 반 정도 읽었을 때쯤 그녀는 언뜻 무언가가 움직이는 듯한 느낌을 받았고, 남편일 것이라고 생각하며 고개를 숙여 안경 위쪽으로 그곳을 쳐다봤다. 하지만 남편이 아니었다. 그곳에는 아무도 없었다. 게이르는 다시 책으로 시선을 내렸고, 움직임이 느껴졌다. 그녀는 다시 고개를 들고 안경 위쪽으로 그곳을 살펴보았다. 없었다. 고개를 숙였다. 다시 보였다. 안경을 통해서만 보이는 무언가가 있었다. 렌즈에 무언가가 묻어 있는 것 같았다.

게이르는 안경을 벗어 윗옷 한 귀퉁이로 렌즈를 닦았다. 렌즈 표면은 완전히 매끄럽지는 않고 살짝 울퉁불퉁했다. 아마 그래서 비늘처럼 보이는 것 같았다. 그녀는 다시 안경을 썼다. 아무것도 없었다. 그래서 다시 책을 읽기 시작했다.

한 단락 정도 읽었을 때쯤, 오른쪽 시야의 윗부분에서 그것이 다시 보였다. 재빠르게 움직이는 그림자 같은 무언가였다. 이번에는 눈만 들어 안경 위쪽으로 보지 않고 그대로 머리를 들어 그것을 똑바로 바라봤다.

그곳에 무언가가 있었다. 아니, 없었다. 그저 무언가의 잔상, 기묘한 공기, 얼룩이나 점과 같은 게 있었다고나 할까. 뭐였을까? 방 안을 둘러보자 다른 곳에서도 색이 바랜 듯 이상한 무언가, 그것도 여러 개가 공기 중에 떠다니고 있었다. 무언가가 있는 것 같았지만 동시에 그렇지 않았다. 그녀는 몸을 돌려 처음 그것이 보였던 곳을 자세히 쳐다봤지만, 그 기묘한 느낌은 사라지지 않았다. 어쩌면 아무것도 없을 수도, 또 어쩌면 그저 안경 렌즈가 울퉁불퉁해서 조명에 따라 다르게 보이는 것일 수도 있다.

게이르는 그곳을 유심히 보다가 눈을 가늘게 뜨며 고개를 약간 기울였고, 그러자 불현듯 무언가가 흐릿하게 나타나는 것 같았다. 그녀는 몸을 뒤로 확 젖혔고, 책이 바닥에 떨어졌다. 대체 그녀가 본 건 무엇이었을까? 그것은 크고 형태가 없었으며, 칠흑같이 검었다. 젤리 같기도 한 그것은 그녀가 머리를 돌려 쳐다볼 때마다 소리 없이 움직였고, 마치 세상의 균열에서 흘러나오는 것 같았다. 모퉁이를 돌다가 갑자기 그곳에 절대 있을 수 없는 무언가를 마주한 느낌이 들었다.

하지만 그녀가 불안해한 이유는 그것 때문이 아니었다. 최소한 전부는 아니었다. 그녀가 진정으로 불안해했던 이유는 그것의 바로 뒤에 있던 것, 그녀가 거의 1초 정도 아주 잠깐 보았던 무언가 때문이었다. 그것은 맨 처음에는 형태가 없는 구름 같았지만, 그다음에는 길고 어두운 그림자처럼 보이기도 했다. 너무 어두워서 눈이 있어야 할 곳에 있는 엄청나게 큰 틈을 빼면 마치 깊은 구멍을 들여다보고 있는 것 같았다. 그 틈 사이로는 거실 일부가 보였다. 그것은 이제 거의 인간에 가까운 형태였다. 사람의 것과 비슷한 팔다리가 있었지만, 손가락처럼 보이는 것들이 사람보다 두 배는 긴 데다 이리저리 마구 흔들렸다. 머리 부분에 달린 것 역시 처음에는 수염이 아닌가 생각했지만, 이내 그녀는 살면서 그런 수염은 결코 본적이 없다는 사실을 떠올렸다. 그것은 어떤 덩어리가 몸부림을 치는 것 같은 모습이었다. 그래서 실루엣만으로는 그것이 무엇인지 확신할 수 없었다.

그 모든 것이 두려운 광경이었다. 하지만 게이르가 가장 두렵다고 느낀 것은 따로 있었다. 처음의 구름 같은 형태는 그녀의 존재를 모르는 것 같았지만, 이것은 달랐다. 그녀가 그것을 응시하자 그것 역시 그녀를 쳐다봤고, 그녀가 자기를 보고 있다는 사실을 놀라워하는 듯했다.

게이르는 안경을 무릎에 내려놓고는 그것을 뚫어져라 바라보며 자신이 아무것도 보지 않았음을 스스로 확신하려 노력했다. 피곤한 데다 온종일 돌아다녔으니 헛것이 보이는 거라고.

이내 그녀는 그 생각을 믿게 되었다. 그래서 다시 안경을 썼다.

그러나 이번에는 그것이 더욱 선명하게 보였다. 마치 뇌가 이 새로운 안경에 적응한 것 같았다. 어두운 형태에 아주 가늘고 키가 매우 큰 그것의 구멍 같은 눈은 이제 아주 가까이 와 있었다. 그것은 게이르 바로 앞에서 몸을 구부려 그녀를 응시했다. 그녀가 무언가를 하기도 전에 그것은 아래로 손을 뻗어 안경 렌즈를 가볍게 두드렸다.

게이르는 화들짝 놀라며 안경을 홱 벗어 소파 위로 던졌다. 그녀는 그것을 느꼈다. 아니, 정확히는 느낀 것이 아니라 어떤 기묘한 기운이 그녀를 스쳐 지나간 것 같았다. 게이르는 안경을 바라보며 어떻게 해야 할지 갈피를 잡지 못했다.

그 순간, 갑자기 안경이 사라졌다. 조금 전까지 있었던 안경이 한순간 사라져 버렸다. 그녀는 안경이 있던 곳을 빤히 쳐다보다가 손을 뻗어 더듬어 보았지만, 소파 위에는 아무것도 없었다.

잠시 후 안경이 다시 돌아왔다. 게이르는 손을 뻗어 안경을 만져 보고는 흠칫 놀랐다. 안경은 축축하고 끈적했으며 약간의 온기마저 있었는데, 마치 무언가의 입 안에 들어갔다 나온 것 같았다.

그녀는 손을 떨며 안경을 집어 들었다. 안경을 비틀어 부숴 버리려는 그 순간, 남편이 말했다. "뭐 하는 거야?"

게이르는 움직임을 멈추고 대답했다. "이 안경, 뭔가 이상해."

"그래도 부술 필요는 없잖아. 맞췄던 곳에 가져가서 바꿔 달라고 해. 대체 뭐가 문젠데?" 남편은 게이르 앞으로 다가와 손을 내밀었다. "이리 줘 봐."

그녀는 마지못해 안경을 남편에게 넘겼다. 남편은 눈을 가늘게 뜨고 안경을 보더니 인상을 찌푸렸다. "무겁네." 남편이 말했다. "왜 이렇게 축축하지?"

"나는…." 게이르가 무언가 말하려 했지만, 남편은 이미 안경다리를 들고 얼굴 앞으로 가져가고 있었다. "쓰지 마." 그녀는 겨우 이 말밖에 할 수 없었고, 다음 순간 안경은 남편의 코 위에 놓여 있었다. 남편은 눈썹을 여전히 치켜세운 채로 안경을 통해 저 너머를 바라봤다.

"무슨 문제가 있다는 거야? 나는 잘…"

그 말과 함께 남편이 순식간에 공기 중으로 사라졌다.


게이르는 기다렸다. 달리 무엇을 해야 할지 알 수 없어서 그저 기다렸다. 이 일을 대체 누구에게 말할 수 있을까? 아무도 그녀를 믿어 주지 않을 것이다. 안경도 돌아왔으니 어쩌면 남편도 돌아올 것이다. 축축하고 따뜻하지만 살아 있는 채로.

하지만 남편은 돌아오지 않았다. 밖은 어두워지고 있었지만, 그녀는 그곳에 그대로 앉아 짙어지는 어둠 속에서 계속 기다렸다. 눈이 어둠에 익숙해질 정도가 되자 그녀는 일어나서 불을 켰다. 그러자 어둠이 조금은 사라졌다.

어딘가에서 짤랑거리는 소리가 작게 들려왔다. 이번에는 바닥 위에 안경이 다시 나타났다. 안경다리 두 개는 모두 뒤틀려 있었고, 렌즈 하나에는 피가 묻어 있었다.

그 후로 그녀의 남편을 본 사람은 아무도 없었다. 남편에게 무슨 일이 생겼는지 알아내기 위해 자신도 모르게 안경을 다시 눈으로 가져가는 실수를 저지른 게이르를 제외하고는. 남편과 마찬가지로 이제 그녀를 다시 볼 수 있는 사람은 아무도 없을 것이다.

# 메노

처음에 그 아파트는 흠 하나 없이 완벽해 보였다. 시간이 흐르자 또다시 물건들이 사라지기 시작했지만. 아니, 적어도 콜린스는 그 물건들이 사라졌다고 생각했고, 그중 일부는 분명 그가 마지막으로 봤던 곳과 다른 곳에서 나타났다. 예를 들어, 콜린스는 손목시계를 컵 선반에 있는 통조림 위에서 발견했다. 책 읽을 때 쓰는 안경은 냉장고 야채 칸에 있었다. 하지만 그 외의 물건들은 그냥 사라져 버렸다. 콜린스는 누군가가 아파트로 들어와 물건들을 가져갔을 수도 있다고 생각했다. 그리고 어쩌면 물건들을 가져간 그 누군가가 그것들을 옮겨 놓았을 수도, 그가 원래 뒀던 장소에서 물건을 집어다가 정상인이라면 절대 두지 않을 곳에 옮겨 두었을 수도 있다고 생각했다.

콜린스가 이전에 살았던 아파트 세 곳에서도 똑같은 일이 벌어졌다. 처음에는 세 아파트 모두 괜찮았지만, 서서히 누군가가 들어와 그의 물건을 훔치거나 위치를 바꿔 놓았다. *기분 탓이야,* 처음에 그는 크게 신경 쓰지 않았다. 하지만 시간이 지나자 그는 이렇게 생각하게 되었다. *어쩌면, 아파트에 심각한 문제가 있는 것일 수도 있어.* 하지만 대체 아파트에 무슨 문제가 있을 수 있다는 말인가?

콜린스는 그 생각을 뒤로하고 조금 더 불편한 가능성을 떠올렸다. 어쩌면 스스로 잠결에 물건을 옮겼을 수도 있다. 어쩌면 그의 몸 안에 있는 다른 존재가 그랬을 수도 있다. 또 어쩌면 누군가가 그의 눈을 완벽하게 피해 집에 들어온 것일 수도 있다. 물론 그는 그 시기, 아파트를 거의 나간 적이 없었다. 도저히 말이 안 되는 방법까지 그럴듯하게 보이는 지경에 이르자, 그는 두려워졌고 다시 아파트에 문제가 있다고 생각하게 되었다. 결국 그는 집을 떠날 수밖에 없었다.

하지만 이번에는 그러고 싶지 않았다. 콜린스는 작년에만 집을 세 번 옮겼고, 임대계약을 줄줄이 파기해야 했다. 그 바람에 돈이 떨어진 것도 이유였지만, 그보다 더 큰 이유는 물건이 없어지는 것만 빼면 이번 아파트가 정말 마음에 들었기 때문이다. 어쨌든 처음에는 그랬으니 문제가 없어지면 다시 마음에 꼭 들게 될 수도 있다. 지금까지는 다음 집으로 가면 상황이 나아질 거라고 자신을 설득했다. 그러나 더는 그런 식으로 지낼 수 없었다. 그래, 그는 생각했다. 이번에는 여기서 버티면서 문제를 해결해야 해.

콜린스는 잠금장치를 설치하고 짐을 모두 풀었다. 물건은 계속 사라졌다. 어쩌면 아파트로 들어오는 다른 방법이 있는 걸지도 몰

라. 콜린스는 벽을 하나씩 두드려 가며 집 안을 샅샅이 살펴봤지만, 눈에 띄는 것은 없었다. 하지만 찾지 못했다고 해서 아무것도 없는 것은 아니다.

그는 감시 카메라 여섯 대를 빌린 뒤 이를 똑같은 곰 인형 여섯 개 안에 숨겨 방마다 두고 밤에 무슨 일이 일어나는지 녹화했다. 모든 카메라는 4초마다 사진이 찍히도록 설정했다. 낮이 되면 그는 작은 사진 여섯 개로 만들어진 직사각형 화면을 빠른 속도로 돌리며 살폈다. 화면 속 그는 침대에 누워 잠결에 몸을 이리저리 뒤척였고, 다른 방들은 비어 있었다. 몽유병 증세도, 누군가가 아파트로 들어온 흔적도 전혀 없었다.

그는 집 안에 있는 카메라가 4초 간격으로 사진이 찍힌다는 사실을 떠올렸다. 하지만 누군가가 그렇게까지 조심스럽고 유연하게, 사각지대만 골라 가며 절대 눈에 띄지 않고 움직인다는 것이 정말 가능할까? 콜린스는 저녁 내내 침대에 누워 있었으니 몽유병이 있는 것은 아니었고, 그건 다행인 일이었다. 하지만 누군가가 이 집에 들어왔을 가능성이 아주 사라진 건 아니었다.

하지만 그 침입자는 대체 자신들이 언제 움직여야 할지 어떻게 안단 말인가? 또, 사진이 찍힐 때 자신들이 사각지대에 있다고 어떻게 확신한단 말인가? 그냥 운으로? 아니, 그럴 수는 없다. 아파트에 누군가가 들어오지 않았다는 것은 거의 확실했다.

그렇다 해도 거의 확실한 것은 완전히 확실한 것과는 다르다.

잠시 후 콜린스는 생각했다. 누군지는 몰라도 *상상 이상으로 교묘한 놈이야.*

생각들이 그를 짓누르기 시작했다. 밤중에 누군가가 집에 있었는데 그가 보지 못한 것일까? 그 침입자들이 투명 인간이었던 걸까? 아니, 그건 말도 안 된다. 그렇게 생각해서는 안 된다. 투명 인간은 없다. 아닌가? 어쩌면 투명 인간까지는 아니더라도 침입자들은 콜린스가 자신들의 모습을 보지 못하도록 뭔가를 했을 수도 있다. 최면이라든가 어떤 불가사의한 방법으로 그를 조종했을지도 모른다. 그렇게 그들은 카메라 앞에서 태연하게 그의 눈앞을 지나다녔던 걸까? 그의 눈에는 그저 빈방만 보이도록 길들여 놓은 채?

콜린스는 눈을 가늘게 뜨고 집 안에서 정말 무슨 일이 있었던 것인지 살폈다. 잠깐이라도 스쳐 간 움직임이 있는지, 방 한구석에 조금이라도 이상한 부분이 보이지는 않는지. 그는 두 눈이 붉게 충혈되도록 화면을 응시했다. 하지만 아무리 열심히 찾아봐도 집 안에는 별다를 게 없었다.

다음 몇 주간 그는 아파트에서 거의 나가지 않았다. 다시 생각해도 이곳은 완벽하게 마음에 들었으니까. 화면에서 가까스로 눈도 떼 보고, 숨어 있는 사람의 흔적을 찾지 않으려 필사적으로 애를 써 보기도 했다. 그러나 소용없었다.

콜린스는 현관에 몸을 굽혀 앉았다. 그가 주문한 식료품이 문 앞 복도에 놓였다. 그는 배달부가 떠나는 엘리베이터 소리가 들릴 때까지 기다렸다가 재빨리 문을 열고 식료품을 집어 왔다. 주말에는 신문이 문 앞에 배달되었고, 그는 또다시 문에 귀를 바짝 대고 엘리베이터가 배달원을 실어 가는 소리가 날 때까지 기다렸다가 신문을 홱 낚아채 들어왔다.

가장 위험한 일은 우편물을 가지러 내려가는 것이었는데, 처음에는 매일 가지러 갔지만, 이제는 일주일에 한 번만 위험을 무릅쓰고 내려간다. 그리고 바로 이때가 콜린스가 느끼기에 자신의 집이 가장 취약해지는 시간이었다. 그래서 그는 주민 대부분이 일하러 나간 뒤인 오후까지 기다렸다가 최대한 빠르게 움직인다. 손에 열쇠를 쥐고 나와 문을 잠근 뒤 엘리베이터를 타고 빠르게 일 층으로 내려간다. 엘리베이터가 닫히지 않도록 문 사이에 신발을 끼워 둔 채로 몸을 뻗어 재빨리 우편함을 열고 안에 든 것을 모두 꺼낸 다음, 그 즉시 엘리베이터를 타고 집으로 올라가 잠긴 문을 열고 서둘러 집 안으로 들어온다. 운이 따르는 날이면 이 모든 과정을 이 분 안에 끝내는데, 그는 그것마저 너무 길다고 생각했다. 하지만 이게 최선이었다.

집 안에 들어온 후에는 숨을 몰아쉬며 등 뒤로 문을 잠근 뒤, 자신이 없는 사이에 누군가가 들어와 물건을 훔치거나 옮긴 흔적이 없는지 실내 곳곳을 살폈다. 확실한 증거를 찾은 적은 없지만, 그래도 몇 분 뒤, 몇 시간 뒤, 하루 뒤에 어쩌면 눈치채지 못했던 무언가를 발견할 수도 있다.

그렇게 우편물을 가지고 돌아오던 어느 날, 콜린스는 우연히 메노를 만나게 되었다. 그는 그것이 그 남자의 이름일 것이라고 확신했다. 콜린스는 집에서 재빨리 엘리베이터로 달려가 버튼을 누르고 도르래가 돌아가는 소리에 귀 기울였다. 승강기가 올라오는 동안 뒤쪽에서 누군가가 문을 여는 소리가 들렸고, 그는 불안한 눈초리로 뒤돌아보며 그 문소리가 자신의 집이기를, 마침내 누군가가 자신의 집으로 들어가는 모습을 목격할 수 있기를 바랐다. 하지만 문소리는 그의 집이 아닌 복도 맞은편에 있는 집에서 난 것이었다. 한 남자가 밖으로 나와 열쇠로 문을 잠그고 있었다.

그 순간 콜린스는 다시 집으로 뛰쳐 들어갈 뻔했다. 그 남자가 자신의 집 맞은편에 서 있지 않았다면 그렇게 했을 것이다. 대신 그는 몸을 엘리베이터 쪽으로 돌려 멍하니 문틈을 응시했다. 엘리베이터 문이 열리자 그는 단번에 올라타 일 층 버튼을 계속해서 눌렀다.

엘리베이터 문이 서서히 닫히기 시작하고 그가 마음을 놓으려는 순간, 문틈 사이로 손이 들어오면서 문이 마구 흔들리더니 다시 열리기 시작했다. 그리고 한 남자가 미소 지으며 걸어 들어왔다.

"일 층 좀 눌러 주실래요?" 남자는 마치 콜린스를 엘리베이터 승무원으로 착각한 것처럼 말했다. 콜린스는 남자를 보지 않으려 애쓰며 버튼을 다시 한번 눌렀다.

꽤 오랫동안 엘리베이터 문은 닫히지 않았고, 남자는 조용히 노래를 흥얼거렸다. 그러다 문이 닫히는 순간, 남자가 콜린스 쪽으로 손을 불쑥 들이밀었다. 순간 콜린스는 남자가 자신을 때리려는 건줄 알고 흠칫했지만, 이내 그저 자신의 손을 잡고 악수하려고 했을 뿐임을 깨달았다. 그가 마지못해 손을 마주 잡자 남자는 불쾌할 정도로 그 손을 꽉 쥐었다.

"저는 메노예요." 남자의 말이 흐리게 들렸다. 손이 너무 아파서 남자가 뭐라고 하는지 정확히 들을 수 없었다. 그는 마치 귀와 손의 신경이 서로 연결된 것 같다고 생각했다. "콜린스 씨죠," 메노가 말했다. "저는 앞집에 살아요."

콜린스는 대충 말을 얼버무렸다. 위험을 무릅쓰고 흘긋 바라본 남자는 친절하고 쾌활한 인상에 붉은 기가 도는 금발이었고, 얼굴은 마치 아이처럼 천진하고 반듯했다. 어딘지 모르게 익숙한 얼굴이었다. 남자는 이를 아주 조금도 보이지 않고 미소 지었다. 콜린스는 이를 보이지 않고 웃는 사람은 어딘가 문제가 있는 것이라고 늘 생각했다.

그때 엘리베이터가 멈추며 문이 열렸고, 메노가 잡은 손을 놓아주었다. 콜린스는 뛰쳐나가 우편함에 몸을 바짝 붙이고 열쇠를 더듬어 찾았다. 메노가 그의 뒤를 천천히 지나쳐 아파트 현관으로 가는 발소리가 들렸다. 잠시 후 현관문이 열리고 메노가 밖으로 나갔다.

자신의 완벽한 아파트로 돌아와 다시 안정을 느끼며 콜린스는 현관문에 기댄 채로 잠시 메노를 떠올렸다. 어딘가 낯이 익었다. 이전에 살았던 곳, 바로 전이 아니라 처음 살았던 집의 이웃과 비슷하게 생기지 않았나? 그는 확신할 수 없었다. 어쩌면 그런 것 같기도 했다. 메노가 낯익다는 것만은 분명했고, 그것은 중요한 사실이었다.

이전 이웃 중에 메노라는 사람이 있었나? 아니, 그런 것 같지는 않다. 솔직히 이웃의 이름을 알고 있었던 적은 없지만.

하지만 이 메노라는 사람은 이상하리만치 어딘가 익숙했다. 그것만은 확실했다.

콜린스는 며칠 동안 생각했다. 자신으로 하여금 살던 곳을 세 번이나 옮기게 만든 이전 집의 이웃들을 머릿속에 떠올려 보았다. 그때 그는 이웃이 자신의 물건을 훔치는 범인이라고 생각했었고, 실제로 그 이웃에게 따지기도 했다. 그 남자는 콜린스의 비난에 놀라고 당황스러워하는 것 같았다. 그렇지 않다면 적어도 그런 표정을 아주 능숙하게 연기했던 것인데, 콜린스로서는 어느 쪽이었는지 확신할 수 없었다. 그 이웃이 메노와 똑같이 생겼던가? 같은 사람인 걸까? 완전히 똑같지는 않다는 생각이 들었지만, 분명 닮았다. 같은 사람은 아니었지만, 낯이 익었다. 만약 자신이 준비성 있게 이전 이웃의 사진을 가져왔다면 확실히 알았을 것이다.

메노라고? 그는 생각했다. 무슨 이름이 그렇지?

어쩌면 그 두 사람은 사촌이든 형제든 서로 어떤 관계가 있을 수도 있다. 더 나아가 어쩌면 사실 두 사람이 같은 사람이고, 일부러 다른 사람처럼 보이도록 변장한 것일 수도 있다.

잠들기 전 침대에 누워 있는 지금, 콜린스는 득도한 사람마냥 매 순간 마음의 눈으로 메노를 아주 생생하게 떠올릴 수 있게 되었다. 어떻게 이런 일이 가능한 것일까? 콜린스는 그 남자를 지나치며 그저 곁눈질로 흘긋 봤을 뿐이다. 메노의 모든 면을 본 것도, 움직이는 모습을 본 것도, 세상을 살아가는 태도를 본 것도 아니지만, 마음의 눈으로 그는 완전한 메노를 볼 수 있었다. 어떻게 그의 마음의 눈 속으로 메노가 들어올 수 있었던 걸까? 그러려면 먼저 진짜 눈으로 봐야 하는 것이 아닌가?

게다가 콜린스는 배를 대고 침대 위에 엎드려 있을 때만 마음의 눈으로 메노를 볼 수 있었는데, 이는 엘리베이터에서 메노를 봤던 상황과는 아무 상관없는 자세였다. 하지만 이런 자세로만 그를 볼 수 있는 것은 분명 콜린스 자신이 메노를 봤기 때문일 거라고, 자는 동안 반쯤 감긴 눈 사이로 그를 봤기 때문일 거라고 스스로를 이해시켰다.

콜린스로서도 메노가 어떻게 집 안에 들어와 자신의 옆에 서 있을 수 있었는지 설명할 길은 없었다. 어떻게 카메라들을 피했는지, 아니면 어떻게 콜린스가 카메라로 찍힌 화면 속 메노를 볼 수 없게 만든 것인지도 설명할 수 없었다. 하지만 물건들이 계속해서 없어지거나 적어도 다른 곳으로 옮겨지고 있다는 사실만큼은 분명했다. 만약 물건을 훔치거나 위치를 바꿔 놓는 사람이 메노가 아니라면, 대체 누가 그럴 수 있겠는가?

이전에는 이런 상황이 올 때마다 집을 버리는 쪽을 선택했다. 그럴 때면 콜린스는 밤이 깊을 때까지 기다렸다가 작은 가방만 챙기고는 최대한 조심하며 도망치듯 집을 빠져나왔다. 그리고 며칠 뒤 누구도 그를 모르는 새로운 도시, 새로운 집에서 모든 것을 다시 시작하곤 했다. 뒤는 돌아보지 않았다. 그렇게 한동안은 새로운 집에서 아무 문제 없이 살지만, 곧 물건들이 다시 사라지기 시작한다. 그는 그 이유가 메노, 또는 메노 같은 사람, 혹은 메노 같은 사람들이 또다시 자신을 찾아냈기 때문이라고 생각했다.

하지만 이번에는 도망칠 수 없었다. 그러기에 이곳은 너무 완벽한 집, 완벽한 보금자리였다. 그러니 그가 해야 할 일은 대낮에 이 집을 떠나는 척 연기하며 메노가 자신을 따라오게 만드는 것이다. 메노에게 윗사람이 있다는 가정하에 그를 아파트에서 멀어지도록 유인해 자신이 이 집을 떠났다는 사실을 보고하게 만들고, 이 일에 관련된 모두가 그것을 믿게 해야 했다.

분명 집 안에 있었던 것 같은 게임 카드를 찾으며 콜린스는 곰곰이 생각했다. 그는 메노가 자기 집 현관문을 열 때까지 문 앞을 지키며 친구인 척 연기하는 그 배신자를 기다릴 작정이었다. 메노가 집을 나오면 콜린스 역시 문밖으로 나갈 것이다. 그런 다음 그는 억지로 메노에게 인사를 건넬 것이다. 그러고는 메노에게 가방을 보여 주며 자신은 이제 이곳을 떠날 거라고 말할 것이다. 물론 메노는 무관심한 것처럼 행동할 것이다. 콜린스는 영원히, 영원히 이 집을 떠난다고 말할 것이다. 두 사람이 엘리베이터에서 내린 다음에는 메노가 거리를 두고 자신을 따라올 수 있도록 콜린스는 느긋하게 아파트 주변을 걸어 다닐 것이다. 그다음에는… 일단 여기까지가 그의 생각이었다.

콜린스는 끊임없이 생각하고, 끊임없이 물건을 찾아다녔다. 싱크대 아래쪽을 살펴봤다. 카드는 없었다. 화장실 변기를 살펴봐도 카드는 없었다. 침대 아래, 박스 스프링과 매트리스 사이에도 카드는 없었다. 선반에 있는 통조림까지 전부 꺼내 찾아봤지만, 역시 카드는 없었다.

그가 선반 뒤쪽에서 찾은 것은 총 한 자루였다. 처음에는 눈에 잘 보이지 않았다. 천에 꽁꽁 싸여 있어서였다. 작은 리볼버였고, 기름칠도 잘 되어 있었다. 장전도 되어 있었다. 그의 총은 아니었다. 그 역시 이전에는 총이 있었고, 가지고 다니기도 했지만, 적어도 전 집이나 그 이전 집에서 누군가 훔쳐 갔거나 아니면 어쩌다 보니 분실했을 터였다. 그리고 그 총 역시 38구경이긴 했지만, 이 총과는 달랐다. 그렇다, 그 총은 달랐다. 어떻게 다른지는 정확히 설명할 수 없지만, 어쨌든 그랬다.

콜린스는 꽤 오랫동안 총을 응시했다. *분명 메노가 여기에 놓고 갔겠지*, 그는 생각했다. 어쩌면 메노가 무언가를, 콜린스와 관련된 어떤 계획을 꾸미고 있는지도 모른다. 콜린스는 메노가 자신에게 총을 쏠 상황이 생기기 전에 이 총을 가져가서 메노를 쏴 버리는 것이 자신의 안전을 위해서 할 수 있는 유일한 일이라고 되뇌었다.

콜린스는 절대 찾을 수 없을 거라는 사실을 알면서도 계속 카드를 찾아다녔다. 어쩌면 메노는 자신의 집에서 그동안 훔친 물건들에 둘러싸인 채 홀로 카드놀이를 하고 있을지 모른다. 그는 메노를 처리한 뒤에 그의 주머니에서 열쇠를 꺼내는 것을 잊지 말아야겠다고 생각했다. 다시 아파트 건물로 돌아와 메노의 집에서 자신의 물건들을 되찾아야 할 테니까.

콜린스는 이제 자신이 무엇을 해야 할지 알고 있었다.

그는 뒷주머니에 총을 꽂은 채 자신의 뒤를 따라오는 메노를 이끌 것이다. 도시를 벗어나 교외로 향하는 동안 메노는 계속해서 그를 미행할 것이다. 그는 교외를 가로지르고 작은 산을 지나 또 다른 산을 오를 것이다. 메노는 그때까지도 분명 그의 뒤를 따를 것이다. 그런 다음 충분히 외진 곳에 도착했을 때, 가장 알맞은 곳, 완벽한 곳에 다다랐을 때, 그는 메노의 총을 꺼내 메노를 쏠 것이다. 그러고 나면, 마침내 그는 완벽한 자신의 집으로 돌아와 평화롭게 살 수 있을 것이다.

마침내, 콜린스는 처음으로 메노보다 한걸음 앞서 있었다.

그는 현관문에 몸을 바짝 대고 눈을 고정한 채 그 배신자가, 그의 이웃이 나타나기를 기다렸다.

# 시선

이안에게

## I.

촬영은 잘 끝났다. 사실 너무 잘 끝났다. 촬영이 너무 잘된 나머지 토드는 무언가가 잘못되기를 기다릴 지경이었다. 프로덕션에서 제작을 중단한다든지, 노조에서 말도 안 되는 핑계로 개봉을 방해한다든지, 기이한 사고를 당해 자신의 얼굴 반절이 날아가 버린다든지 하는. 일이 잘 풀려 갈수록 수면 아래에서 무언가가 소용돌이치며 모든 것을 망쳐 버릴 것 같다는 생각이 점점 강하게 들었다. 나쁜 일이 생기지 않을수록 기분은 더 나빠졌다.

토드는 스스로 상처를 내서 이 압박을 덜어 내고 싶었다. 엄지 정도만 잘라 낸다든지 해서 말이다. 하지만 그는 스튜디오에서 일을 쉽게 진행해 주지 않을 거라는 사실을 알고 있었다. 작업을 마무리할 때쯤이 되자 그는 사소한 일에도 소스라치게 놀랐다. 하루도 더 버틸 수 없을 것 같았다. 그러다 갑자기 프로덕션에서 촬영을 마무리하며 모든 것이 정말로 끝나 버렸고, 토드는 안심은커녕 당황하고 의심하며 끊임없이 어떤 문제가 생기지 않을까 걱정했다.

하지만 후반 작업이 시작되었는데도 문제는 일어나지 않았다. 소리에도 편집에도 문제가 없었고, 영상 처리도 괜찮았다. 아무 문제도 없었다. 그렇게 영화가 완성되었고, 모두가 기대 이상이라고 찬사를 보냈다. 스튜디오에서는 편집 전 영상에 냉담한 반응을 보였지만, 영화가 완성되고 난 후에는 토드가 내놓은 결과물을 아주 마음에 들어 했다. 이상하게도 수정을 요구하는 사람이 아무도 없었다.

"정말이에요?" 토드는 마음의 준비를 하며 물었다.

"정말이야," 스튜디오 책임자가 말했다. "이대로 훌륭해."

"그리고요?"

"그리고는 없어, 그런데도 없고."

토드가 팔짱을 꼈다. "아니 그래서, 어떻게 수정했으면 좋겠어요?"

"이해를 못 하는 것 같네." 책임자가 대답했다. "아무것도 수정하지 않아도 돼." 그러고는 대체 뭐가 문제냐는 듯 눈을 치켜떴다. "왜 그래? 기뻐해야 하는 거 아니야?"

하지만 토드는 기뻐할 수 없었다. 그는 아직도 무언가가 잘못되기를 기다리고 있었다.

아무 문제가 없다, 아무 문제가 없다. 토드는 속으로 되뇌었지만, 여전히 그는 책임자가 문으로 향하는 자신의 뒷모습을 지켜보고 있는 것 같다고 생각했다. 그는 만약 이 장면을 촬영한다면 어떻게 할지 떠올려 보았다. 먼저 책임자의 얼굴을 퀵 샷으로 찍고, 그다음 문으로 걸어가는 자신의 뒷모습을 찍은 다음, 표정이 살짝 바뀐 책임자의 얼굴을 다시 찍는 것이다. 사실 토드는 기뻐해야 했고, 스스로도 그 사실을 알고 있었다. 문제가 없는 데다 모든 것이 잘 마무리되었고, 영화도 성공적으로 완성되었다. 하지만 그렇다면 개인적으로 무언가 끔찍한 문제가 생길 가능성이 있다는 것은 아닐까? 토드는 미혼이었고, 만나는 사람도 없었으며, 반려동물도 없었다. 그러니 무엇이 잘못될 수 있을까? 그래, 어쩌면 다음 작품이 완전히 실패해 버리는 게 아닐까? 이 성공이 어떤 대가로 이어질지도 모르면서 어떻게 즐길 수 있다는 말인가?

그는 집으로 갔다. 그러고는 집 안 벽을 한 시간, 어쩌면 그 이상 오랫동안 바라봤다. 밖은 점점 어두워졌다. 마침내, 그는 손을 덜덜 떨며 차를 타고 다시 스튜디오로 돌아왔다.

생각했던 것보다 더 늦은 시간이었다. 그래도 토드는 문제없이 정문을 지나 건물 안으로 들어올 수 있었다. 그는 야간 경비원과 이야기한 뒤 편집실로 들어왔고, 필름을 늘어놓은 채 마치 다른 사람이 감독한 영화를 보는 것처럼 하나씩 보기 시작했다.

잘 만든 영화였다. 그는 마지못해 인정할 수밖에 없었다. 객관적으로 본다면 스튜디오의 의견에 동의해야 했다. 카메라워크는 훌륭하다 못해 경이로울 정도였고, 영상에는 그가 의도한 대로 그림자가 짙게 배어 있었다. 서서히 흐트러지는 주인공의 정신 상태가 화면에 그대로 드러나는 것을 넘어 흘러넘치는 듯했다. 효과 역시 영화 전반에 깔린 두려움과 불안감을 잘 보여 주었다. 당장에라도 프로젝트가 중단될지 모른다는 그의 불안감이 촬영에 참여한 스태프들에게까지 스며들었고, 그것이 역설적으로 영화에 도움이 된 것 같다는 생각이 들기 시작했다. 서서히 미쳐 가는 주인공의 모습은 정신이 이상한 정도가 아니라 마치 다른 사람이 된 것 같았다. 관객을 등장인물과 가까워지게 하고, 그 인물이 미쳐 버렸을 때 관객이 더욱 몰입하게 만드는 그런 영화였다.

토드는 텅 빈 화면을 응시했다. 머릿속에서는 필름이 계속해서 돌아가고 있었다. 그는 자신이 기뻐하는 것이 맞다고 생각했다. 모두가 옳았다. 그는 기뻐해야 했지만, 여전히 무언가가 거슬렸다. 대체 무엇일까? 배우들의 연기도 훌륭했고, 연출과 초점, 카메라워크도 좋았다. 조명도 더할 나위 없었고, 음향 편집도 정확했다. 대체 무엇을 불평해야 한단 말인가?

그는 한숨을 내쉬며 몸을 쭉 폈다. 이제는 영화가 성공적이라는 사실을 받아들이고 그만 집에 가서 자야 한다고 생각했다. 하지만 그는 또다시 필름을 늘어놓고 처음부터 돌려 보았다.


영화를 세 번째 다시 볼 때쯤, 그는 문제가 무엇인지 어렴풋이 깨닫기 시작했다. 실내에서 찍은 영상의 시선이 약간 어긋나 있었다. 실내 영상이 전부 그런 것은 아니었고, 주인공의 어린 시절 집, 부모님의 시신을 토막 내기 전과 후에 살았던 집 세트에서 찍은 영상만 그랬다. 많이도 아니고 살짝 어긋나 있어서 적어도 처음 보는 사람들은 의식적으로 알아채기 쉽지 않을 정도였다. 하지만 무의식적일 때는 또 어떨지 어떻게 알겠는가? 사람들은 알아차린다. 의식적인지 무의식적인지는 중요하지 않다. 영상을 바로잡아야 한다.

하지만 그는 카메라맨이 매우 세심하게 카메라의 시선을 세팅했다는 사실을 떠올렸다. 그는 카메라맨의 의견을 듣고 각본 감독을 해고했는데, 각본 감독이 시선을 꼼꼼하게 신경 쓰지 않는다고 불평했기 때문이었다. 장면을 하나씩 찍을 때마다 그 카메라맨이 카메라 위치를 조정하고 또 조정하면서 시선을 맞추기 위해 세밀하게 움직이던 모습이 생생하게 떠올랐다.

토드는 편집하기 전 디지털 파일들을 꺼내 들었다. 그가 정확히 본 것일까? 그가 보고 있던 장면과 주연이 나오는 장면을 나란히 두고 살펴봐도 표면적으로는 확실히 알 수 없었다. 그가 망상에 빠진 것일까? 처음에는 그렇다고 생각했지만, 보면 볼수록 생각이 굳어졌다. 그렇다, 시선이 어긋나 있었다.

어쩌면 카메라맨의 시력에 약간 문제가 있어서 그에게는 시선이 맞아 보여도 다른 사람들에게는 그렇지 않은 것일지 모른다. 아니 어쩌면 시야에 문제가 있는 사람은 토드 한 명뿐이고 영상에는 문제가 없는 것일 수도 있다.

그는 화면을 이리저리 어설프게 손보며 어떤 부분을 잘라 내거나 조정해서 어긋난 시선을 맞출 수 있을지 살펴보았다. 하지만 어떻게 바꿔 보아도 문제는 나아지지 않았다.

토드는 이미 전화를 걸고 나서야 지금이 얼마나 늦은 시간인지 깨달았다. 자정이 넘어 새벽 한 시가 다 돼 가는 시간이었다. 그는 전화를 끊었다. 아침까지 기다릴 수 있었다.

하지만 몇 초 뒤, 핸드폰 벨 소리가 울리기 시작했다.

"잘못 걸었어요?" 카메라맨이 수화기 너머로 물었다.

"아, 깨어 있었네요. 네, 잘못 걸었어요. 늦은 시간에 전화해서 미안해요."

카메라맨은 굳이 대답하려 애쓰지 않고 기다렸다.

"그냥," 토드가 우물쭈물거렸다. "저는… 그러니까 시선이," 마침내 그가 겨우 말을 꺼냈다. "어긋났어요."

카메라맨은 오랫동안 아무 말도 하지 않았고, 토드는 그의 기분이 상했을 수도 있을 거라고 생각했다.

"그 집에서 찍은 영상만 그래요," 토드는 그 사실이 상황을 나아지게 만들기라도 하는 것처럼 덧붙였다. "다른 영상은 다 괜찮아요."

"지금 어디에요?" 카메라맨이 마침내 대답했다. 어딘가 숨이 막힌 듯한 목소리였다.

"괜찮은 거죠?" 토드가 물었다.

카메라맨이 웃음을 터뜨렸다. 전화기 잡음 때문에 웃음소리가 간간이 끊겨 들려왔다. "이제야," 그가 말했다. "이제야 저 말고 눈치챈 사람을 찾았네요."


2.

"정말 힘들었어요." 새벽 두 시나 세 시쯤, 감독과 텅 빈 식당에서 커피를 마시며 콘래드가 말했다. "카메라 시선을 맞추고 나서 들여다보면 정확하게 들어맞는다는 생각이 드는데, 한편으로는 계속 '아니야, 아직 안 맞아'라고 생각하게 돼요. 그래서 프레임을 다시 맞추고 모든 설정을 한 번 더 확인하죠. 뷰파인더를 들여다보며 '그래, 완벽해'라고 생각할 때마다 얼마 지나지 않아 또 생각하게 돼요. '아니야….'"

모든 장면을 찍을 때마다 이런 상황이 반복됐다. 대부분은 촬영장 전체의 분위기 때문일 거라고, 세트에 흐르는 이유 모를 긴장감 때문일 것이라고 그는 생각했다. 감독님도 느꼈군요, 콘래드가 감독에게 말했다. 저는 느꼈어요. 밤에 집으로 돌아가 그날 촬영을 되짚어 보며, 콘래드는 왜 계속 시선이 맞지 않는 것 같은 기분이 드는지 의아했다.

"그런 기분은 처음이었어요." 콘래드가 말했다. "20년 동안 영화를 찍어 왔지만, 그런 기분이 든 건 처음이었죠."

촬영이 계속될수록 상황은 더 나빠졌다. 야외도, 다른 장소들도 아니고 그 집에서만 그랬다. 콘래드는 그 집이 마치 생물처럼 팽창하고 수축하고 숨 쉬며 아주 조금씩 움직이는 것이 아닐까 생각하기 시작했다. 이 이야기를 하는 순간, 감독의 얼굴에 떠오른 표정을 보며 콘래드는 감독도 같은 느낌을 받았음을 알 수 있었다. 그 집 안에 있으면 마치 살아 있는 무언가의 배 위에 올라가 있는 것 같았다. 마치 그 집이 모두를 삼켜 버린 것 같았고, 살아 있지 않은 것처럼 보이는 그 집은 사실 전혀 그렇지 않은 것 같았다. 그 집은 항상 아주 미세하게 움직이고 있어서 심지어 배우가 어딘가를 바라보는 장면을 찍은 뒤 그 시선이 어디로 향하는지를 보여 주는 화면을 준비하는 도중에도 모든 것이 살짝씩 어긋났다.

"말도 안 돼." 감독이 믿기지 않는다는 듯 말했다.

"맞아요," 콘래드가 동의했다. "말도 안 되죠. 하지만 감독님도 느꼈잖아요."

사실 상황은 그것보다 더 심했다. 정말 깊이 집중해서 들여다볼 때면 마치 무언가가 서서히 열리는 것 같았고, 그렇게 그대로 서 있으면 헐거운 현실의 이음새 한편이 보일 것 같았다. 콘래드는 주위 스태프들이 어떻게 생각하든지 신경 쓰지 않고 조금씩 흔들리며 발뒤꿈치를 들고 서 있었다. 그리고 그 순간, 아주 잠깐이지만 그는 분명히 보았다. 실 같은 이음새랄까, 아니 그보다는 좁은 구멍에서 누군가, 아니 무언가가 이쪽을 응시하는 모습을.

"왜 말 안 했어요?" 감독이 물었다.

"말씀하신 대로죠," 콘래드가 어깨를 으쓱했다. "말도 안 되니까요. 감독님도 아무 말 안 했잖아요. 편집자도 눈치 못 챘어요. 그나저나, 편집자는 그 세트에 없었죠?"

감독은 주저하더니 고개를 끄덕였다. 두 남자는 아무 말도 하지 않은 채 커피를 한 모금 마셨다. 침묵 끝에 감독이 말했다. "그건 뭐였어요?"

"네?" 콘래드가 물었다.

"이쪽을 보고 있던 그것이요. 대체 뭐였어요?"

"잘 모르겠어요." 콘래드가 고개를 저었다. "어떻게 생겼는지는 봤지만."

"어떻게 생겼는데요?" 알고 싶지 않은 표정이었지만, 감독은 그렇게 물었다.

콘래드는 그것이 어떻게 생겼는지 보긴 했지만, 실제와는 다를 거라고 말했다. 추측건대 그것은 자신에게 가까이 다가온 것들과 비슷하게 변할 수 있고, 어떤 식이든 자신이 접근할 수 있는 모든 것을 흉내 내는 것 같았다. 이런 집에서, 현실이라는 직물의 이음새가 헐거워진 이런 공간에서, 그것은 벌어진 틈 사이로 관찰할 수 있는 모든 것의 외관을 그대로 흡수하는 것이다. "처음엔 제 생각이 틀린 줄 알았어요." 콘래드가 말했다. "뭔가가 기묘하게 반사되었거나 굴절된 줄 알았죠. 똑같은 것 두 개를 동시에 볼 수는 없으니까요. 하지만 그 둘이 움직이는 것을 보면 서로 같지도 않았고, 거울처럼 서로를 비추는 식도 아니었어요. 똑같이 생겼지만, 전혀 똑같지 않았죠."

감독이 손바닥으로 책상을 세게 내리쳤다. "빌어먹을, 그래서 대체 그게 뭐였다는 겁니까."

콘래드는 깜짝 놀랐다. 이렇게까지 말했는데 감독은 왜 짐작하지 못하는 것일까? "당연히 주인공이죠."

3.

스티븐 칼더(결혼 전 이름은 아모스 스미스였다)는 영화를 찍는 내내 무언가 잘못됐다는 느낌을 받았다. 자기 자신의 문제도, 연기가 별로였던 것도 아니었다. 그래, 연기는 좋았다. 이유는 알 수 없었지만, 사실 그 어느 때보다도 좋았다. 감독이 미친 듯이 안절부절못하며 이상하게 굴긴 했어도 딱히 문제가 있던 것은 아니었다. 카메라맨도 마찬가지였다. 지나치게 꼼꼼하긴 했지만, 스태프들 모두가 그랬다. 그래, 눈에 보이는 문제도, 탓할 만한 것도 없었다. 그저 느낌뿐이었다.

그는 그 알 수 없는 느낌을 털어 버리고 아무 문제가 없는 것처럼 연기했다. 아니, 원래 이 영화에서 그가 연기하는 캐릭터 자체가 이성을 잃고 미쳐 가는 인물이었으니 촬영 때는 미친 사람처럼 연기했고, 카메라가 돌아가지 않을 때는 모든 것이 괜찮은 것처럼 연기했다. 심지어 고등학교 시절, 그러니까 아모스 스미스였을 때 들었던 멍청한 농담들을 애써 떠올려 분위기를 띄우려고까지 했다. 자신이 지금 느긋하고 아무런 문제가 없다는 것을 보여 주기 위해서.

하지만 그는 전혀 느긋하지 않았다. 오히려 무언가가 *잘못되었다*고 확신했다. 그의 부모님 집에 있을 때 특히 더 그랬다. 그러니까 그가 연기하는 *캐릭터의* 부모님 집에서는. 밖에서는 그렇지 않았다. 아무것도 느껴지지 않았다. 다른 실내에서도 마찬가지였지만, 그래, 이상하게도 그 집에서는 느껴졌다. 마치 바닥이 미세하게 움직이는 듯한 느낌 때문에 뱃멀미가 났다. 하지만 말도 안 되는 소리다. 집은 움직이지 않으니까.

하지만 이 집은 그랬다. 적어도 그에게는 그랬다. 뭔가 이상하다는 것을 느낀 사람은 그뿐인 걸까?


스티븐은 그의 부모님 집에서, 그러니까 그가 연기하는 *캐릭터의* 부모님 집에 서서 카메라가 돌아가기를 기다리기 직전에 그 이상한 느낌을 가장 강하게 받았다. 조명을 조정하고 카메라 위치를 잡는 동안 그는 자신의 자리에 서서 기다렸다. 그는 자신이 지금은 이곳에 서 있지만, 빠르면 바로 다음 영화를 찍을 때쯤 대역이 자기 대신 서 있을 수도 있지 않을까 생각했다. 이번 영화는 큰 기회였고 그가 주인공 역할을 맡았지만, 그 기회가 열매를 맺을 때까지는 이렇게 직접 서서 대기해야 한다.

그렇게 자신의 자리에 서서 기다리는 중에 스티븐은 이따금 옆에서 깜빡이는 기묘한 공기를 보곤 했다. 하지만 똑바로 보려고 고개를 돌리면 그것은 다시 보이지 않았다. 그러면 카메라맨이 원래 정해진 방향으로 고개를 바로 하라고 그를 살짝 나무랐고, 곧 그 기묘한 공기가 다시 느껴졌다. 뭐였을까? 깜빡이는 천장 등을 잘못 본 것일까? 머리에 이상이 생긴 것일까? 그는 알 수 없었다. 머리 문제는 아닌 것 같았다. 하지만 그렇다면 왜 다른 사람들은 보지 못한 것일까?

그 일은 촬영이 4분의 3 정도 진행되었을 때, 살인 장면을 찍는 도중에 일어났다. 그의 부모님이었던 시체들이 토막 난 채 스티븐의 발치에 놓여 있었다. 그는 여전히 과호흡에 가까울 정도로 숨을 몰아쉬고 있었고, 피에 흠뻑 젖은 상태로 다시 그 깜빡임을 보았다. 하지만 이번에는 깜빡임이 아니라 공기가 찢긴 듯 벌어져 있었는데, 마치 짐승이 허공을 물어뜯은 것 같은 모습이었다. 카메라맨도 무언가를 본 것 같았다. 얼굴에 묘한 표정이 떠오르더니 스티븐의 머리 바로 오른쪽 허공을 놀란 눈으로 쳐다보았다. 움직이지 마, 머릿속에서 무언가가 말했고, 그는 목 뒤의 털이 바짝 서는 것을 느꼈다. 스티븐은 그대로 가만히, 아주 가만히 움직이지 않고 있었다.

오존 같은 냄새가 목이 쓰라릴 정도로 깊숙한 곳까지 밀려 들어왔고, 무언가가 펼쳐지는 듯한 소리와 함께 목에 뜨거운 숨이 느껴졌다. 바로 앞에 있는 카메라맨이 마치 물속에서 걷는 듯 비정상적으로 천천히 움직였다. 그 순간, 어떤 강한 힘이 스티븐의 발을 홱 잡아당겼고, 그는 그대로 넘어져 정신을 잃었다.

몇 초 뒤 그가 정신을 차렸을 때 방 안은 비어 있었다. 카메라도, 스태프들도 전부 보이지 않았다. 어떻게 이런 일이 있을 수 있단 말인가?

"누구 없어요?" 스티븐이 외쳤지만, 대답은 없었다.

그는 자리에서 일어나 방 안을 돌아다녔다. 사라진 사람들의 흔적은 어디에도 보이지 않았다. 제작팀이 이곳에 있었다는 그 어떤 흔적도 찾을 수 없었다. 카메라도, 조명도, 케이블도, 그 어떤 촬영 장비도 없었다. *이게 대체 무슨 일이지?* 스티븐은 혼란스러웠다.

그는 방 안을 다시, 또다시 돌아보았고, 그럴수록 점점 더 불안해졌다. 다른 방들도 살펴보았지만 마찬가지로 텅 빈 채 고요했다. 스티븐은 다른 누군가가 있는지 소리 내어 외치고 귀를 기울였지만, 대답은 돌아오지 않았다. 결국, 그는 현관문을 지나 집 밖으로 나섰다.

아니, 그럴 수 있었다면 그랬을 것이다. 하지만 집 밖에는 아무것도 없었고, 문은 그 어디로도 이어지지 않았다.

이곳에 대체 얼마나 있었던 것일까? 며칠이 지난 것일까? 아주 오랫동안 있었던 것 같았지만, 한편으로는 아주 잠깐인 것도 같았다. 그는 집 안에 있는 모든 창문과 문을 열어 보았다. 여전히 집 밖에는 아무것도 없었다. 배도 고프지 않았는데, 그래서 혼란스러웠다. 그는 자신이 어떻게 여전히 살아 있는 것인지 알 수 없었다. 그가 정말 살아 있다고 가정한다면.

그는 벽에 등을 기댄 채 주위를 살피며 기다렸다. 손등을 내려다보자 혈관 안쪽으로 밀물과 썰물 같은 피의 흐름이 보였다. 이상했다. 전에도 이랬었나? 마치 피부가 투명해진 것 같았다. 그는 자리에서 일어나 앞뒤로, 또 앞뒤로 서성거리다가 다시 앉았다. 그러고는 잠시 잠들었다가, 깼다가, 다시 잠들었다가, 깨어났다가, 다시 잠들었다.

그가 몸을 쭉 펴며 다시 잠에서 깨어났을 때, 다시 언뜻 그것이 보였다. 이전에 봤던 그 깜빡거림이었다. 그는 곧바로 일어나 공기 중에 있는 그것을 찾아다녔다. 그는 앞뒤로 손을 휘저어 보았지만, 아무것도 잡히지 않았다. 그곳에는 아무것도 없었다. 하지만 그가 뒤돌자 그곳에, 시야 한구석에 다시 그 깜빡거림이 나타났다.

스티븐은 그것이 놀라지 않도록 똑바로 바라보지 않으려 노력하며 그 깜빡거림을 향해 천천히 다가갔다. 그러고는 그것의 뒤쪽으로 최대한 가까이 다가간 뒤 머리를 숙였다.

다음 순간 그의 시야가 계속해서 바뀌기 시작했다. 깜빡거림이 빛나는 선으로 변했고, 그 선은 이내 좁고 긴 틈이 되었으며, 그 사이로 무언가가 눈에 들어왔다.

그의 눈에 보인 것은 다름 아닌 바로 그 집, 그가 연기한 캐릭터의 부모님 집이었는데, 그가 있는 이 집과 같지만 달랐다. 그 집에는 스태프들이 있었다. 카메라가 돌아가고 있었고, 그 역시 한 손에 도끼를 들고 피 묻은 셔츠를 입은 채 숨을 몰아쉬며 서 있었다. 그는 그 장면이 끝나는 모습을, 그가, 그가 연기하는 캐릭터가 부모를 모두 죽이고 감독이 컷을 외치는 모습을 바라보았다.

그제야 연기하던 저편의 스티븐이 긴장을 풀더니 공기 중에 있던 좁은 틈 너머로 그를 똑바로 바라봤다. 잠시 두 사람은 서로를 바라봤고, 건너편에 있던 스티븐이 이를 드러내며 씩 웃었다. 그는 자신이 보고 있는 게 사실은 자기 자신이 아니며, 심지어 인간도 아니라는 사실을 깨달았다.


틈 너머로 스티븐은 영화가 마무리되고, 스태프들이 장비를 정리하고, 대체 무엇인지 모르겠지만 그의 행세를 하는 그것이 상냥하게 미소 지으며 모두와 악수하고는 문밖으로, 자신이 살아야 할 삶으로 걸어 나가는 모습을 지켜보았다. 그 뒤를 이어 스태프들도 모두 집 밖으로 나갔다. 마지막 스태프가 조명을 끄자, 틈이 사라졌다.


그 후로 오랫동안 아무 일도 일어나지 않았고, 그는 혼자 남겨졌다. 그의 몸은 점점 길고 얇아졌다. 가끔은 바닥에 누워 자는 시늉을 했지만, 더는 잠도 자지 않았다. 온종일 배가 고팠지만, 음식이 먹고 싶지는 않았다. 정확히 무엇인지 모를 허기가 매일 그를 따라

다녔다. 어쩌면 그 깜빡거림일 수도, 또 어쩌면 그것이 초래한 무언가일 수도 있었다. 집 안을 서성거려 봐도 그것은 집에 없었다. 어쩌면 아직 집 안에 있지만, 그가 찾지 못하는 것일지도 몰랐다.

무언가가 바뀌기 전까지는 그랬다. 그 깜빡거림이 다시 나타났고, 그는 멀어지는 척 천천히 그것을 향해 움직였다. 그리고 마침내 그는 예의 그 틈을 다시 마주했다. 그 틈 사이로 스티븐은 지금 자신이 갇혀 있는 이 집과 똑같은 집 안에서 손전등 불빛 두 개가 희미하게 어둠을 밝히며 깜빡이는 모습을 보았다.

"여기 어디쯤이에요." 누군가의 목소리가 들렸다. 그가 확실히 아는 목소리였다.

"정말 이게 괜찮은 방법일까요?" 다른 목소리가 대답했다. 이 목소리 역시 낯익었다.

조금 전 질문은 스티븐에게 한 것은 아니었지만, 그는 이것이 괜찮은 방법이라고 확신했다. 어쩌면 저쪽의 두 남자에게는 아닐 수도 있지만, 분명 그에게는 좋은 방법이었다. 지금의 그가 누구이건 간에. 그는 이미 자신의 몸이 서서히 바뀌는 것을 느꼈다. 그의 몸은 자신이 촬영하며 가장 많이 봤던 두 남자와 점점 더 비슷해지고 있었다.

"만약 찾는다고 해도, 그다음엔 어쩌죠?" 두 번째 목소리가 물었다.

스티븐은 이번 질문의 답도 알고 있었다. 그는 그들이 틈을 찾을 때까지 끈기 있게 기다렸다. 그들이 틈을 찾아내면, 어렵지 않게 안쪽으로 들어올 수 있을 것이다. 그가 그렇게 만들 테니까. 어쨌든 둘 중 한 명은 들어오게 할 것이다. 그는 경험으로 알고 있었다. 그 한 명이 걱정해야 할 문제는 이곳으로 들어오는 것이 아니라 이곳에서 다시 나가는 것이리라.

# 트리거 경고

주의: 자해 행위가 포함되어 있습니다. 주의: 전쟁 관련 묘사가 있습니다. 주의: 전쟁으로 파괴된 나라, 그중에서도 세르비아로 추정되는 곳에서 일어나는 자해 행위 묘사가 있습니다(세르비아 국민이라면 주의 바랍니다). 주의: 절단된 머리가 등장합니다. 주의: 누군가가 자신의 머리를 절단하는 장면이 느린 동작으로 묘사됩니다. 주의: 만화에서 나올 법한 비현실적인 폭력 장면을 포함합니다. 주의: 신체가 비정상적으로 작은 난쟁이들에게 가해지는 과장된 폭력 장면이 등장합니다. 주의: 유령 묘사가 존재합니다. 주의: 불타는 유령이 등장합니다(불타는 듯 현란한 게이 유령이 아니라 정말 불꽃에 타는 유령입니다). 주의: 게이 유령이 등장합니다. 주의: 거미가 등장합니다. 거미 공포증이 심한 분은 이 이야기를 읽지 않을 것을 권합니다(데비, 너 말이야. 너는 병원에 가 봐야 해!). 주의: 신성모독 묘사가 있습니다. 주의: 모르몬 교도가 등장합니다. 주의: 여러분의 집

앞에 찾아오는 것처럼 현실적인 모르몬교 전도사들의 묘사를 포함합니다. 모르몬교를 무서워하시는 분이라면 다른 읽기 자료를 요청해 주세요. 주의: 전쟁으로 파괴된 나라에서 주위에 폭탄이 떨어지는 상황에 두려움에 떨면서도 집집마다 찾아다니며 전도하는 모르몬 교도들에 관한 묘사가 등장합니다. 그들에게 문을 열어 주는 사람은 없습니다. 그중 한 명은(주의!) 바닥에 굴러다니는 공 하나를 보게 되는데, 그것은 공이 아니라 사람의 머리였습니다. 굴러오는 물체가 사실은 공이 아니라 사람의 머리라는 것을 인지하기도 전에, 남자는 그것을 발로 차 버립니다. 이후에 그는 아마 게이였을 것으로 추정되는 그 머리에 깃들었던 유령에게 쫓기게 되며, 그 머리 유령은 수천 수백 마리의 거미를 소환합니다(읽지 마, 데비!). 주의: 팔 혹은 다리를 절단한 사람들이 등장합니다. 주의: 절단 수술을 받은 사람과 관련된 두려움이 있다면, 이 이야기를 읽지 말 것을 권장합니다. 주의: 만약 절단 수술을 받은 분이라면, 당신을 비롯해 당신과 같은 분들을 비하하려는 의도가 없다는 것을 알아주시고, 불편하시다면 이 이야기를 반드시 읽을 필요는 없습니다. 하지만 이 이야기를 읽기로 하셨다면, 제가 절단 수술을 받은 사람의 삶이 실제로 어떤지에 관한 모든 의견을 기쁘게 받아들일 것이라는 사실을 알아주세요. 예를 들어 두 신발의 끈을(혹은 다리가 하나밖에 없을 수도 있으니 신발 한 짝일 수도 있겠네요) 어떻게 묶는지, 하는 것들 말입니다. 주의: 정신과 의사들이 등장합니다. 이 이야기에는 정신과 의사 수백 명이 등장하고, 각 의사에게는 끊임없이 반복적으로 말하는 문구가 하나씩 있습니다. 이 이야기를 읽게 될 경우, 심지어 본인이 정신과 의사라고 해도 정신과 의사를 혐오하게 될 수 있습니다. 주의: 절단 수술을 받은 모르몬교 정신과 의사들의 불타는 유령이 등장합니다. 사실은 모두 심리 치료사들입니다. 둘 중에 의학박사 학위가 필요한 직업이 뭔지 잊어버렸어요. 아마 둘 다 필요 없는 것 같습니다(주의: 검증된 의학 지식 부족). 이들이 절단한 것은 머리인데, 몸에서 머리가 분리되었다는 것을 절단이라고 표현한다면 그렇습니다. 그리고 모두 '절단된' 자신의 머리를 팔 밑에 끼고 다니는데, 가끔 자신의 머리를 내려놓았다가 다른 사람의 머리를 들고 가기도 합니다. 주의: 비디오게임에서 참고한 장면들이 등장합니다. 주의: 여러분이 이 이야기를 읽기 바로 몇 분 전에 플레이한 비디오게임에서는 찾을 수 없는, 과도한 폭력 장면을 포함합니다. 당부의 말: 괜히 이 이야기를 읽고 트라우마에 고통받지 마시고 다시 비디오게임을 하시기를 권장합니다. 주의: 나무에 둘러싸인 남자들이 등장합니다. 주의: 느낌표가 과도하게 사용됩니다! 주의!!!! 주의: 결장루낭(결장루에서 나오는 변을 받기 위한 주머니-옮긴이) vs 성적으로 문란한 남자 대학생 묘사(힌트: 승자는 없습니다). 주의: 유연해서 스스로 구강성교를 하는 스머프가 등장합니다. 주의: 파란색이 과도하게 등장하며, 파란색에 관한 모욕이라고 할 만한 내용들을 포함합니다. **이 스머프 포르노를 읽고 나면 절대 이전처럼 파란색을 대할 수 없게 됩니다. 파란색을 정말 좋아하거나 우리와 함께할 준비가 된 분만 이야기를 읽는 것을 권장합니다.** 주의: 귀여운 새끼 고양이들이 등장합니다. 주의: 소셜 미디어에서 참고한 내용을 포함합니다. 주의: 45세 이상이라면 이 이야기에 등장하는 내용이 실제 소셜 미디어를 참고했음을 이해하지 못하고 이 현실적인 이야기를 SF 소설처럼 생각하며 자신이 *너무 나이* 들었다는 사실을 티 내게 될 것입니다. 주의: 필자는 SF 소설 작가가 아니며, 만약 당신이 한 번만 더 제가 'SF' 소설을 쓴다는 약해 빠진 감상을 늘어놓는다면 당신을 가만두지 않을 것입니다. 주의: 신성모독적 표현이 등장합니다. 주의: 생물학적으로 불가능한 성적 행위 묘사를 포함합니다. 만약 이 행위를 집에서 재현하려 했다가는 상황이 아무리 좋더라도 어딘가를 삐게 될 것이며, 최악의 경우에는 응급실에 실려 가 괄약근이라는 근육의 놀라운 힘(이따금 자기 자신에게 불리할 정도로)에 관해 진지하게 설명하는 성실한 응급실 레지던트를 만나게 될 수 있습니다. 또한 그 와중에 그 성실한 레지던트가 몰래 사진을 찍어 친절하게도 당신이 단 한 번도 들어 보지 못한 소셜 미디어 플랫폼에 올려 버리는 상황을 마주하게 될 수도 있습니다. 주의: 비현실적인 캐릭터들이 등장합니다. 주의: 중서부 출신 백인들이 등장합니다. 당신이 조너선 프랜즌Jonathan Franzen이 아니라면(만약 그렇다면, 애도를 전합니다), 이 이야기에 등장하는 남자들이 비난받아 마땅하다는 사실을 알게 될 것입니다. 주의: 신이 등장하며, 여성입니다. 더 정확히 말하자면—*주의!!!*—이제 막 여성이 되었다는 묘사를 포함합니다. 이 이야기에 나오는 신은 트랜스젠더이지만, 만약 작년 내내 유료 유선 TV 방송을 봤던 사람이라면 아마 그렇게 불편하지 않을 것입니다. 주의: 콜린 행크스가 연기하는 모습이 등장합니다. 주의: 난쟁이들이 등장합니다. 이전에 이미 말했었나요? 아니요, 그건 모르몬 교도들을 말하는 것이었습니다. 사실

별로 다를 것도 없지만. 주의: 문화적 무감각과 관련된 묘사를 포함합니다. 주의: 공화당 지지자들이 등장합니다. 주의: 제 작품 중 '찬송가'라는 이야기 내에서 콜린 행크스가 이끄는 멕시코 난쟁이 군대—공화당을 지지하는—가 절단 수술을 받은 모르몬교 정신과 의사의 불타는 유령과 대결하며, 트랜스젠더 신이 둘 중 어느 쪽이 찬송가를 더 잘 부르는지 판결을 내리는 모습이 등장합니다. 이 이야기에 불편함을 느낄 분들을 위해 모르몬교와 공화당 지지자들이 아닌, 캘리포니아 공립 고등학교에서 난쟁이 합창단이 서로 경쟁하는 버전도 준비했습니다. 판결은 그대로 트랜스젠더 신이 내립니다. 주의: 80년대 음악을 포함합니다. 주의: 깃털처럼 앞에서 뒤쪽으로 빗질한 헤어스타일 묘사가 등장합니다. 주의: 허구의 이야기입니다.

# 영혼의 짝

처음에는 나와 동생이 있었고, 그러다 나만 남게 되었다. 더 정확하게 말하자면 나는 동생을 지켜보고 있었고, 동생은 불안정한 상태였다. 가끔은 우리가 자매라는 사실이 믿기지 않았고, 나는, 그러니까 둘 중 안정적인 쪽이었던 나는 이따금 그 사실을 믿지 않기도 했다. 아빠는 *네 동생을 지켜보면서 보호하는 게 네 일이야*, 라고 말했다. 그가 내 아빠가 맞는지는 모르겠지만. 만약 아빠가 내 아빠라면 동생의 아빠는 아닐 것이다. 그렇게 되면 동생은 내 동생이 아니라 다른 무언가가 된다. 아마 나와 동생은 같은 엄마의 배 속에서 태어났지만, 아빠는 다를 것이다. 하지만 우리는 엄마를 전혀 몰랐다. 죽기 전 동생은 우리가 엄마의 자궁이 아니라 어떤 통 안에서 자란 것 같다고 말하곤 했다.

아마 둘 중 안정적인 쪽이었던 나는, 내가 믿었던 만큼 안정적이지 않을 것이다.

　눈앞에 있는 문제로 돌아와 보면, 지금 동생은 너무 큰 의자에 앉아 있다. 더 정확히 말하면 의자는 보통 크기지만, 동생은 보통 크기의 의자에 앉기에는 너무 작았다. 동생 바로 옆에 있는 보통 의자에 앉은 나 역시 의자보다 몸집이 너무 작았다. 동생도 나도 보통 체격에는 못 미쳤고, 적어도 이 부분에서 우리는 똑같았다.

　우리는 빈 벽을 응시한다. 가로로 금이 가 있는 흰색 벽이다. 가끔은 그 균열 안에 얼굴이 숨어 있는 것처럼 느껴진다. 못이 박혀 있었던 것 같은 큰 구멍 두 개도 있는데, 아마 그림을 걸었던 것 같다. 하지만 지금까지 살아오면서 이 벽에 그림이 걸린 모습을 본 적은 한 번도 없다.

　동생과 나는 우리가 앉은 보통 크기 의자 손잡이에 어색하게 손을 올리고는 침묵 속에서 텅 빈 벽을 바라본다.

　이따금 나는 곁눈질로 동생이 아직 내 옆에 있는 의자에 앉아 있는지 확인한다. 동생을 지켜보는 것이 내 일이다. 아빠는 그렇게 말했다. 내가 아는 한 동생은 나를 쳐다보지 않는다. 내가 여전히 옆에 있는지 궁금하지 않은 것 같다. 나와는 다르게 동생에게는 해야 할 일이 없는 것일지도 모른다.

　나는 날벌레가 윙윙거리며 날아다니는 소리를 듣는다. 벌레는 공기를 가르며 내 눈앞을 지나 내 머리 위에서 원을 그리며 웅웅 소리를 낸다. 그러고는 내가 앉은 의자 뒤로 갔다가, 옆으로 갔다가, 의자 팔걸이에 내려앉는다.

조심스럽고 천천히, 아주 천천히 나는 한 손을 든다. 그리고 손을 휙 내려쳐 날벌레를 죽이는데, 그 바람에 의자 팔걸이가 부서진다. 아빠의 말에 따르면 나는 특별하게 강하고 재빠르다. 내 동생이 말했듯 적어도 둘 중 한 명, 즉 내가 통 안에서 자랐다는 또 다른 증거다.

나는 죽은 벌레를 바닥으로 튕겨 낸다. 나는 미소를 띤 채 내가 한 일을 알아주기를 애타게 바라며 동생 쪽으로 몸을 돌린다.

하지만 동생은 옆에 없다. 내가 벌레와 싸우고 있을 때 동생은 의자에서 내려와 방 끝으로 향한 뒤 열려 있는 창가로 기어 올라갔다. 그러고는 내 눈앞에서 밖으로 몸을 던졌다. 내가 창문으로 갔을 때쯤 동생은 이미 저 아래 마당에 쓰러져 있었고, 동생의 머리 주변으로 흐른 피는 웅덩이를 만들고 있었다.

나는 동생을 사랑하는 언니라면 누구라도 할 일을 한다. 나는 동생을 따라 밖으로 뛰어내린다.

정신을 차렸을 때, 나는 동생 옆에 누워 있었다. 내 몸 아래에 깔린 돌멩이들은 금이 간 채 부서져 있다. 딱히 다친 곳은 없는 것 같다. 어떻게 다치지 않을 수가 있을까?

동생은 눈을 뜨고 있다. 잠시 나는 동생이 아직 살아 있는 게 아닐까 착각한다. 하지만 동생은 살아 있지 않다. 동생은 죽었다. 나는 내가 해야 할 일을 제대로 해내지 못했다.

얼마나 오랫동안 여기에 누워 있었는지 모르겠다. 한두 시간 정도 되었을 것이다. 동생의 피가 멈추고 끈적해질 정도는 된 것 같다. 동생의 피가 내 머리 옆쪽에 말라붙었기 때문이다. 또 아빠가 우리를 찾으러 왔다가 우리가 방에 없다는 사실을 알아차릴 정도는 된 것 같다. 아빠가 창문 밖으로 우리 두 명이 마당에 누워 있는 모습을, 그중 한 명은 죽고 한 명은 죽은 척하는 모습을 보고 울부짖을 정도는 되었다.

"네가 할 일은 딱 하나였잖아." 아빠가 내게 말한다. 동생의 시신이 옮겨지고, 돌에 묻은 피도 닦였다. 나는 몸을 씻고 이곳, 이 방에 다시 돌아왔다. 내가 보통 크기의 의자에 앉자, 아빠는 뒷짐을 진 채 앞뒤로 서성였다. "넌 실패했어."

"저는 실패했어요." 내가 수긍한다. 나는 고개를 숙인다.

"이제 내게는 딸이 없어." 아빠가 말한다.

"이제 딸이 한 명인 거죠," 내가 정정한다. "제가 있잖아요."

아빠는 잠시 망설이더니 마침내 고개를 끄덕인다. 나를 향한 망설임도 사라지지 않았고 내 말을 들은 뒤 아빠는 계속 혼란스럽고 두려워 보였지만, 나는 이 상황에서 무엇을 알아채야 하는지 알 수 없다.

아빠는 앞뒤로 계속 서성이며 이렇게 묻는다. "네가 동생을 밀지 않았다는 걸 내가 어떻게 믿지?"

"제가 동생을 왜 해치겠어요?" 내가 말한다. "동생이 뛰어내리고 저도 뒤따라 뛰어내렸어요."

"왜 동생을 따라 뛰어내렸어?"

"동생을 잡으려고 했어요." 나는 거짓말했다. "뛰어내리지 못하게 하려고요." 하지만 그때 나는 동생과 너무 떨어져 있었고, 심지어 동생을 잡는 것이 가능하다고 생각하지도 않았다. 사실 나는 동생처럼 되기를, 동생과 같이 죽기를 바랐다. 그러나 나는 그것마저 실패했다.

아빠가 나를 응시한다. "아무리 생각해도 모르겠어…." 아빠가 멍하니 말한다. "뭐 때문에 집중을 못 했던 거야? 왜 동생을 두고 한눈을 판 거니?"

"벌레가 있었어요." 내가 말한다.

"벌레?" 아빠가 놀라며 되묻는다. "이곳에는 벌레가 없어. 그게 벌레라는 건 어떻게 알았니?"

나는 눈으로 죽은 벌레를 찾아 보지만, 바닥에는 아무것도 없다. 내가 머릿속으로 만들어 냈던 것일까?

"날벌레를 봤어요, 아빠." 내가 고집스레 말한다.

"날 그렇게 부르지 마," 아빠가 날카롭게 대답한다. "그럴 리 없어." 그러고는 한숨을 내쉰다. "널 어떻게 해야 하지? 다시 보관해 두어야 하나?"

"저를 보관한다고요?" 내가 혼란스러워하며 묻는다.

"아무것도 아니야." 아빠가 손을 까딱인다. "계속해," 아빠는 그렇게 말하고서 방을 나간다.


하지만 내가 무엇을 계속한다는 말인가? 아빠가 늘 말했던 것처럼 내가 할 일은 오직 하나였다. 이제 동생이 죽었으니 더 이상 내가 할 일은 없다. 나는 대체 앞으로 무엇을 해야 할까?

나는 방 안에서 내 보통 크기 의자에 앉아 얼마간 시간을 보낸다. 벽을 쳐다보며 균열을 따라 시선을 옮기다 보면, 잠시나마 그 균열 속에 있는 동생의 얼굴을 떠올릴 수 있다. 그러면 나는 동생의 얼굴을 균열에서 빼내어 내 옆으로 데려온다. 그렇게 나는 동생을 느낀다. 그러면 마치 우리 둘 다 살아서 이 방 안에 함께 있는 것만 같다.

그러나 동생은 이제 더는 옆에 없다. 나는 혼자 남는다.

그렇지만 꼭 내가 나여야 하는 걸까? 왜 나를 내 동생이 아니라 나라고 생각해야 하는 걸까? 우리는 아주 많이 닮았는데, 내가 동생이 될 수는 없는 걸가? 생각을 조금만 바꾸면 나 역시 불안정한 쪽, 보호받아야 하는 쪽으로 바뀔 수 있지 않을까?

어쨌든, 나는 내가 믿는 것만큼 안정적이지 않다는 사실을 이미 알고 있었다. 그러니 더는 내가 나 자신이 아닌 게 뭐가 어렵겠는가?

## 2.

나는 방을 나선다. 그리고 다시 방으로 돌아왔을 때 나는 손잡이가 부러진 보통 크기 의자가 아니라 다른 의자, 창문과 더 가까운 의자에 앉는다. *이건 내 의자야*, 나는 고집스럽게 속으로 되뇐다. *저기 다른 의자는 언니 거야.*

나는 내 의자에 앉아 언니가 들어오기를 기다린다. 언니는 늘 그랬듯 내 옆에 앉아 나를 지켜볼 것이다. 왜 언니는 나를 지켜볼까? 아빠가 언니에게 나를 지켜보라고 했기 때문이다. 하지만 왜 언니는 내 아빠 말을 들을까? 그리고 언니는 대체 무슨 생명체일까? 그토록 끊임없이 언니가 내 언니라는 말을 들었는데, 어째서 그 말이 믿기지 않는 걸까?

언니가 돌아오지 않자 나는 눈을 감고 머리를 깨끗이 비운다. 그리고 서서히 머릿속 깊은 곳 어딘가에서 울리는 발소리를 듣는다. 그 소리의 주인은 문간과 나를 지나는데, 아이의 발소리이지만 내 발소리보다는 무겁다. 다음 순간, 언니가 내 옆, 자신의 자리에 앉는 소리가 들린다.

나는 눈을 뜬다. 언니를 보지는 않는다. 그 대신 앞에 있는 벽을 바라본다. 그래도 언니가 지금 내 옆에 있고 나를 바라보며 지켜 주고 있음을 충분히 안다.

정말 그럴까? 언니는 나를 무엇으로부터 지켜주고 있는 것일까? 언니는 나와 닮았지만, 닮지 않기도 했다. 언니는 정말 내 언니일까? 왜 아빠는 우리에게 서로를 언니와 동생으로 부르게 하는 것일까? 언니는 사람의 살이 아니라 사람의 살을 흉내 낸 다른 물질에 둘러싸인 무언가 같다.

언젠가 한 남자가 우리 방에 들어와 무기를 휘둘렀다. 남자는 나를 겨냥하고 방아쇠를 당겼지만, 재빠른 언니가 이미 내 앞에서 자신의 몸으로 총알을 막고 있었다. 도저히 믿을 수 없는 속도였다. 총알이 발사되자 언니의 살에 구멍이 났지만, 그 안에는 예상치 못한 것이 있었다. 인간의 살이 아닌 무언가 더 단단한 껍질 같은 게. 다소 그을음이 생기긴 했어도 총알이 그것을 뚫는 일은 없었다. 나는 놀란 남자의 표정을 기억한다. 그리고 놀라움이 두려움으로 바뀌는 모습도 기억한다. *너 대체 뭐야?* 남자는 그렇게 말했던 것 같다. 잠시 후, 언니는 이전보다 더욱 빠른 움직임으로 남자에게 이런저런 행동을 했고, 모든 것이 끝났을 때 남자는 피로 흠뻑 젖은 고깃덩이가 되어 있었다. 그 남자도 나처럼 피부밑에 단단한 껍질이 없었으니까.

나는 아빠가 언니에게 질문하던 모습을 떠올린다. 아빠는 언니에게 왜 그런 짓을 했는지 물었다. 왜 그 남자를 죽여서 자신의 적 중 누구에게 책임을 물어야 하는지 심문하지 못하게 만들었냐고 물었다. 안락한 집과 멀리 떨어져 고립된 이런 곳에 있으니 모든 것을 쉽게 통제할 수 있겠다는 생각이 드는 것인지 물었다. *너를 다시 조정해야 할 수도 있겠어*, 아빠는 반쯤 혼잣말로 말했다.

우리의 내부, 피부밑에 있는 것이 그렇게도 다른데 어떻게 자매가 될 수 있다는 걸까? 우리는 결코 진짜 자매가 될 수 없다. 그런데도 왜 아빠는 서로를 언니와 동생으로 부르게 하는 것일까?
어쩌면 동생을 위해서일 수도, 나를 위해서일 수도 있다.
아니, 분명 동생을 위해서일 것이다.

나는 손가락으로 내 배를 덮은 피부를 쓸어 본다. 남자가 총을 쏜 곳에 약간 울퉁불퉁한 흉터가 느껴진다. 나는 그 안으로 손가락을 넣어 그보다 더 안쪽에 있는 딱딱한 껍질을 만져 본다.

물론 나는 동생이 아니다. 나는 나일 뿐이다. 내가 어떤 의자에 앉는지는 중요하지 않다. 자아는 그렇게 쉽게 왔다 갔다 하지 않으니까. 만약 가능하다 해도 이는 아주 잠깐일 것이다.


나는 내가 손잡이를 부러뜨린 내 의자로 돌아가 앉는다. 그러고는 눈을 감고 다시 머릿속으로 동생을 살려 낸 다음 내 옆으로 불러온다.

내가 나 스스로를 동생이라고 믿는 것보다 동생이 살아 있다고 믿는 것이 더 어려웠다. 하지만 결국 나는 눈을 꼭 감고 동생을 불러낸다. 동생이 문을 여는 소리가 들린다. 나보다 훨씬 가벼운 동생의 발소리가 방을 가로지르는 소리가 들린다. 동생이 의자에 올라앉으며 부드러운 팔다리가 나무 의자에 쓸리는 소리도 들린다.

나는 동생이 다시 살아나는 이 순간을 기쁘게 즐긴다.

그리고 다음 순간, 날벌레가 윙윙거리는 소리가 들려온다.

그 소리는 내 앞에서, 그러다 뒤쪽에서, 또 머리 위에서 들린다. 나는 눈을 꼭 감는다. 그 소리를 떨쳐 내려 애쓴다.

하지만 소리는 사라지지 않는다. 윙윙거리는 그 소리는 마치 칭얼거리는 듯한 소리로 바뀌며 끊임없이 이어진다. 그러다가 손으로 벌레를 세게 내리쳐 죽이는 둔탁한 소리와 함께 의자 손잡이가 부서지는 소리가 들린다.

나는 눈을 뜨고 다시 살아난 동생이 창틀에 웅크리고 앉아 밖으로 뛰어내리려 하는 모습을 본다. 다음 순간 동생은 비명과 함께 몸을 던진다.

그리고 나 역시 동생을 따라 허공에 몸을 던진 채 추락한다.

## 3.

정신을 차렸지만 내가 있는 곳은 마당이 아니다. 나는 금속으로 된 테이블 위에 누워 있고, 위쪽에는 타는 듯 빛나는 불빛들이 길게 늘어서 있다. 흰 가운에 수술용 마스크를 쓴 남자 두 명이 내 옆으로 다가온다. 두 사람은 내게 등을 돌린 다음 몸을 굽혀 여러 기구와 부품 중 무엇을 선택할지 고민한다. 두 명 모두 꽁꽁 싸매고 있지만, 나는 둘 중 한 명이 아빠라는 사실을 알아차린다.

기계 팔에 달린 크고 둥근 거울 하나가 내 옆에 있다. 내가 깨어났다는 사실을 두 남자가 알아차리기 전에 나는 그 안에 비친 나를 볼 수 있도록 거울을 조정한다.

거울 속에 비친 내 얼굴은 일부가 분리되어 있었는데, 피부가 벗겨져 그 밑의 껍질이 드러나 있다. 이마에는 정사각형 모양의 구멍이 있고, 그 안 깊은 곳에서 마치 맥박처럼 뛰는 희미한 불빛이 보인다.

아빠가 다시 몸을 돌린다. 손에 든 도구로 아빠는 내 얼굴을 다시 조립하기 시작한다. 나는 죽은 듯 움직이지 않는다. 동생이 그런 것처럼.

"이해가 안 돼요." 아빠가 옆에 있는 남자에게 말한다. "프로그래밍이 잘못된 걸까요? 아니면 버그인가? 왜 존재하지 않는 것을 보는 걸까요?"

남자가 어깨를 으쓱한다. "우리가 모르는 게 너무 많아요. 활성화한 다음에는 자기 혼자서 나름의 방법으로 학습을 시작하니까요. 뭔가 잘못된 것일 수도 있고, 어쩌면 원래 그런 것일 수도 있어요."

"이것이 그 아이를 죽였을까요?" 아빠가 묻는다.

남자는 대답을 주저한다. "저는… 그렇지 않았을 거라 생각해요. 그러기에는 둘 사이 유대감이 너무 깊고 기묘했으니까요."

"어떻게 해야 할까요?" 아빠가 내 얼굴을 다시 원래대로 조립하며 남자에게 묻는다. "초기화해야 할까요? 그러면 내 딸의 죽음과 관련된 정보가 다 없어질 텐데."

"잘 모르겠어요." 남자가 대답한다.

"위험할까요?"

"당연히 위험하죠. 하지만 당신에게는 위험하지 않아요."


그 순간 나는 손을 뻗어 아빠의 손목을 잡는다. 순식간이긴 했어도 아주 조심스럽게 움직였지만, 그래도 아빠는 흠칫 놀란다.

"아빠,"

"그래." 아빠는 침착한 목소리를 내려고 애쓴다. 다른 남자는 뒤로 물러난다. 뒷걸음질 치던 남자는 이내 등을 벽에 딱 붙인다.

"저 남자는 이름이 뭐예요?"

"옌센이야." 아빠가 겨우 대답한다.

"옌센에게 경솔한 행동은 하지 말라고 말해 주세요. 바닥에 앉아서 손을 머리 뒤로 깍지 끼고 가만히 기다리는 게 좋을 거예요."

아빠는 남자를 보더니 고개를 끄덕인다. 남자는 천천히 내 말을 따른다.

"저는 누구도 해치고 싶지 않아요."

"그래," 아빠가 말한다. "정말 다행이구나."

"하지만 우리는 서로 솔직하게 이야기할 필요가 있어요. 제게 솔직하게 말해 줄 수 있어요?"

아빠는 망설이다가 고개를 끄덕인다.

"당신은 내 아빠가 아니죠."

"그래," 아빠가 대답한다. "꼭 그렇지는 않아."

"저에게 아빠가 있나요?"

"아니, 어떻게 보면 네게 아빠와 가장 가까운 존재는 나지만, 네게 아빠가 있는 것은 아니야."

"그렇군요." 나는 고개를 끄덕인다. "알고 있었어요. 이유는 모르지만, 알고 있었어요. 그럼 우리 동생 얘기를 해 볼까요?"

"정확히 말하면 너는… 그 아이의 언니가 아니야." 아빠가 말한다.

"그렇지 않아요."

"영혼의 짝에 가깝지."

"영혼의 짝."

"진짜 자매가 아닌 자매인 거야."

"동생이 저를 무서워했나요?"

"모르겠구나, 너는 네 동생을 지켜 주는 사람이었으니 그 아이는 너를 무서워하지 말았어야 해. 하지만 아마 그래도 무서웠을 거야.

왜 동생이 창문 밖으로 뛰어내렸는지 알고 있니?"

나는 대답하지 않는다. 그리고 아빠의 손목을 놓아준다. "잠시 생각 좀 해야겠어요." 내가 말한다. "잠시 시간 좀 주시겠어요?"

아빠가 고개를 끄덕인다. 아빠는 조심스럽게 다른 남자를 일으켜 세운 뒤 함께 방을 나간다.

나는 거울에 비친 내 얼굴을 본다. 조립된 한쪽은 동생의 얼굴과 닮았다. 열려 있는 다른 쪽에는 단단한 껍질이 드러나 있고, 그 아래로 고동치는 무언가가 보인다. *영혼의 짝*, 나는 생각한다. 정확히 무슨 의미일까? 자신과 외모가 비슷하고, 자신처럼 생각하고, 가장 중요한 부분에서 자신과 똑같이 행동하는 사람일 것이다. 하지만 둘 중 한 명이 사라지면 나머지 영혼의 짝은 어떻게 되는 걸까? 남은 사람은 누구의 짝이 되는 걸까?

나는 얼굴이 반은 열리고 반은 닫힌 상태 그대로 놔둔다. 이 상태가 내 진짜 모습을, 나 자신을, 내 기분을 더 잘 보여 주기 때문이다.

그렇다면 이제 나는 무엇을 해야 할까? 내 아빠가 아닌 아빠가 무장한 군인들과 함께 이곳으로 돌아와 나를 망가뜨리기를 기다릴 수도 있다. 아니면 동생처럼 행동할 수도 있다. 여전히 내가 동생의 영혼의 짝이라는 사실을 증명하며 창문 밖으로 뛰어내리는 것이다.

나는 죽은 내 동생, 내 영혼의 짝을 계속 뒤쫓을 것이다. 나는 멈추지 않을 것이다. 동생처럼 나 역시 목숨이 끊어질 때까지.

# 파리들의 거품

"이런 상황이 늘 어떻게 흘러가는지 알려 줄까?" 라르가 물었다. 그는 양단으로 만든 안락의자에 앉아 미소를 띠고 있었다. 마치 목뼈가 없는 사람처럼 얼룩진 의자 덮개에 나른하게 머리를 댄 채로. 대머리인 그의 머리 주위는 희미하게 빛났고, 그 주위로 먼지가 소용돌이쳤다. 틸튼은 라르의 맞은편, 곧 무너질 듯한 낮은 의자에 위태롭게 걸터앉아 있었다.

"보통 당신이나 당신과 별반 다르지 않은 사람들은 나를 찾아와 괜히 내 경력에 관해 질문을 던지다 결국 그 영화 얘기를 꺼내지. 그러면 나는 놀라워해. 그다음 내가 그런 영화는 찾을 수 없을 거라고 말하고, 당신과 나는 말다툼을 벌이게 돼. 결국, 나는 당신이 그렇게까지 그 영화에 관심이 많다면 내 비공개 기록 보관소를 살펴볼 수 있게 해 주겠다고 퉁명스럽게 말하지. 미리 말해 두겠지만, 그곳에 뭐가 있어서가 아니라 혹시 모르니 알려 주는 거야. 할 수 있는 건 다 해 보라는 거지. 그러면 의기양양해진 당신은 기지를 발휘해서 기록 보관소로 들어가지만, 아무것도 찾지 못해." 라르가 어깨를 으쓱했다. "어쩌면 당신은 의연한 모습으로 내게 돌아올 수도 있어. 또 어쩌면 이 모든 것이 어떤 시험이라고, 당신이 그 영화에 얼마나 *진심인지* 나에게 증명하는 방법이라고 생각할 수도 있지. 그 영화를 직접 경험해 본 대여섯 명 정도의 사람들, 아니, 그랬다고 알려진 사람들처럼 될 수 있을 만큼 그 영화를 진지하게 대하고 있다는 것을 증명하려고. 그렇게 되면 어쩌면 나는 당신에게 다른 기록 보관소, 또 다른 기회를 줄 수도 있어. 그럼 당신은 다시 한번 서둘러 그 영화를 찾아 달려가는 거지."

라르는 약간 힘을 주어 머리를 들어 올렸다.

"내가 말한 그대로 흘러가게 놔둘까? 아니면 그런 영화는 찾을 수 없다는 내 솔직한 말을 믿을 텐가?"

"당신은 그 영화를 찍은 적이 없군요." 틸튼이 말했다.

"그런 말이 아니야," 라르가 불현듯 날카롭게 대답했다. "그런 영화는 찾을 수 없다고 말했지. 찍지 않은 것과는 달라."

"어떻게 다른데요?" 틸튼이 물었다. 하지만 라르가 대답하려는 기색을 보이지 않자, 다른 질문을 던졌다. "그렇다면 편집하지 않은 촬영본만 있다는 말인가요?"

라르는 아주 미미하게 어깨를 으쓱했다. "그런 영화는 찾을 수 없어." 그 말만 반복해서 했다.

"하지만 촬영은 했잖아요," 틸튼도 지지 않았다. "그 영화를 찍긴 했잖아요."

"어떤 의미에서는 그렇지."

"당신이 없애 버린 건가요?"

"내가 왜 그런 짓을 하겠나? 나는 그렇게 멍청하지 않아."

틸튼은 혼란스러웠고 의자가 점점 더 불편해졌다. "이해가 안 되네요."

"아," 라르가 미소 지었다. "그렇지? 그렇게 시작하는 거야."

하지만 틸튼에게 그 일은 얼마 전부터 이미 시작되고 있었다. 영화학 박사과정을 밟고 있었는데도 그가 그 영화에 관한 이야기를 처음 들은 곳은 어느 술집이었다. 그것도 아주 많이 취한 낯선 사람에게서 들은 것이었다. 틸튼의 옆자리에 앉아 있던 그 사람은 의자에서 미끄러져 넘어졌다가 다시 기어 올라오기를 반복하고 있었다. 그 낯선 사람은 계속해서 자기소개를 하려 했다. 거의 슬랩스틱 코미디Slapstick Comedy ◆의 한 장면 같은 모습이었다. 틸튼은 이따금 남자에게 맞춰 주었지만, 결국 지치고야 말았다. 그는 남자에게 살짝 등을 돌린 채 더는 이야기를 하지 않았다.

술에 취한 남자는 미친 듯이 웃음을 터뜨렸다. "이제 차갑게 대하는 거요?" 남자가 말했다. "나를? *나를?* 내가 왜 여기에 있는지 모르는 거야?" 다음 순간 남자가 틸튼의 어깨를 잡더니 세게 쥐었다.

틸튼은 간절한 마음으로 바텐더를 쳐다봤지만, 바텐더는 바 맨 끝에 있었다.

◆　연기와 동작이 과장되고 소란스러운 희극. 1910년대 미국 영화 초기에 유행했으며, 찰리 채플린이 이러한 희극 전통을 이은 대표적인 배우이다.

"그렇게 차갑진 않아," 남자가 거의 혼잣말로 중얼거렸다. "그렇게 차갑진 않아. 거의 인간이야. 적어도 지금까지는."

"그게 무슨 말이에요?" 틸튼이 남자의 얼굴을 거의 보지 않은 채로 물었다.

"말 그대로야." 남자는 그렇게만 말하고는 틸튼의 어깨를 놓아주었다.

"그래요," 틸튼이 말했다. "그럼 왜 여기 있는 건데요?"

"내 말은 신경 쓰지 마. 내 말은 대부분 들을 가치가 없으니까. 그럴 가치가 있을 때 빼고는." 남자는 몇 분간 틸튼을 기다리게 하다가 마침내 틸튼의 가방을 가리켰다. "당신은 교수군."

틸튼은 고개를 저었다. "대학원생이에요."

"어떤 분야?"

"영화학이요."

"아," 남자가 이어서 말했다. "라르라고 들어 봤나?"

"그 영화감독이요?" 틸튼은 그제야 다시 남자 쪽으로 돌아앉았다.

분위기가 바뀌었다는 것을 감지한 남자가 날카로운 시선으로 틸튼을 쳐다봤다. 불현듯 남자가 전혀 취하지 않은 사람처럼 보였다. "다른 라르도 있나?"

"그 사람을 어떻게 알죠?" 틸튼이 물었다.

"당신은?" 남자가 되물었다. "아직 어리잖나. 이제 라르의 작품을 보는 사람은 아무도 없는데. 당신은 어떻게 그 사람의 영화를 보게 된 거지?"

긴 시간이 흐른 뒤, 틸튼은 그 낯선 남자가 자신에게 해 준 이야기를 어디까지 믿어야 할지 알 수 없었다. 남자는 자신의 이름이 세르노이고, 라르와 함께 일한 적이 있다고 주장했다. 틸튼은 남자의 말이 사실인지 검색해 보았고, 실제로 라르의 작품에 출연한 조연배우 중 세르노라는 이름을 찾을 수 있었다. 남자는 라르의 영화 두 편에 출연했다. *피의 강*과 *죽음의 천사*라는 영화였다. 첫 번째 영화에서 세르노는 죽은 *카우보이 1* 역이었고, 두 번째 영화에서는 *피 흘리는 남자*를 연기했다. 그 낯선 남자가 틸튼이 "영화 마니아"라는 사실을 알게 된 후 말해 주었던 그대로였다. 틸튼은 그 두 영화에 세르노가 언제 나왔는지 기억하지 못했고, 이후 영화를 다시 보면서 영화 속에 등장하는 남자가 술집에서 봤던 그 남자라는 사실을 확신하게 되었다.

"출연할 수 있어서 좋았지. 좋은 영화 두 편에," 세르노가 말했다. "아니, 괜찮은 영화에. 그 두 편 다 라르의 역작은 아니니까."

"라르의 역작이라면," 틸튼이 말했다. "*더디게 자라는 난초* 말씀이군요."

"전혀 아니야," 남자가 살짝 비웃었다. "라르의 역작은 *파리들의 거품*이지."

*파리들의 거품?* 틸튼은 라르에 관해 잘 안다고 하기는 힘들었지만, 그래도 라르의 영화를 전부 다 보았다. 아니, 그랬다고 생각했다. "저는 *파리들의 거품*이라는 영화는 잘 모르는…." 틸튼은 입을 뗐다가 머리를 쥐어짜 내며 말을 멈췄다. "어쩌면 제가 다른 제목으로 알고 있는 건 아닐까요?"

"아니야," 남자가 말했다. "다른 제목은 없어. *파리들의 거품이야.*"

"하지만…" 틸튼이 인상을 찌푸렸다. 그리고는 핸드폰을 꺼내 제목을 검색했다. "라르의 작품이 확실해요?"

"확실해."

틸튼은 남자에게 핸드폰 화면을 보여 주었다. "검색 결과가 없는데요."

"그렇군, 하지만 실제로 있는 영화야. 내가 출연했으니까."

"개봉이 안 된 건가요? 배급 문제 같은 게 있었던 거 아녜요?"

세르노는 잔을 들어 단숨에 비웠다.

"비슷해. 잠시 실례하지." 남자는 비틀거리며 일어나 위태로운 걸음으로 화장실로 향했다.

*파리들의 거품*이라, 틸튼은 생각했다. 그리고는 어깨를 으쓱했다. 아마 남자는 공짜 맥주 한두 잔을 얻어먹으려고 말도 안 되는 이야기로 그를 묶어 두었을 것이다.

그래서 틸튼은 10분이 지나도록 남자가 다시 나타나지 않아도 놀라지 않았다. 남자는 이미 술을 다 마셨는데 뭐 하러 돌아오겠는가? 남자는 원하던 것을 얻었다. 틸튼은 술값을 계산한 뒤 술집을 나섰다.

하지만 그랬는데도 틸튼은 나중에야 이해할 수 있게 된 어떤 이유로 남자를 찾아 다시 화장실로 향했다.

화장실 문을 열자 지독한 악취가 났는데, 일반적으로 화장실에서 나는 냄새가 아니라 뭔가 다른 냄새였다. 마치 열에 달궈진 먼지, 태양 빛을 받은 공기, 오존과 같은 냄새였다. 불은 꺼져 있었고, 화장실 안은 창문으로 들어오는 빛 때문에 희미하게 밝았다.

틸튼은 불을 켰다. 형광등이 잠시 깜빡이더니 곧 안정적으로 켜지며 웅웅 소리를 냈다.

"누구 없어요?" 그런 다음 남자의 이름을 불렀다. "세르노?" 아직 그것이 남자의 진짜 이름인지는 확신할 수 없었지만.

대답은 없었다.

틸튼은 첫 번째 칸을 열어 보았고, 안에는 아무도 없었다. 두 번째도 마찬가지였다. 세 번째 칸에도 사람은 없었지만, 변기 뒤쪽부터 반쯤 열린 위쪽 창문까지 핏자국이 길게 이어져 있었다.

확신할 수는 없었지만, 결국은 이것이 세르노의 피라고 생각할 수밖에 없었다. 이 핏자국은 생긴 지 꽤 오래되었을 수도 있었다. 아니, 그렇게 오래 *지나지*는 않았을 것이다. 핏자국은 갈색이 아닌 붉은 색이었고, 완전히 마르지 않았으니까. 틸튼이 손을 뻗어 만져 보자 그의 손가락이 피로 물들었다.


"화장실에 일이 생겼어요." 틸튼은 바텐더에게 그렇게 말했다. 바텐더가 고개를 끄덕였다. 바텐더는 술집 뒤쪽에서 무언가 뒤적거리더니 변기 뚫는 도구를 가지고 나타났다.

"그런 일 말고요." 틸튼이 말했다. "변기가 막힌 게 아니에요. 누군가가 화장실에서 죽은 것 같아요."

"누가 쓰러져 있는 거면 911에 연락해요." 바텐더가 대답했다.

"그런 게 아니라니까요, 어서요!"

바텐더가 한숨을 내쉬었다. 그는 자신이 너무 바쁘기도 하고, 누군가가 쓰러진 것이 아니라 정말 죽은 거라면 그 광경을 보고 싶지 않다고 말했다. 하지만 결국 그는 화장실로 향했다.

두 사람이 화장실에 왔을 때 핏자국은 사라지고 없었다. 어쩌면 누군가가 재빠르게 벽을 깨끗하게 핥아 청소해 둔 것일지 모른다 (*대체 왜 이런 생각이 떠오르는 거지?* 틸튼은 의아했다). 또 어쩌면 처음부터 핏자국 같은 건 없었던 것일 수도 있다. 틸튼은 자신의 손가락을 내려다보았다. 얼룩 하나 없이 깨끗했다.

집에 돌아온 틸튼은 세르노를 좀 더 자세히 조사했다. 그가 배우로 출연한 영화는 라르의 영화 두 편이 다인 것 같았다. 세르노라는 이름은 가명이었는데, 인터넷에 있는 자료를 뒤져 봐도 남자의 진짜 이름은 나와 있지 않았다. 자료로 알 수 있는 것은 세르노라는 이름이 가명이라는 사실 뿐이었다. 게다가 한 자료에는 세르노가 거의 20년이나 실종되었다고 나와 있었는데, 그래서 이미 오래전에 사망했을 것으로 추정된 상태였다.

결국, 틸튼은 라르를 찾아가 세르노가 존재할 수도, 그렇지 않을 수도 있다고 말한 *파리들의 거품*이라는 영화에 관해 질문할 수밖에 없었다.

"세르노," 라르가 혼잣말했다. "물론 기억하지. 세르노는 *피의 강*에서 가장 먼저 죽은 카우보이였어. 그렇게 뛰어난 배우는 아니었지만, 시체 연기는 그 누구보다 훌륭했지." 라르는 손가락 끝을 모아 붙인 채 한숨을 내쉬었다. "아, 세르노가 진짜 이름은 아니었어."

"진짜 이름은 뭐였나요?"

라르가 어깨를 으쓱했다. "그게 중요한가?"

"잘 모르겠네요. 왜 세르노는 그렇게까지 진짜 이름을 숨기려고 한 걸까요?"

"*파리들의 거품*에 관해서 질문하기 위해 나를 찾아왔다고 생각했는데. 그게 아니라 세르노에 관해 물으려고 온 건가? 이제 즉흥적으로 하겠다는 거야?"

틸튼은 고개를 저었다. "그 영화 때문에 온 겁니다."

라르는 엄청나게 힘을 들여 겨우 의자에서 일어나 책상으로 향했다. 그러고는 종잇조각에 무언가를 휘갈겨 쓰더니, 떨리는 손으로 그것을 틸튼에게 건넸다.

"이곳을 한번 찾아봐." 라르가 말했다. "그곳에 뭔가가 있는 건 아니지만. 그저 혹시 몰라서야. 할 수 있는 건 다 해 보라는 거지." 그는 그렇게 말하고는 미소 지었다. 순간적으로 온몸에 소름이 끼치는 미소였다.


틸튼은 라르의 집을 떠나며 생각했다. *라르는 기록 보관소에 가 봐야 아무 소용없다고 말한 거나 다름없어.* 틸튼은 이대로 그냥 다시 자신의 집에 돌아가서 공부를 계속하며 이 모든 일을 잊어야 한다고 생각했다. 그것이 합리적인 행동이니까.

그런데도 무언가가 계속 마음에 걸렸다. 그의 정신은 차분하게 원래의 일상으로 돌아가려 했지만, 몸은 제멋대로 움직여 버스에 올라타고 있었다. 버스에 타고 내렸던 것은 기억할 수 있었지만, 버스에 타 있던 동안의 시간은 전혀 기억나지 않았다. 마치 생각에 너무 깊이 빠져들어서 그 시간을 전혀 기억하지 못하는 것처럼. 실제로 그는 자신이 버스에서 내려 인도에 서 있다는 사실을 깨닫고 매우 놀랐다. 버스는 그를 내려 준 다음 배기가스를 내뿜으며 멀어져 갔고, 그는 자신이 메모해 온 주소와 앞에 있는 문에 쓰인 주소가 같다는 것을 알아차렸다.

*여기가 어디지?* 틸튼은 어떻게 해야 할지 알 수 없었다. *대체 지금 무슨 일이 벌어지고 있는 거야?*

하지만 이미 도착해 버렸기에 결국 그는 문을 열고 안으로 걸어 들어갔다.


"안 됩니다." 트위드 정장을 입고 대리석 카운터에 서 있던 기록 보관소의 담당자가 틸튼을 막고 나섰다. "방문객은 조사 목적이거나 위원회의 승인을 받아야 들어갈 수 있습니다. 승인을 받으려면 몇 주에서 몇 달까지 기다리셔야 합니다."

"알겠습니다." 틸튼이 말했다. "감사합니다."

하지만 그가 몸을 돌려 나가려던 순간, 담당자가 손을 뻗어 틸튼의 소매를 붙잡았다. "죄송하지만," 그가 말했다. "나가 주셔야겠습니다."

"저는… 저는 이미 나가던 중이었는데요?" 틸튼은 당황하며 그렇게 말했다. 그는 팔을 이리저리 비틀었지만, 담당자의 손을 떨쳐 내지 못했다.

기록 보관소 담당자는 틸튼의 말을 듣지 못한 것 같았다. 그는 카운터 뒤에서 돌아 나오더니 틸튼을 문으로 이끌었다. 하지만 담당자는 틸튼을 내보내는 대신 문을 연 다음 뒤쪽에 틸튼을 숨겼다. 그러니까 틸튼은 아직 그 방 안에 있는 것이었다. 몸만 숨긴 채로. 담당자는 틸튼이 그곳에 제대로 서 있는지 확인하려는 듯 틸튼의 재킷을 계속해서 만지작거렸다. 그러고는 다른 곳으로 멀어졌다.

*대체 어떻게 된 거야?* 틸튼은 의아했다.

그는 머리를 약간 기울여 문틈으로 바깥을 둘러보았다. 기록 보관소 담당자는 이제 틸튼에게 등을 돌리고 있었다. 그러고는 바깥쪽에 서서 카운터를 정리했다. 잠시 후 그가 카운터 안쪽으로 몸을 깊이 숙였다. 얼마 후 똑바로 선 기록 보관소 담당자의 손에는 서류 가방 하나가 들려 있었다.

기록 보관소 담당자가 틸튼을 향해 몸을 돌렸다. 틸튼은 재빨리 문 뒤로 다시 머리를 집어넣었다. 그는 그 담당자의 발소리에, 그의 신발 굽이 대리석 바닥에 부딪히며 울리는 날카로운 소리에 귀 기울였고, 담당자가 그와 가까워질수록 귀에 거슬리는 그 소리는 점점 더 커졌다.

그 순간, 문이 닫히며 문 뒤에 있던 틸튼의 모습이 드러났다.

그러니까 그 방 안에 누군가가 있었다면 그랬을 것이다. 기록 보관소 담당자는 이미 문밖에 서서 자물쇠를 잠그며 하루를 마감하려 하고 있었다. 틸튼을 안에 가둬 둔 채로.


*그 남자는 내가 여기에 있기를 바라는 거야,* 이후 틸튼은 파리들

*의 거품 촬영 필름이 있을 만한 상자를 찾기 위해 늘어선 철제 선반 사이를 이리저리 옮겨 다니며 생각했다. 그렇지 않으면 왜 그런 짓을 했겠어?* 그는 간간이 제목이 흐릿하거나 특이한 상자를 발견하면 뚜껑을 열어 그 안에 있는 필름이 상자의 제목과 맞는지 확인했다. 또 가끔은 제목을 확인하기 위해 필름을 몇 피트쯤 꺼내 보기도 했다.

틸튼은 기록 보관소 담당자에게 무슨 일이 일어난 건지 생각하지 않으려 노력했다. *기지를 발휘해서,* 그는 라르의 말을 떠올렸다. 그는 그 목소리를 눌러 내려 애썼다.

*하지만 어디로 눌러 낸다는 거지? 그럼 그 목소리는 어디로 간 거야?*


일곱 시간, 혹은 여덟 시간 후, 결국 그는 포기했다. 파리들의 거품은 기록 보관소에 없는 것이 확실했다. 잠긴 문밖으로 어떻게 나가야 할지 알 수 없었던 그는 한쪽 구석에 앉아 눈을 감았다.

시간이 얼마나 지났을까. 아침 햇살이 열린 문으로 쏟아지고 있었다. 기록 보관소 담당자가 분노하며 그를 흔들어 깨웠다. "여기 어떻게 들어온 겁니까?" 그는 혼란스럽고 화가 난 듯 보였다. "나가요! 당장 나가라고! 아니면 체포할 겁니다!"


*라르의 집. 라르의 집으로 컷이 넘어간다.* 지칠 대로 지친 틸튼은 생각했다. 피곤하고 배고팠고 머리도 엉망이었으며 옷은 제멋대로 구겨져 있었지만, 그런데도 그는 이곳에 다시 돌아왔다.

"다시 돌아온 건가?" 라르가 밝은 목소리로 물었다. "아무것도 못 건졌나 보지?" 그는 전과 같은 양단 의자에 앉아 있었지만, 어딘가 달라 보였다. 자세도 달랐고, 이전보다 기력이 좋아진 듯했다. 어쩌면 아침에는 상태가 괜찮았다가 저녁이 되면서 체력이 서서히 줄어드는 것일 수도 있다. 또 어쩌면 어제는 아팠다가 오늘 회복한 것일 수도 있었다.

그런데 라르는 몇 살일까? 틸튼은 자신이 그의 나이를 기억하지 못한다는 사실에 놀랐다. 당연히 꽤 나이가 들었겠지. 나이가 그만큼 많은 사람은 당연히 상태가 좋은 날도, 나쁜 날도 있는 법이다.

라르는 마치 이야기를 기다리듯 기대감에 찬 눈으로 틸튼을 바라보았다. 시간이 대체 얼마나 지난 것일까? 자신이 잠깐 정신을 잃었던 것일까?

"못 건졌어요." 틸튼이 마침내 대답했다.

"그럴 줄 알았어," 라르가 말했다. "아무것도 없는데 기지를 발휘한다고 찾을 수는 없지. 말해 주게, 기록 보관소 담당자는 어떻게 따돌린 거지? 예절에 까다로운 사람인데."

"저는… 잘 모르겠어요." 틸튼이라고 이를 알 리 만무했다. 그곳에서 일어난 일은 현실이 아닌 것처럼 느껴질 정도로 기묘했다.

"그럼 그런 것으로 하지." 라르의 눈이 반짝였다. "피곤하겠군. 정말 그럴 거야. 그럼 이제 학교로 돌아가게, 알았지?"

틸튼은 고개를 끄덕였다. 그는 자리에서 일어나 문으로 향했다.

그가 겨우 문손잡이를 잡았을 때, 뒤에서 라르의 목소리가 들려왔다. "아니면…"

*아무 말도 하지 마,* 틸튼은 속으로 생각했다. *못 들은 척해. 그냥 그대로 걸어 나가. 네 원래 삶으로 돌아가.*

"아니면 뭐죠?" 자신의 목소리가 들렸다.

"가 볼 만한 곳이 한 군데 더 있네." 부드러운 목소리가 뒤에서 들려왔다. "확실한 건 아니지만…."

틸튼은 뒤를 돌아 라르를 응시했다.

"권하지는 않아," 라르가 어깨를 으쓱하며 말했다. 여전히 쇠약해 보였지만, 어제만큼은 아니었다. "하지만 결정은 당신 몫이지."


또 다른 기록 보관소. 기억이 끊기는 것도 똑같았다. 라르의 집을 떠났다는 사실을 알아차리기도 전에 도착했으니까. 그가 무슨 말을 하고 무슨 행동을 하든지 모든 일이 정해져 있는 대로, 멈출 수 없이 진행되는 듯한 느낌도 그대로였다. 마치 그가 그 상황에 알맞은 말과 행동을 하는 것 같았다. 알맞다는 게 적합한 표현인지는 모르겠지만.

이번 기록 보관소는 공공시설이 아니라 창살처럼 뾰족한 대문이 있는 개인 저택 안에 있었다. 틸튼은 대문을 넘어 들어갔다. 대문을 기어 올라가다 소매가 찢어졌고, 바닥에 착지하다 발목을 다쳤다. 그는 다리를 절뚝거리며 경비원 앞을 지났다. 경비원은 분명 그가 있는 쪽을 봤지만, 어째서인지 다행스럽게도 그를 알아차리지 못했다.

현관에 도착한 틸튼은 사자 머리 모양 문고리를 들어 올려 거칠게 문을 두드렸다.

집사 한 명이 나와 그 집의 주인인 파킨스 씨가 지금 집에 없다고 말했지만, 틸튼이 들어오는 것을 막지는 않았다. 집 안에 있는 방은 거의 비어 있었다. 저택 깊은 곳으로 들어가자 한눈에 봐도 귀티가 흐르는 한 남자와 마주쳤다. 분명 파킨스 씨가 분명한 그 남자는 가운을 입은 채 벽난로 옆에 앉아 있었다.

"이런," 남자가 말했다. "대체 여기에서 뭘 하는 겁니까? 여긴 어떻게 들어온 거요?"

틸튼은 남자의 질문을 무시했다. 그러고는 그 영화에 관해 이야기하기 시작했다. *데스먼드 파킨스*, 틸튼은 갑자기 남자의 이름이 떠올랐다. 왜 그런지는 알 수 없었다. 틸튼이 이야기를 시작하자 파킨스가 서서히 평온을 되찾았다. 이내 그는 파이프를 입에 물고 피우며 틸튼의 이야기에 귀 기울였다.

"*파리들의 거품*이라고요?" 파킨스가 물었다. "이상한 제목이군. 그 제목이 확실한 겁니까?"

"확실합니다."

"그리고 라르라고 했나? 그 이름도 확실해요?"

틸튼이 고개를 끄덕였다.

파킨스가 파이프로 연기를 깊게 빨아들였다. 연기를 너무 오래 머금고 있어서 그가 들고 있는 것이 평범한 담배가 맞는지 의아해질 정도였다. 마침내 그가 연기를 내뱉었다.

"감당할 수 없는 일에 얽혀 본 적이 있습니까?" 파킨스가 물었다.

"네, 최근에요."

"아, 그렇군." 그는 파이프를 응시했다. "우리가 가지고 있는 것

중에는 라르라는 사람이 만든 건 없는 것 같은데. 그런 제목도 없어요." 그가 벨을 울려 집사를 불렀다. "아, 젠킨스. *파리들의 거품.* 기억나는 게 있나?"

"없습니다."

"그럴 줄 알았어." 파킨스가 틸튼을 향해 몸을 돌렸다. "봤죠? 저는 도와드릴 수 있는 게 없는 것 같군요."

왜 이렇게 피곤할까? 실제로 지치기도 했지만, 그것뿐만은 아니었다. 마치 그의 삶 일부분이, 존재의 본질에 가까운 무언가가 새어나가는 것 같은 느낌이었다.

"또 아무것도 못 건졌나?" 라르가 물었다. 틸튼의 눈에 비친 그는 이제 완전히 다른 사람 같았다. 건강하고, 탄탄하고, 젊었다. 그는 의자에 앉아 있는 것이 아니라 방 안을 서성거리고 있었고, 발걸음에는 자신감이 넘쳤다. *대체 이게 무슨 일이지?* 틸튼은 의아했다.

"못 건졌어요." 틸튼이 대답했다.

"안 됐군. 하지만 뭐, 예상하지 않았나? 적어도 이제 그 영화가 그곳에 없다는 것은 알게 되었으니까. 그래도, 가만있어 보자. 아마 다른 곳, 세 번째 기록 보관소가 있을 텐데…."

"설명해 주세요." 틸튼이 제멋대로 다른 말을 하려는 턱을 겨우 움직여 말했다.

"뭐라고?" 라르가 날카롭게 대답했다. "그 보관소를 설명해 달라고? 왜지?"

하지만 틸튼은 자신이 아무것도 말할 수 없게 되었다는 사실을 깨달았다. 그는 그곳에 무기력하게 서서 마치 물고기처럼 넋이 나간 채 라르를 바라보고만 있었다.

"그 영화를 말하는 거겠지," 라르가 다른 쪽으로 할 말을 유도했다. "*파리들의 거품*."

틸튼은 고개를 끄덕였다.

"내가 당신에게 그 영화를 설명해 주었으면 하는 거지?"

하지만 이제 틸튼은 대답을 할 수 없을 뿐만 아니라 몸도 움직일 수 없었다.


얼마간 시간이 흘렀다. 틸튼은 시간이 얼마나 지났는지 알 수 없었다. 어쩌면 몇 초일 수도, 어쩌면 훨씬 더 긴 시간일 수도 있다. 그는 아직도 몸을 움직일 수 없었다. 라르는 느릿하게 틸튼의 주위를 돌며 그를 주의 깊게 바라봤다.

"어떻게 설명해야 할까?" 마침내 라르는 틸튼 쪽으로 더 가까이 다가가 몸을 굽히며 그와 시선을 맞췄다. "*파리들의 거품*. 이제 나만큼이나 이 제목에 익숙하지 않아?"

*도와줘*, 틸튼은 생각했다.

"설명해 달라고?" 라르가 틸튼에게로 더 가까이 다가갔다. "하지만 *이게* 바로 그 영화야, 틸튼. 그게 당신의 진짜 이름인지는 모르겠지만. 당신은 계속 출연해 온 거야. 물론 평생은 아니지만, *세르노*를 만난 후부터는 그렇지." 라르가 미소 지었다. "정말 터무니없는 이름이지 않나?" 그가 경멸을 담아 말했다. "그런 이름은 영화나 책에만 나오지. 그 이름을 듣고 뭔가를 알아차렸어야 했던 것 아닌가?"

틸튼은 아무것도 할 수 없었다. 말할 수도, 움직일 수도 없었다.

"그 영화는 찾을 수 없어." 라르가 다시 부드러운 목소리로 말했다. "하지만 그 영화 안에 *사는* 건 다른 문제지. *산다*는 단어가 정확하게 맞지는 않지만." 라르는 점점 더 틸튼에게 다가갔고, 이제 틸튼은 라르의 얼굴 일부만 볼 수 있었다. "당신은 특권을 받은 몇 안되는 사람이야. 이 영화를 경험할 수 있는 특권 말이지. 당신은 정말 행운아야." 이제 틸튼은 라르의 얼굴이 거의 보이지 않았다. 다만 목소리를 통해 그가 웃고 있음을 알았다. 그것이 사람인지는 확신할 수 없었지만.

라르는 이내 몸을 바로 하고는 뒷걸음질 치며 천천히 의자로 돌아가 앉았다. 그는 지저분한 의자 덮개에 나른하게 머리를 기댔다. 그는 쇠약한 사람을 연기했지만, 틸튼은 라르의 눈이, 또 그 자체가 전혀 쇠약하지 않다는 것을 알 수 있었다. 그래, 저 눈빛으로 판단하건대 라르는 지나칠 정도로 강했다.

"다음 장면으로 넘어갈까? 아주 대단할 거야." 목소리에 실린 흥분이 라르의 구부정한 자세가 연기라는 것을 보여 줬다. "이런 말하기 미안하지만, 나와는 달리 당신은 이 영화의 마지막까지는 함께하지 못할 거야. 물론 그때까지 아주 즐거울 테지만." 그러고는 느릿하게 미소 지었다. "어쨌든 둘 중 한 명은 즐거울 거야."

틸튼은 여전히 움직일 수 없었다. 이제는 숨을 쉴 수 있는지조차 알 수 없었다.

"준비됐나?" 라르가 말했다. "자… 액션."

*Song
for the
Unraveling
of the
World*

# 감사의 말

아낌없는 지원을 해 주신 구겐하임 재단에 감사의 말씀을 전합니다. 또한 아래의 이야기들이 실린 출판물의 편집자분들과 출판사 및 기관에도 감사의 말씀을 전합니다.

어디로 봐도 : 『The Best Horror of the Year, Vol. 9.』, 『The Best of the Best Horror of the Year: Ten Years of Essential Short Horror』(앨런 대트로 편집)

태어난 사산아 : Catapult

새어 나오다 : 『New Fears 2』(마크 모리스 편집)

세상의 매듭을 풀기 위한 노래 : Bourbon Penn

두 번째 문 : 『Looming Low』, 『Year's Best Weird Fiction, Vol. 5.』(로버트 셔먼, 마이클 켈리 편집)

자매들 : 『Haunted Nights』(앨런 대트로, 리사 모튼 편집)

룸 톤 : The Masters Review

셔츠와 가죽 : Hunger Mountain Review

탑 : Plinth

구멍 : 『Phantasm/Chimera』(스콧 드와이어 편집)

실종 : Lake Effect

심장들 : Diagram

얼룩 : 『The Best American Science Fiction and Fantasy 2017』 (존 조지프 애덤스, 찰스 유 편집)

빛나는 세계 : Outlook Springs

방랑의 시간 : Mississippi Review

마지막 캡슐 : 『Ride the Star Wind』 (스콧 게이블 편집)

안경 : 『Children of Lovecraft』 (앨런 대트로 편집)

메노 : Gamut

시선 : 『Shadows & Tall Trees 7』 (마이클 켈리 편집)

트리거 경고 : Autre Lettres

영혼의 짝 : Lumina

파리들의 거품 : 『Lost Films』 (맥스 부스 3세, 로리 미셸 편집)

# 삼켜진 자들을 위한 노래

| | |
|---|---|
| 1판 1쇄 인쇄 | 2024년 2월 5일 |
| 1판 1쇄 발행 | 2024년 2월 26일 |
| 지은이 | 브라이언 에븐슨 |
| 옮긴이 | 이유림 |
| 발행인 | 황민호 |
| 본부장 | 박정훈 |
| 책임편집 | 김사라 |
| 기획편집 | 강경양 이예린 |
| 마케팅 | 조안나 이유진 이나경 |
| 국제판권 | 이주은 한진아 |
| 제작 | 최택순 |
| 발행처 | 대원씨아이㈜ |
| 주소 | 서울특별시 용산구 한강대로15길 9-12 |
| 전화 | (02)2071-2019 |
| 팩스 | (02)749-2105 |
| 등록 | 제3-563호 |
| 등록일자 | 1992년 5월 11일 |
| ISBN | 979-11-7203-344-6  03840 |